アルタモント、天使の詩

トマス・ウルフを知るための10章

岡本　正明

英宝社

ノースカロライナ州アッシュヴィルにある天使の彫像（著者撮影）

天使の彫像［拡大］（著者撮影）

アッシュヴィルにあるトマス・ウルフの墓（著者撮影）

『時と河について』のクライマックス・シーンである、フランス、ディジョンの町の広場（著者撮影）

はしがき
——自伝的な、あまりにも自伝的な

本書は、これまで折あるごとに書き記してきたトマス・ウルフ論の集成である。トマス・ウルフは、筆者のアメリカ文学研究の出発点となった作家である。アメリカ文学史の講義で、初めてその名を知り、ウルフの超人的な記憶力と執筆量に興味をひかれたため、すぐにウルフの処女作である『天使よ故郷を見よ』を読んでみた。読み始めるやいなや、その激流のようなレトリカルな文体と、圧倒的なパワーに驚き、いつしか、熱病のようにウルフにとりつかれてしまった。『天使よ故郷を見よ』を読了すると、息つく間もなく、続編『時と河について』にとりかかり、その長さにひるむこともなく、ひと夏かけて読み通した。ウルフの死後出版された二つの長編、『蜘蛛の巣の岩』と『汝ふたたび故郷に帰れず』も、その後すぐに読んだと記憶している。

そのころには、ウルフこそアメリカ随一の作家と思い込み、アメリカ文学をウルフ文学との関係でとらえるまで極端なウルフの信奉者となっていた。このようなウルフ熱のさなか、『メトロポリタン』（都立大学英文学会発行）に筆者の最初のアメリカ文学論を発表した。それが本書の第三章「アルタモント、天使の詩」（初出のタイトルは「トマス・ウルフ試論—自伝的な、あまりにも自伝的な—」）である。いま読み返してみると、強引なところが目立つ荒削りな論文であるが、ウルフに対する情熱と、若さゆえの共感と洞察にあふれていることもあり、本書ではできるかぎり当初の論文の姿をとどめてある（初出の論文には、トマス・ウルフ文学の概観、批評史、そして自伝性についての付論も含まれているが、その部分は削除し、本論のみを取り出して最小限の修正をほどこし〔新たな短い「プロローグ」を書き加えて〕、本書に収めた）。

その後、他のアメリカ作家を数多く読んでいるうちに、ウルフの作品を相対化してとらえるようになり、また年ふるごとに、ウルフのロマン主義的な世界に反発を覚え、一時期はウルフから離れたこともあった。しかしながら、折にふれ、ウルフをやや冷めた視点で捉え、その文学の現代性や芸術性をあらためて正当に評価したいと思い、現在に至るまで、この「一目ぼれの作家」ウルフにかんして、いくつかの論考を書き記してきた。このたび、合わせて十編に達したので、それを機会に一冊の本にまとめた次第である。

本書は、数多くの方々、研究チーム、研究機関等の支え、助力があってはじめて成立したものである。まずは、東京都立大学大学院で修士論文にトマス・ウルフを取り上げることに理解を示し、応援して下さった指導教授の杉浦銀策氏、日本においてあまり研究されていなかったウルフを高く評価し、ウルフについて筆者に直接語って下さり、筆者を大いに勇気づけて下さった文芸評論家の（また、大学院の恩師でもある）篠田一士氏に深く感謝の意を表したい。そして、第一章「ヘミングウェイとウルフ」の基となる口頭発表の機会をいただいた、東京女子大学名誉教授今村楯夫氏を始めとする日本ヘミングウェイ協会の方々、日本アメリカ文学会東京支部で、ウルフに関する口頭発表（本書の第二章「トマス・ウルフの作品と『民衆的形式』」）の機会を与えて下さった東京大学教授後藤和彦氏（後藤氏は、日本を代表する、アメリカ南部文学およびマーク・トウェイン研究者であるとともに、トマス・ウルフに関するすぐれた論文、解説をいくつか執筆されている）、第八章「最後の一〇マルク」の基となった口頭発表の機会を提供していただいた、中央大学人文科学研究所のチーム「ディアスポラ・ユダヤ研究」（責任者は中央大学教授小林正幸氏）のメンバーに厚く感謝をささげたい。また言うまでもなく、日本におけるウルフ研究の先行者である常本浩氏や古平隆氏には大いに敬意を表したい。その著作を参考にさせていただいたばかりか、ノースカロライナ州アッシュヴィルにおけるウルフ生誕百年祭で直接御目にかかったことは限りない喜びである。そして、本書の基となった多くの論考の執筆の機会を与えて下さった中央大学人文科学研究所（そのスタッフ）には大変お世話になり、心より感謝をささげたい。

＊

本書の編集、出版にかんしては、英宝社の下村幸一氏にいろいろとご迷惑をおかけし、細かい点にいたるまで貴重なアドバイスをいただいた。ここに、衷心より感謝の意を表したいと思う。

そして言うまでもなく、筆者の家族に心から感謝したい。本書に収められた論文を執筆するさい、常に心の支えとなり、あたたかく見守ってくれた筆者の家族に、本書をささげたいと思う。

目次

はしがき……………………………………………………i
――自伝的な、あまりにも自伝的な
第一章　ヘミングウェイとウルフ……………………………3
――エクリチュールの両極
第二章　トマス・ウルフの作品と「民衆的形式」……………29
第三章　アルタモント、天使の詩……………………………49
――『天使よ故郷を見よ』を読む
第四章　劇作家くずれの小説家………………………………77
――トマス・ウルフと「劇」
第五章　再生と反復について…………………………………107
――『ある小説の物語』と『時と河について』
第六章　ウルフと「夜」………………………………………125
第七章　トマス・ウルフの遺作………………………………145
――『蜘蛛の巣と岩』と『汝ふたたび故郷に帰れず』

第八章　最後の一〇マルク
——トマス・ウルフ「汝らに告ぐることあり」……167
第九章「大地の蜘蛛の巣」についての一考察……193
第十章　削除された原稿
——トマス・ウルフの *O Lost* について……207
あとがき……241
初出一覧……247
トマス・ウルフ主要参考文献……249
索引（人名・地名・書名）……270

アルタモント、天使の詩
――トマス・ウルフを知るための10章

第一章　ヘミングウェイとウルフ

——エクリチュールの両極

プロローグ　二人の出会い

ヘミングウェイとトマス・ウルフが初めて出会ったのは、一九三三年一月のことである。編集者マックスウェル・パーキンズの紹介により、二人の作家は、ニューヨーク四三丁目の「チェリオ」で昼食を共にした。ヘミングウェイとウルフは、パーキンズをはさんで大きな円卓に座り、主として「書くこと」（'writing'）をテーマに話し合った。たとえば、ヘミングウェイはウルフに対して次のようなアドバイスをしている。「仕事が捗っている時に中断することだ。そうすれば、安心して休息することができ、翌日、楽に仕事が再開できる。」（Berg 215）

二人の会話は、主としてヘミングウェイが話し手で、ウルフが聞き役だった。ウルフはヘミングウェイの'writing'に関する見解に対して、夢中になって耳を傾けていたという。その間、パーキンズは二人のやりとりをじっと黙って見守っていた。彼は、「文体も手法も両極端な」二人の作家の出会いがうまく行くかどうかやや心配であったが、二人の作家の会食はスムーズに進み、互いに好印象を持ったようである。パーキンズが二人の出会いをお膳立てした理由の一つは、ウルフがヘミングウェイの話を聞くことで、少しでも、ヘミングウェイの抑制された、無駄のないスタイルの影響を受け、過剰なガルガンチュア的な書き方を改めてほしい、というものであった。会食ののち、実際には、このようなパーキンズの意図は生かされず、ウルフはますます過剰なレトリックに満ちたスタイルで書き続けてゆくことになる。しかし、上に引用したような'writing'にかんするメンタルなアドバイスはウルフに効果的に作用し、このころひどいスランプに陥っていた彼は、ヘミングウェイと会った直後、再び筆が順調に進み、スランプを脱したという。

一方のヘミングウェイは、ウルフと会って以後、ますます彼に関心を持ち、深い共感を寄せるようになる。直接会って話をすることはなくても、ウルフの仕事の進捗状況を常にパーキンズから聞いており、ウルフの仕事がうまく捗っていると自分のことのように喜んでいるほどである。

このように、二人の作家の出会いは成功裏に終わった。しかしながら、これはあくまでも個人的な関係において言えることであり、芸術的立場という観点から見た二人の関係は、それほど親和的で友好的なものではなかった。とりわけそれは、二人の会食において「テーマ」となった'writing'の問題にかんして言える。会食では、あこがれのスター作家と会うことができた感激、そして遠慮ゆえか、ウルフはヘミングウェイの話に聞き入っていたが、実際には、二人の'writing'にかんする見解は大いに異なるものであった。

ウルフは、手紙のなかで、ヘミングウェイの「書き方」と自分の「書き方」を対極にあるものとし、自らの「書き方」を「フローベール的・ヘミングウェイ的」手法と対置している(Nowell 655)。彼がヘミングウェイ的手法と同列に考えるフローベール的な手法にかんしては、「古典的な簡潔さ」と定義しており、自らの手法は、そのような「古典的な簡潔さ」の系譜には属さず、それと対極にある「ラブレー的」系譜に属するものである、と自己規定している（Nowell 649）。また、同じく手紙のなかで、自分はフローベール的な「削除する作家」ではなく、それとは対極にある「どんどん書き加える作家」の系譜に属すると明言し、おのれの過剰なエクリチュールを擁護している（Nowell 643）。

一方、ヘミングウェイは、ウルフに人間的な共感を寄せながらも、その文学的世界に対しては容赦のない批判を加えている。彼は、ウルフの故郷アッシュヴィルを舞台とした作品以外、ウルフの作品をまったく評価していない。ひどい場合には、「六〇パーセント以上たわごとだ」（文字通りに訳すなら、「六〇パーセント以上はクソみたいなものだ」）と酷評している（Berg 262）。アッシュヴィルを舞台とした作品以外は、「あまりにも大げさな新聞口調の文章で出来上がっている」と痛罵している（*Selected Letters* 517）。また、『アフリカの緑の丘』（*Green Hills of Africa*, 1935）では次のように記している。「ドストエフスキーは、シベリアに送られることで作家になった。作家は、刀が鍛えられるように、不正の中で鍛えられるものだ。……しかし、トマス・ウルフは、シベリアに送られても、ショックをうけて過剰な言葉を削除し、バランス感覚を取り戻すかどうかは疑問である」（71）、と。

二人の作家の相手に対するコメントを読むと、彼らの'writing'に対する見解の相違が如実に示されていることがわかる。それは、「差異」という程度のものではなく、N極とS極のように斥けあうものである。そこから浮かび上がるのは、'writing'にかんする見解の「両極性」である。二人の会食に立ち会ったパーキンズは、後になって「文体と手法においてこれほど隔たった作家はいないだろう」(Bruccoli 343) と回想しているが、まさしくパーキンズの言うとおり、二人ほど「文体と手法の」点で両極端な作家はおらず、彼らほどエクリチュールの両極性をしめす例はないと思われる。

それでは、このような「両極性」は具体的にはいかなるものなのだろうか。

それにたいしては、さまざまなアプローチの仕方がありうると思われる。ウルフとヘミングウェイを個別的に比較して、「両極性」を浮かび上がらせるというアプローチは、その一つである。たとえば、両者の「自伝的手法」についての比較はその一例となるであろう。ウルフとヘミングウェイはともに自伝的な素材を多く用いている。しかし、ヘミングウェイにとってそれはあくまでも素材であって、小説の統合原理は、視点人物の設定、視点人物の役割・姿勢とハードボイルド的文体の調和・整合性、によるものであるのに対し、ウルフの統合原理は(とりわけ長編小説では)、主として、自伝的枠組みの年代的な時間軸という素朴な、素材にアプリオリに存在していた原理であるという、「両極性」が浮かび上がる。また、両者を文学史的なコンテクストにおいてとらえ、二人の作家の「両極性」をより普遍的な、文学における「問題性」(プロブレマティック) として捉えなおすというアプローチの仕方もあるだろう。たとえば、ジョージ・スタイナーは、『言葉と沈黙』(*Language and Silence*, 1958) のなかで、ヘミングウェイを西欧近代における「言葉からの退却」の典型として捉え、「言葉からの退却」にあらがう「言葉の美食家」のなかに、ジェイムズ・ジョイス、フォークナー、ギュンター・グラスを含め、ギュンター・グラスと類似した作家としてトマス・ウルフの名をあげている。スタイナーは、暗示的な形ではあるが、ウルフとヘミングウェイの「両極性」を、個別的なものではなく、文学上の「問題性」として指摘している。

このように二人の作家の「両極性」については、いくつかのアプローチ方法が可能であるが、本章では、さらにパースペクティヴを広げて、芸術史的なコンテクストにおけるアプローチを行おうと思っている。より具体的にいうならば、芸術史のなかでも「様式論的な」アプローチの仕方を試みようと思っている。

それでは、そのような本章における「様式論的な」アプローチとはいかなるものなのか。それについて述べる前に、『午後の死』（*Death in the Afternoon*, 1932）のなかに記されている一節を引用しておこう。それはいわゆる「氷山の一角」理論の直前に書かれている文章である。

> 散文は建築物であり、内部装飾ではない。バロック時代はすでに終わったのだ。（191）

この文章は、今村楯夫氏が『ヘミングウェイの言葉』のなかですでに引用しており、丁寧でわかりやすい解説を加えている。

> 作家がどれほど作品の中にすばらしい表現や気の利いた比喩を使って見せたにしても、それは単なる装飾に過ぎない。仰々しく大げさで華美な装飾をもてはやしたバロック的な小説はヘミングウェイの文学とは対極にあった。（170）

このヘミングウェイの言葉を、すでに引用したウルフの言葉と対照してみよう。すなわち、フローベール・ヘミングウェイ的系譜を評した「古典的簡潔さ」という言葉。そして、反―フローベール（ひいては反―ヘミングウェイ）を標榜した「どんどん書き加える作家」という言葉。これら二人の作家の記した言葉から何が透けて見えてくるだろうか。それは単に両者の個別的な「両極性」だけであろうか。私はそうでないと考える。つまり、彼らの言葉は、個別的な「両極性」だけではなく、芸術史上の大きな対立、様式論的な二元性を語っているように思われるのである。その様式論的な二元性とは何か。それは、「バロック」対「古典主義」という図式である。私は、ウルフとヘミングウェイの「両極性」が、個別的なものであると同時に、このような様式上の「両極性」なのではないかという仮説を提唱したいのである。

本章においては、それゆえ、これら様式上の「両極性」が、両作家の作品に具体的にどのように示されているかが考察の中心となる。考察の対象としては、紙数の関係上、それぞれの作家の代表作ひとつを取り上げ、それを比較対照していきたい。対象となる作品は、『時と河について』（*Of Time and the River*, 1935）と『日はまた昇る』（*The Sun Also Rises*, 1926）である。では、『時と河について』と『日はまた昇る』において、「バロック的傾向」と「古典主義的傾向」はどのように示されているだろうか。

その議論に立ち入る前に、私なりに、「バロック」と「古典主義」という対概念を定義しておきたい。また、それを明確にするための参照枠、補助線として、まずは「バロック」と「古典主義」

というよく知られた図式にかんする一般的な定義、美術史における基本的な了解事項について、再確認しておこう。

一　バロックと古典主義

バロックと古典主義を、様式上の対立として明確化したのは、ハインリッヒ・ヴェルフリンである（『美術史の基礎概念』*Kunstgeschichtliche Grundbegriffe*, 1915）。ヴェルフリンによって市民権を与えられたバロックは、その後クローチェらによってさらに深く研究され、ついには、エウヘーニオ・ドールスによって、文明・歴史を貫く普遍的「常数」として定義される。そしてドールスの大胆な解釈を批判し、バロックの普遍性の幅を限定しつつ、ヴェルフリンの図式をさらに洗練し、精密化し、とくに建築分野で明確化したのが碩学ヴィクトール・タピエ（Victor Tapié）である（『バロックと古典主義』*Baroque et classicisme*, 1957）。バロックは、これらの研究によって、単に一時代の様式という枠を解き放たれ、また、美術史を分析する上での基礎的な、有効な概念となった。古典主義について言うならば、単に「古代の再生、模倣」といった歴史的な影響関係を指す概念ではなく、構造的な概念として、バロックと対置されるようになった。

これら一連の研究の成果を踏まえつつ、バロックと古典主義について、もっとも明瞭で、正確な、網羅的な定義を下しているのが、アラン・グルベールとF・G・パリゼである。グルベールは共著『ヨーロッパの装飾芸術』（*L'art décoratif en Europe: Classique et baroque*, 1992-95）の第二巻の序文のなかで、バロックの特徴として、「演劇性、気まぐれ、贅沢、絢爛豪華、凝った技巧、豊かで変化に富んだ材質、アーチを描いたり波打ったり折れ曲がったりする線」をあげている。一方、古典主義の特徴として、「単純さ、厳格さ、現実的精神、秩序・統一性への志向、有益でないと判断された装飾性の拒否」をあげている。パリゼは、その著『古典主義美術』(*L'Art classique*, 1965)のなかで、さらにわかりやすい定義を下している。それを以下に引用しておこう。

古典主義の規則は、秩序と均整をうむ力である。古典主義は、その創造物に数学の計算と頭脳的な幾何学を課す。それは限定すること、選び抜き除外すること、簡素化することを知っている。結果として、それは、表現の簡素・簡潔・抑制をより好む。それはまた感情を知っており、それを忘れたりはしないが、それを支配し、解釈し、暗示・寓意・巧妙さによって推測させるのである。最も少なく語りながら、最大のものを暗示しているのである。(二一七頁)

(バロックにおいては)、規則を無視した声、不安なメロディー、過度の情熱的表現がある。曲線および蛇行する線、複雑さ、ファサードやプランの喧騒、空白への恐怖、細部過多、装飾の優越、……がある。……人間的現実の無視、身振りの誇張とその対照、著侈と洗練、同時に民衆的・農民的・野性的といってもいい生命力が存在する。壮大さと荘厳さ、否むしろ大がかりなもの、巨大なものがある。(二一六—二一七頁)

パリゼは、この「古典主義とバロック」という様式的対立は、ニーチェの「アポロ的衝動とディオニュソス的衝動」のような普遍的な対立であると述べている。そして、「この二つのうち、どちらかがすぐれているかを詮索しない方がいい」（一八頁）と言っている。

さらにバロックと古典主義について書かれた本から、いくつかの文章を引用しよう。まずは、先ほど言及したドールスの名著『バロック論』（*Lo Barroco /Du Baroque*, 1935）。ドールスは「バロック」について次のように述べている。

知性が自己の掟を破ると、たちまち生が自己の特権を回復する。規律がその定められた性質を失うや、たちまち衝動的な表現がある種の神性を帯びてくる。古典主義はどれも原理上、主知的だから結局、正常で厳然としている。バロキズムは……自由奔放であり、力を前にしての自失と崇拝の状態を表現している。（一一二頁）

そしてドールスは、バロックの本質を「古典的な一切のものに固有の統制、冷静」に対立する「力動性」であるとする（一一四頁）。バロックについては諸説紛々であり、ときとして混沌状態を示すが、どの研究者もドールスにならい、バロックの本質として、限界を突き破るような力への意志、自由奔放な運動と変化を指摘している。たとえばワイリー・サイファーもその一人である。彼はバロックの特徴として、「巨大な量感、エネルギーの大浪費、巨大な物量の運動性、完全なる解放、限定を乗り越えてゆく巨大な力」などをあげている（『ルネサンス様式の四段階』河村錠一郎訳)。

一方、古典主義美学を明確にした代表的な書物として、A・ツォニス、L・ルフェーブル著『古典主義建築―オーダーの詩学』(*Classical Architecture: The Poetics of Order*, 1986) がある。これは、ヴェルフリンの系譜に属する、様式論的アプローチの書であり、その徹底的な形式主義は、「古典主義」を時代的に制約された概念から普遍的な概念へと解き放つ。扱っている対象は建築であるが、他の芸術も射程におさめる横断的な書であり、「古典主義」をあざやかに定義している。彼は、とりわけ、古典主義に特徴的な「三部構成の配列」、「入れ子細工のような形式的類似性」、「均衡」を取り上げている。そのなかの「三部構成の配列」については、以下に引用しておこう。

三分割図式はあらゆる古典主義芸術に見られる形式表現なのだ。言葉を使おうが、音を使おうが、形を使おうが、すべての古典主義作品には通底するものがある。それは始まり、中間、終わりを明確に規定する図式をかたくなに守っているからだ。その名称は様々である――開幕・継続・終幕、前段・主部・結論、主題提示部・展開部・再現部。最も典型的なものが音楽のソナタ形式やABAロンド方式だ。(三三―三四頁)

予備的な考察はこのくらいにしておこう。

これら一連の先行研究をふまえたうえで、「バロックと古典主義」の図式は、どのように定義されるであろうか。以下、それを、箇条書き風に記してみたい。

バロック……不均衡と不調和、自由奔放な運動性、情感の激しさ、過剰と装飾性。

古典主義……均衡と調和、抑制と規律、情感の制御、簡素・簡潔。

さて、われわれの中心課題は、このように定義される「バロック」と「古典主義」が、それぞれ、『時と河について』と『日はまた昇る』において、どのようにあらわれているかである。さっそく、その問題に考察の歩をすすめなくてはならない。

二　『時と河について』と『日はまた昇る』

『日はまた昇る』と『時と河について』は、「主題と素材」という点では、共通するところの多い作品である。両作品とも、一九二〇年代のアメリカの若者の風俗を描いており、「パリのエグザイル体験」を取り扱っている。とりわけ、「愛の不可能性・不毛性」のテーマ、戦後ヨーロッパの精神的荒廃のヴィジョンは、前者においては、ブレットと彼女を愛する男性たちの破滅的な、自堕落な生活、行動をつうじて描かれ、後者においては、スターウィックと彼を愛する女性たちと男性の、半狂乱の破壊的な生活、行動をつうじて描かれている。また、両作品とも、「伝道の書」（「コヘレトの言葉」）が主調低音になっており、『日はまた昇る』の虚無的ヴィジョンと再生への希求は、『時と河について』のなかでもはっきりと見出される（ウルフは『時と河について』の原型となる連作小説『十月祭』のタイトルとして、「日はまた昇る」という題をつけようとしていた）。文学的な影響関係という観点からみても、両者は共通している。両作品ともに、T・S・エリオットの『荒地』（*The Waste Land*, 1922）のエコーを聞き取ることができ、『時と河について』の都市をえがく描写においては、エリオットの『荒地』からの一節が引用されている。

しかしながら、これら二つの作品は、「文体と手法」という点から見た場合、まったく正反対の様相を示す。『時と河について』がバロック的傾向を示すのに対し、『日はまた昇る』は古典主義的傾向を示している。

まずは、『時と河について』の「文体と手法」の「バロック的傾向」についてみてみよう。

（一）『時と河について』における「バロック」

『時と河について』は、一読してすぐにバロックの印象を与える作品である。その「巨大な量感」、「はげしい運動性」、そして何よりもバロック絵画でおなじみの「身振りの誇張」である。四十万語以上の言葉が、タイトルの示すように激流のようにほとばしり、蛇行し、渦を巻く様子に「巨大な物量の運動性」が示される。倉田信子氏は、『フランス・バロック小説』のなかで、バロック小説の第一、第二の特徴として、「巨大豪華趣味に由来するバロック小説のとてつもない長大さ」、「主筋を上回るほどのエピソードの割合」といった点をあげている（三八―四一頁）。まさしく、『時と河について』の長大さ、時として百ページをこえるエピソード（たとえば、ジョエル・ピアスの物語）は、それらの特徴を如実に示している。しかも、現在われわれが手にしている『時と河について』は、パーキンズとの共同編集作業によって縮小されたものであり、『時と河について』自体、その何倍にもおよぶ大河小説の一部分として計画されていたという。

また、この小説には、果てしない運動がしるされており、バロック絵画の画面のようにあわただしく揺れ動いている。日本における優れたウルフ研究者である古平隆氏は、『時と河について』のユージーン・ガント（**Eugene Gant**）の放浪の物語に見られる「息もつかせぬ運動」に注目し、導入部の夜行列車のシーンの「リズムが全篇をつらぬいている。汽車だけではない。自動車、そして汽船のリズムが横溢する。」と指摘している（九七頁）。作品全体に運動のリズムがひろがり、連続してゆくというこの構図は、まさしくバロック的な空間処理である。

人物たちの大げさな身振り、ダイナミックなしぐさについては例をいくらでも取り上げることができる。バスカム・ペントランド（**Bascom Pentland**）が大仰な身振りで感情をあらわにしている姿、驀進する汽車の中で若者たちが、動物的といっていいほど、激情をあらわにして大げさな身振りをするところにそれはあらわれる。また、ユージーンの父オリヴァー・ガント（**Oliver Gant**）。彼は、『天使よ故郷を見よ』（***Look Homeward, Angel*, 1929**）のなかで、バロック的図像特有の、天を仰いで手を振りかざす身振りで既におなじみだが、『時と河について』における彼の臨終のシーンは、まさにバロックである。暗がりに射し込む光のなかで、生々しいほどの苦悩と歓喜をあらわにして死んでゆく彼の像は、まさにバロックの図像である。

情感の完全な解放、パトスの優位というバロック的特徴は、全篇にみなぎっている。汽車の中で酒に酔った青年たちが、声にならない、獣の雄叫びのような声を発するシーンにそれは顕著である。この箇所ばかりか、この作品全篇が、飢えと激情にかられる若者たちがおのれの感情をあらわにして叫ぶような、「パトス」の絶対的勝利の物語である。酒神賛歌のようなディオニュソス的衝動の言語化ともいえよう。

力の誇示、力への意志というバロックの主な特徴も、あざやかに示されている。サイファーも指摘するように、シュペングラーはバロック美術における「ファウスト的な力への意志」を明確にしたが、『時と河について』は、第二部の表題（「若きファウスト」）に示されているように、ファウスト的征服欲、支配欲が随所にしめされている。欲望の対象は、この世のすべての知識、女性、都市、ヨーロッパなど、おのれの人間的な限界を突き破って巨大化してゆく。また、主人公ユージーン・ガントの「サムソン」的な「ルシファー」的な反逆心、闘争心は、力の誇示、力への意志を何よりも明確にしているといえよう。

このようなバロック的小説『時と河について』は、建築物というよりも、ゆくあてもなく流れ行く大河のような作品である。統合原理としては、すでに自伝的な年代記的な時間をとりあげたが、先述したような激しい運動のリズム、パトス、パワーが作品世界を内側から突き動かして前に進めて行くのであり、一見、断片的なエピソードに過ぎないものが、マグネットでひきつけられたようにひとつの統一体となっているのである。後に述べるヘミングウェイの世界が、構造的に統合されているのに対し、ウルフのバロック的世界は、力と意志によって統合されているといえよう。

ここまでウルフのバロック的傾向を巨視的に眺めてきたが、さらにそれを微視的に考察してみよう。それは、ウルフの文体の過剰性、装飾性であり、これこそが、『時と河について』をバロック的な祝祭空間にしている。それを考察するに当たって、まずは、ジョージ・スタイナーがバロック小説の文体について語った言葉を手がかりにしよう。それは、ロレンス・ダレルの『アレクサンドリア四重奏』(*The Alexandria Quartet*) にかんして書かれたエッセイ(「ロレンス・ダレルとバロック小説」("Lawrence Durrell and the Baroque Novel")の一節である。スタイナーは、ダレルの文体を、「感覚的な類まれな表現の華やかな衣装」(二八一頁)、「宝石に飾られ、輝くばかりの文体」(二八二頁)、と評し、そのバロック的文体の肉感的な官能性、触覚性を称えている。そして、ダレルの文体を、サー・トーマス・ブラウン(「文章を聳え立つアーチへと造型し、語彙を響きわたる鐘のごとく鳴りひびかせている」(二八二頁))、ロバート・バートン(「積み重ねによる豊かさ、名詞や形容句の大きなカタログをなしての進軍」(二八二頁))、ド・クウィンシー(「熱っぽい、金管楽器の響きを持つ散文」(二八二頁))、コンラッド(「己の類まれな宝石を見せびらかす宝石商のごとき、贅をつくした華やかさ」(二八二頁))といった、「バロック散文の確固たる伝統」(二八二頁)に位置づけている。ウルフの文体も、この「伝統」にしっかり根ざしたものである。とりわけ、ウルフが、バロックの巨匠ミルトンのほかに、ド・クウィンシー、バートンに絶大な影響を受けたことは、ウルフの手紙、多数の研究書によってわかっている。バートンの『憂鬱の解剖』(*The Anatomy of Melancholy*, 1621)については、生涯のベスト一〇の書に含めており、繰り返し読んでいたそうである。

『時と河について』から、バロックの散文を一箇所原文で引用してみよう。それは、作品の終わり近く、主人公ユージーンが、フランスの町ディジョンの「広場」で、鐘の音を聞いて故郷の町アルタモントを無意志的な記憶で想起する「見出されし時」の場面である。

They came with solid, lonely, liquid shuffle of their decent leather, going home, the merchants, workers, and good citizens of that old town of Dijon. They streamed across the cobbles of that little square; they passed, and vanished, and were gone forever — leaving silence, the brooding hush and apathy of noon, a suddenly living and intolerable memory, instant and familiar as all this life around him, of a life that he had lost, and that could never die.

It was the life of twenty years ago in the quiet, leafy streets and little towns of lost America — of an America that had been lost beneath the savage roar of its machinery, the brutal stupefaction of its days, the huge disease of its furious, ever-quickening and incurable unrest, its flood-tide horror of gray, driven faces, stolid eyes, starved, brutal nerves, and dull, dead flesh.（879-80）

この引用文の「積み重ねによる豊かさ、名詞や形容句のカタログ」はまさにバロックの文体である。あざやかな言葉の饗宴、金管楽器のコラールのように鳴り響く高らかなリズム、複雑な感情表現をあらゆる方向から一文のうちに盛り込もうとする「複合的な快い（かぐわしい）音楽」（Steiner 281）のような構造、これらはまさにバロックであるといえよう。

『時と河について』全篇をつうじ、文体論的なレベルにおいてバロックの響きが鳴りひびいている。それは時として荘重であり、時として流麗であり、時として絢爛豪華である。このような文体のバロキズムこそ、読者の感覚に生き生きと訴えかけてくるものであり、この小説の最大の魅力であるといえよう。

ウルフのバロキズムの議論を締めくくるにあたって、もう一度スタイナーの言葉に耳を傾けてみよう。

現代人の耳は、ヘミングウェイの飾り気のない、意識的に貧しくされた声調、語彙に慣れさせられてしまっている。ヴィクトリア朝風の過剰への反動として、現代作家は簡素を盲目的に崇拝している。……彼（＝ダレル）のアレキサンドリア小説群の任意のページを、ヘミングウェイやグレアム・グリーンの作品と並べてみると、白黒の写真のすぐ横に、金糸で織られ、宝石で飾られたビザンチンのモザイク細工を並べているような感じなのだ。（二八二頁）

今は、スタイナーのヘミングウェイ評の妥当性は問わないことにする。ただ、スタイナーが、バロック小説家とヘミングウェイを対極に位置するものとして論じていることは正しい。ヘミングウェイは、スタイナーの言うとおり「反―バロック」の小説家である。そして、ウルフの装飾的な文体とは対照的に、ヘミングウェイの文体は反―装飾的である。次節では、ヘミングウェイの反―バロキズム、「古典主義」を具体例に即して明らかにしたい。

（二）『日はまた昇る』における「古典主義」

バロック的空間は、時として均衡を欠き、野放図で、調和を乱す。このような規範からの逸脱によって、激しく運動する自由な空間を創出する。ウルフの『時と河について』は、このようなバロックの美学を極限まで推し進めた作品であり、われわれはデカルトの渦巻きさながら、混沌としたヴィジョンをそこに垣間見る。しかしながら、ヘミングウェイは、このようなバロック空間に対するアンチテーゼを示す。あたかも乱流に対抗して座標軸をつくりあげたデカルトさながら。ヘミングウェイは、「散文の法則は数学や物理学のように不変だ」(Baker 594)と記したが、彼の作品は座標軸のような数学的秩序・規則を明確に示している。『武器よさらば』の季節のサイクルと物語の発展のサイクルの構造的相同性、『老人と海』の古代英雄叙事詩的な循環構造、物語の展開の均斉美のとれた構造、これらは、彼の数学的な秩序、規則をもっともよく示しているが、『日はまた昇る』にすでにそれは顕著である。

この作品は、三部構成の美学が行き渡っている。小説は、三部で成り立っており、第一部が「前段」、「主題提示部」にあたる。第二部が「主部」、「展開部」、第三部は、「終幕」、「結論」、「再現部」であることは明らかである。人物についてみてみると、第一部で紹介された人物たちが、第二部の展開部で劇的なドラマを演じ、第三部は人物たちの劇的なドラマの終幕部分に当たる。場所については、パリ、パンプローナ、マドリッド、と都市から田舎に行き、再び都市に戻るという三部構成であり、しかも、都市から田舎へそして都市へという構造はシンメトリカルである。そして、「荒地」的なヴィジョン、「愛の不毛性」のテーマがパリで奏でられ、ふたたびマドリッドで再現部のように奏でられる構造は古典音楽の構成美をしめす。

また、人物配置のシンメトリーと形式的整合性に数学的秩序は示されている。ブレット（Brett Ashley）を間に挟んで、コーン（Robert Cohn）とロメロ（Pedro Romero）が対峙している形はシンメトリカルである。病的なコーンと健全なロメロの対置は精神的な対称性である。さらにフィエスタのさなか、コーンとロメロは決定的に対立し、コーンは敗れて消え去ってゆくという構造は、闘牛のシーンで、ロメロが、猛然と立ち向かってくる牛に勝利し、ブレットの愛を勝ち取るというシーンと形式的な類似性をなし、整合性を示している。

闘牛のシーンは、シンボリカルなレベルで、小説全体と入れ子細工のような形式的類似性を示している。この小説全体は、ブレットと、彼女をめぐり争い闘う求愛者の物語である。この構図は、闘牛場で、闘牛士と猛牛が戦うさまに象徴されている。コーンもマイクも猛牛であり、ロメロは彼らに打ち勝ち、ブレットの愛を勝ち取る。また、小説のなかで、ジェイク（Jake Barnes）はロメロとマイクのなだめ役ともいえるが、去勢牛が猛牛をなだめて、落ち着かせている様と形式的に類似する。闘牛のコリーダは、「愛のコリーダ」であるといえよう。

そして、闘牛のシーン全体が小説の全体と構造的相同性を示している。ヘミングウェイは、『午後の死』のなかで、闘牛という見世物を三幕ものの「劇」にたとえているが、まさしく、『日はまた昇る』の闘牛という三幕の「劇」は、『日はまた昇る』という三幕の劇と形式的に類似している。

また、この闘牛という「劇」におけるロメロの、冷徹に、ストイックに、非情に世界と対峙する姿勢は、語り手＝主人公ジェイクの姿勢とも形式的な類似性を示している。このような調和、整合性は、数学的秩序を如実に示している。

古典主義的な傾向は、このような合理的な、数学的な配列に示されるばかりでない。それは、プロット上もそうで、バロック小説に特有の、主筋とは直接関係のないエピソードの挿入ということも極力避けられている。小説中には、一シーンとして物語の主筋と関係のないエピソードは記されない。プロットの冗長さは極力避けられている。それぞれのシーンは緊密に内的連関を有しており、読み返すたびに意味を増幅してゆく点で暗示性に富んでいる。また、本来ならば主筋として書かれるであろうシーンも削除されている。フィッツジェラルドの助言によってカットされたブレットの過去に関するシーン、そして、ブレットとコーンのサン・セバスチャンでの情事のシーンはその一例である。これらのシーンは不在でありながら、テクストの中でいっそう支配的で中心的な作用を果たし、テクストの意味作用を増幅させる結果となっている。バロックは「空白を恐れ」、空間を形態や言葉で充満させるが、ヘミングウェイの古典主義的空間は、多くの「空白」を創り出している。

また、人物描写にとくに古典主義的傾向はあらわれる。人物らの多くは、バロック絵画のように大仰な激しい動きをしめさず、また、感情を過度に表現しない。バロック的な運動性とパトスの解放性は、小説全体にわたってはみられない。この感情の抑制された世界は、語り手＝主人公ジェイク・バーンズのストイックな姿勢・ハードボイルドな語り口と調和している。ただし、抑制されているからといって、感情が忘れられているわけではない。それは断片的な会話、シーンによって暗号のように伝えられる。より正確に言えば、抑制された空間の裂け目から感情がにじみ出るのだ。これは、『時と河について』のバロック的激情の支配する空間とは対極に位置している。

『日はまた昇る』の最大の古典主義的（反―バロック的）要素は、その文体である。それについては、前述したとおり、すでに今村氏が「仰々しく大げさで華美な装飾をもてはやしたバロック的小説はヘミングウェイの文学とは対極にあった」、ときわめて明瞭に指摘している。

また、同じく、ヘミングウェイ文学をバロック的小説と対極にあるものとして捉えたジョージ・スタイナーは―ヘミングウェイに対して否定的な立場をとりつつ―ヘミングウェイ文学の反―バロック的特徴を「簡潔と抑制」である、と述べている。それゆえ、私としては付け加えることは何もないのだが、二、三、蛇足ではあるが、実例を引用しておきたい。トマス・ウルフのバロック的文体と対照することで、ヘミングウェイの文体の古典主義的特性・反―バロック性をより明らかにしたいと思う。

すでに、ディジョンの「広場」を描いたウルフのバロック的文章を引用したが、以下に、パンプローナの「広場」を描いたヘミングウェイの古典主義的文章を原文で引用しよう。

The fiesta was finished. I woke about nine o'clock, had a bath, dressed, and went down-stairs. The square was empty and there were no people on the streets.（231）

これは、ヘミングウェイの古典主義的文体の典型である。ウルフの文体が全感覚に訴える多様で複雑な文体であるのに対し、ヘミングウェイの文体は、視覚優位の、簡潔で抑制された文体である。経験の事実性・即物性に焦点をあわせた高精度のカメラ・アイである。同時に、この乾いた、冷徹な文体は、「祭りの後」の空虚感をよりよく描き出している。

また、二人の作家はともに「パリのエグザイル体験」を扱っているが、パリを描いたそれぞれの文章を原文で引用したい。まずは、ウルフのセーヌ川の描写から。

The gray haggard light of daybreak showed the cold gray waters of the Seine, ancient, narrowed, flowing on between huge stone walls, the haggard steep facades of the old shuttered houses in the Latin Quarter, the narrow angularity of the silent streets.（679）

次に、ヘミングウェイの描いたセーヌ川。

We walked on and circled the island. The river was dark and a bateau mouche went by, all bright with lights, going fast and quiet up and out of sight under the bridge. Down the river was Notre Dame squatting against the night sky.（83）

形容詞を畳み掛けるように用いるウルフとは対照的な、ヘミングウェイの装飾を排除した文体においては、川の属性ではなく、川そのものの存在がより読者に印象付けられる。ウルフの文体では、川がどのような状態であるかということが伝わってくるが、川そのものの存在感はさほど伝わってこない。ヘミングウェイの文体では、まずそこに川があるという存在感が伝わってきて、そのあとに、その川が「暗い」という属性が伝わってくる。また、川が暗い色をしているという単純な文章ゆえに、その「暗い」という形容詞の暗示する幅はひろがる。川が静まり返っている、深々と水をたたえている、神秘性をたたえている、など読者の想像によって意味の外延はひろがる。逆に、ウルフのように、形容調であまりにも限定し、しかもその形容詞がかなり意味作用の限定されたものである場合、知覚されるイメージは限定されてくる。

これら少ない例からも、ウルフとヘミングウェイの両極性は明らかだろう。二人の作家は、巨視的なレベルで見ても、バロックと古典主義の対立を示すが、文体という微視的レベルにおいてこそ、より鮮やかにこの様式的対立を示しているのである。

おわりに

以上、ウルフとヘミングウェイの比較的考察を、「バロックと古典主義」という観点からのみ行ってきた。そこから、なぜ二人の作家が、「書くこと」にたいしてN極とS極のように見解を異にしているか、その理由の一端が明らかになったと思う。

最後に、本章をしめくくるにあたり、「幻の書評」についての話をして、二人の「両極性」をさらに明確にしたいと思う。「幻の書評」とは、ウルフが『天使よ故郷を見よ』を出版した後、同年に出版されたヘミングウェイの『武器よさらば』にたいして試みたが、書き上げることができず、発表されなかった「書評」である。現在、この「書評」は一般に読むことができず、ヒューストン図書館とウルフの文学的遺産の執行人の許可がなくては閲覧できない。幸いにも、『サウス・カロライナ・レヴュー』（*South Carolina Review*）に発表された、ジョン・L・アイドルの論文「アーネスト・ヘミングウェイとトマス・ウルフ」（"Ernest Hemingway and Thomas Wolfe", 1982）に、その要旨と「書評」の一節が記されているので、それをここに紹介したい。

ウルフはまず、自分が「簡潔に書くタイプの作家ではなく、多量に、饒舌に書くタイプの作家であり、その傾向ゆえに長い小説を生み出しがちである」（二八頁）といい、自分がヘミングウェイと対極に立つ作家であると規定する。そのうえで、『武器よさらば』の「すばらしい簡潔さに自分はおおいに感銘を受けた」（二八頁）と記し、以下のように評している。

ヘミングウェイは一つのことを言って、十のことを暗示する。彼の言葉は、一つの文章の中で十分役割を果たしているばかりか、深遠で感動的な連想、推測を生じさせ、非常に豊かな役割を果たしている。（二八頁）

ヘミングウェイ文学の本質を見事に言い当てた批評である。

残念ながら、この優れた「書評」は発表されることはなく、未完成で断片のまま残された。ヘミングウェイは、ウルフが自分の最大の擁護者であることを知らなかったのだ。ウルフは、ヘミングウェイと自分は正反対の資質を持った作家であることを、手紙の中で述べていた。しかし、そうだからといって、ヘミングウェイの文学を痛烈に批判することはなかった。それどころか、生涯にわたり、ヘミングウェイの代表作を評価し続けた。それは、晩年に行ったインタヴューにもあきらかである（*New York Post*, March 14, 1936）。それに反して、ヘミングウェイは、『天使よ故郷を見よ』をはじめとするウルフの故郷を舞台とした作品以外、まったく認めなかった。冒頭でも記したように、『時と河について』を、「六〇パーセント以上たわごとだ」と酷評している。

ウルフの「幻の書評」は、このような批評的アンバランスをさらに浮き彫りにしてくれる。それとともに、本章で私がテーマとしてきた二人の「両極性」について、ウルフ自身が、すでに解明していることがわかる。私の小論は、ウルフが明らかにした「両極性」に、もっともらしい美学的な意匠をまとわせただけなのかもしれない。それゆえ、本論考は、ウルフの「幻の書評」の射程から一歩も出ていないといえるかもしれない。

Works Cited

Berg, A.Scott. *Max Perkins: Editor of Genius*. New York: Riverhead Books, 1978.
Bruccoli. Matthew J. ed. *The Sons of Maxwell Perkins*. Columbia: U of South Carolina P, 2004.

ドールス、E.『バロック論』成瀬駒男訳（筑摩書房、一九六九）
グルベール、アラン総編集『ヨーロッパの装飾芸術 第二巻 古典主義とバロック』木島俊介監訳（中央公論新社、二〇〇一）
Hemingway, Ernest. *Death in the Afternoon*. New York: Scribner's, 1932.
——. *Ernest Hemingway: Selected Letters 1917-1961*. Ed. Carlos Baker. New York: Scribner's, 1981.
——. *Green Hills of Africa*. New York: Scribner's, 1935.
——. *The Sun Also Rises*. New York: Scribner's, 1926.
Idol, John L. "Ernest Hemingway and Thomas Wolfe." *South Carolina Review* 15. 1 (1982): 24-31.
今村楯夫『ヘミングウェイの言葉』（新潮社、二〇〇五）
古平隆『汝故郷に帰るなかれ—トマス・ウルフの世界』（南雲堂、二〇〇〇）
倉田信子『フランス・バロック小説の世界』（平凡社、一九九四）
Magi, Aldo P. ed. *Thomas Wolfe Interviewed*. Baton Rouge: Louisiana State UP, 1985.
パリゼ、F. G.『古典主義美術』田中英道訳（岩崎美術社、一九七二）
Phillips, Larry W. ed. *Ernest Hemingway on Writing*. New York: Scribner's, 1984.
Steiner, George. *Language and Silence*. New York: Atheneum, 1958.（『言語と沈黙』、由良君美他訳、せりか書房、二〇〇一。本論考では、この優れた訳業を使わせていただいた。）
A・ツォニス、L・ルフェーブル『古典主義建築——オーダーの詩学』藤井博巳・丸山洋志・藤山哲朗共訳（鹿島出版会、一九九七）
Wolfe, Thomas. *Of Time and the River*. New York: Scribner's, 1935.
——. *The Letters of Thomas Wolfe*. Ed. Elizabeth Nowell. New York: Scribner's, 1956.

【付記】本稿は、二〇〇五年一二月一〇日に開催された日本ヘミングウェイ協会第一六回全国大会（於東京女子大学）のシンポジウム「ヘミングウェイと同時代作家」で行った口頭発表をもとに書かれたものである。

第二章　トマス・ウルフの作品と「民衆的形式」

アメリカ性という問題。それは、トマス・ウルフの文学を論じる際、どうしても避けて通ることのできない問題の一つである。このウルフ文学のアメリカ性については、これまで数多くの批評家、学者らが様々な角度から言及して論じてきた。たとえば、『時と河について』を一九二〇年代アメリカの「縮図」（'epitome'）であると述べたヘンリー・サイドル・キャンビー、ウルフの小説における希望と絶望の二面性をアメリカ的心性の精髄だと論じたトマス・ライル・コリンズ、ウルフの全作品はアメリカの広大な土地について書かれたものだとしたマックスウェル・パーキンズはその代表的な論者であり、また、ウルフ文学を、アメリカの美、アメリカ人の孤独などあらゆる角度からアメリカを探求したものだと述べたリチャード・ウォルサー、アメリカの多様な生活を描いた百科全書だと断じたリチャード・S・ケネディ、アメリカにおけるあらゆるタイプの人種を描くことで「人種のるつぼ」アメリカを表象していると結論したパスカル・リーヴズは、ウルフのアメリカ性に正面から取り組もうとしている。

これらウルフのアメリカ性についての論議は、じつに多岐にわたって展開されているのだが、そこには、ある方向性・傾向が見て取れる。それは何かというと、これまでの研究はほとんどの場合、素材、対象としてのアメリカ性、あるいは主題としてのアメリカ性の解明に終始してきたということである。つまり、ウルフの作品においてアメリカがどのように描かれているか、またいかなるアメリカ的主題が見いだされるか、ということに焦点が当てられてきたということだ。しかしながら、このような観点からは、ウルフの作品とアメリカの有機的な関わり、ウルフの文学的創造とアメリカの関わりが十分に明らかにされないように思われる。そこで、本書の第二章においては、この点を明らかにするために、ウルフのイマジネーション、エクリチュールのレベルにおけるアメリカ性を考察してみたいと思う。が、イマジネーション、エクリチュールのレベルにおけるアメリカ性と一口にいっても、いろいろなアプローチの仕方がありうる。それらすべてについて、網羅的にこの小論において論じ尽くすことはきわめて困難である。それゆえ、本章においては、その一つの例として「民衆的形式」という視座を設けてみたい。それが、本章の表題「トマス・ウルフの作品と『民衆的形式』」の由来である。

「民衆的形式」と言うと、多くの読者はバフチンのカーニヴァル理論を思い浮かべるかもしれない。しかし、この小論では、カーニヴァルという世界共通の普遍的な形式に言及するつもりはない。私の主たる関心は、アメリカという一地域に固有の民衆的形式にある。よって、表題は、正確に言えば「トマス・ウルフの作品とアメリカの民衆的形式」となる。それでは、ウルフの作品と「民衆的形式」はどのように関係しているのだろうか。その前に、そもそもアメリカ文学と「民衆的形式」の関係についてこれまでどのような研究がなされてきたのか、概観してみよう。それは、この小論の出発点およびコンテクストを明らかにしたいからであり、また「民衆的形式」を考察するための明確で有効な輪郭線、枠組をもうけたいからである。

アメリカにおいて「民衆的形式」に対する学際的関心が高まるのは、二〇世紀の始めになってからのことである。フォークロアに関する研究、アメリカのユーモアに関する研究がこの頃からさかんに行なわれるようになる。一例を挙げれば、一九〇一年にはジェイムズ・L・フォードの“A Century of American Humor”そしてW・P・トレントの“A Retrospect of American Humor”が書かれており、また一九〇三年には、オスカー・G・T・ソネックのYankee Doodleに関する報告書がでている。が、本格的に盛んになるのは一九二〇年前後からである。この時期になると、ジャーナリズムの飛躍的発展、雑誌の出版部数の増大により、フォークロア的人物、出来事に関する物語が、人々のあいだに以前にも増して普及するという社会的事情も手伝って、「民衆的形式」に対する関心がますます高まってくる。F・H・ヘリックの*Audubon the Naturalist*（1917）はbackwoodsmanを取り扱った研究であり、J・R・タンディーの*Crackerbox Philosophers*（1925）はYankeeの預言者について論じている。また一九二五年にはジェイムズ・スティーヴンズの*Paul Bunyan*が出ており、一九二八年には、世界の民話・伝説を集めたアンティ・アールネの『民話の諸類型』の英訳がスティス・トンプソンによってなされている。

このような「民衆的形式」に対する関心が高まる一方、アメリカでは一九二〇年前後より、文学創造における自国の文化、伝統の重要性、必要性についての議論が盛んに行なわれるようになる。ブルックスの“On Creating a Usable Past”（1918）、ハロルド・スターンズが編纂した*Civilization in the United States*（1922）、ルイス・マンフォードの*The Golden Day*（1926）はその代表的なものである。

これら二つの流れは、一人の天才的な学者のうちで幸福な結びつきを果たすことになる。その天才とは、コンスタンス・ルーァクである。彼女がその著 *American Humor: A Study of the National Character*（1931）において、アメリカのフォークロア、文学において繰り返したちあらわれる原型として "comic trio"（"the Yankee"，"the backwoodsman"，"the minstrel"）をあげ、同時に tall tale をはじめとする様々な語りのパターンを明らかにすることで、アメリカ文学に対するそれまでの批評を一変させるという離れ業を成し遂げたことはあまりにも有名である。また、ルーァクと踵を接するように研究を始めたウォルター・ブレアは、*Native American Humor*（1937）、*Horse Sense in American Humor*（1942）を次々に世に問うたが、彼の研究はハムリン・ヒルと共著の *America's Humor*（1978）に結実している。彼はこの本のなかで、ルーァクにおいて十分に見いだされなかった歴史的観点を導入することで、つまりアメリカ文学にあらわれる「民衆的形式」が歴史的にどこに発し、どのように変移していったかを博引旁証のかぎりをつくして考察することで、ルーァクの研究を批判的に継承した。話は少し前にもどるが、一九六一年にはダニエル・G・ホフマンの *Form and Fable in American Fiction* が出ている。ホフマンはこの本の中で、ルーァクの "comic trio" のうち "the backwoodsman" と "the Yankee" を主としてとりあげ、前者を "frontiersman" という新たな名称で呼び、後者をさらに Yankee の田舎者、Yankee の行商人という二つの原型に分類した。また、ルイス・D・ルービンの編集した *The Comic Imagination in American Literature*（1973）は、アメリカ文学と「民衆的形式」の関係を扱った三十数篇の論文を収録しており、このテーマへの入門書として読むことができる。そのほかの研究としては、キャロライン・S・ブラウンの *The Tall Tale in American Folklore and Literature*（1987）が特にきわだっている。これは、「ほら話」（tall tale）に関する最高の研究の一つであり、研究の中心を「ほら話」の素材、モチーフではなく、その構造、語り方に置いている点で画期的であるといえよう。

これらの研究において、「民衆的形式」といった場合、何が共通して問題になっているのだろうか。その主なものをあげるとすれば、大体次の三つに分類できる。一つは、人物造型において見られる民衆的ステレオタイプであり、もう一つは、「ほら話」であり、三番目としては、「口語・口承（oral）性」の問題があげられる。

以下のトマス・ウルフについての論考も、これらルーアクに始まる一連の研究に沿ってなされるものである。すなわち、ウルフの作品におけるこれら三つの要素を探ることにより、彼の作品の「民衆的形式」に光を当てようとするものである。

それでは、トマス・ウルフにおける「民衆的形式」、すなわちこれら三つの要素とは、具体的にはいかなるものなのか。それを論じるにあたって、まずわれわれは、トマス・ウルフの批評史の上で「民衆的形式」がどのように扱われているかを手短に述べておく必要がある。ウルフ批評史において、彼の作品の「民衆的形式」に正面から取り組んでいるのはレズリー・A・フィールドただ一人である。フィールドはウルフの死後に出版された『遥かなる山々』（*The Hills Beyond*）における「民衆的形式」を詳しく考察している（“*The Hills Beyond*: A Folk Novel of America” 1960）。彼はそこで、ウルフが作品に「民衆的形式」をとりいれたのは『遥かなる山々』が初めてであり、その意味においてこの作品は「新たな方向性」（“new direction”）を示すものだと記している。フィールドがウルフの作品のなかに「民衆的形式」を読み取ったこと自体は慧眼であり、ウルフ批評史において画期的なことである。しかしながら、「民衆的形式」は、果たしてフィールドの言う通り「新たな方向性」であるのだろうか。私はそうは思わない。ウルフは、処女作からすでに「民衆的形式」をとりいれており、それは「新たな方向性」と言い切ることはできないとおもわれる。そのことを明らかにするため、以下の論考ではあえて、フィールドが考察から除外した作品のうち、とりわけ「民衆的形式」が顕著であるとおもわれる『天使よ故郷を見よ』、『時と河について』の二作品を論の対象としてとりあげてみたい。

さて、前置きはこれくらいにして、早速第一の問題、すなわち民衆的ステレオタイプについて考えてみることにしよう。

一　民衆的ステレオタイプ

ルーァクは、backwoodsman という民衆的ステレオタイプの特徴を *American Humour* の第二章で詳しく述べているが、それらを箇条書きにしてまとめると次のようになる。（一）半神、半人半獣、巨人性、原始性（二）力の象徴、力の誇示（三）群衆の中できわだつ尊大な態度（四）強い飢渇、放浪欲（五）儀式的行為（六）豊穣の象徴（七）喜劇的特性（大げさな身振り、朗読口調、熱狂的で喜劇的な独白、大声をはりあげること）。またホフマンは、frontiersman ＝ backwoodsman の特徴として超人的な体力・食欲、粗野でアナーキーな性格をあげ、ルイス・リアリーはワシントン・アーヴィングを扱ったエッセイ（前述したルービン編の論文集に収められている）の中で、backwoodsman の特性として酒浸り、好色、放浪性、喜劇性、カリカチュア的傾向を挙げている。

このような backwoodsman ＝ frontiersman という民衆的ステレオタイプの特徴をみて、われわれウルフを読むものは誰でも、すぐに或る一人の登場人物を思い起こすであろう。その人物とは、『天使よ故郷を見よ』、『時と河について』に出てくるＷ・Ｏ・ガントである。このガントという人物は、backwoodsman の特性をすべて備えている。ガントは、アルタモントに放浪してきた流れ者であり、カリフォルニアへの大旅行は、彼の放浪欲のあらわれである。ガントの巨人性は、カリフォルニアからアルタモントに帰ってきたとき「小人の島にやってきたガリヴァー」と表現される。また、彼をアルタモントの人々の間で異邦人とする尊大な態度。彼が定期的に行なう酒池肉林の大騒ぎ、それに続く酒乱、破壊的行動。数人の男が力を合わせても持ち上げることができない石を、一人で軽々と持ち上げてしまう超人的な体力。ドン・ファン的好色、ドン・キホーテ的無鉄砲・無秩序、ガルガンチュア的食欲。そして、ガントが家族の前で毎日行なう儀式（暖炉に石油をぶっかけて火を起こすこと、および毒舌）。この儀式の司祭であるガントは、家族の者たちの目には、大地の豊穣さの象徴として、神のような超自然的存在として映っていた。何よりもガントの backwoodsman 的特徴を物語っているのが、彼の喜劇性である。彼は、劇の台詞を朗読するように話し、またそれがひどく場違いで、しかも大げさな身振りを交えるために、読者に笑いを引き起こす。一例をあげよう。それは、『天使よ故郷を見よ』において、ユージーン・ガントがまさに生まれようとする時に、ガントが妻イライザの産室に入りこもうとしている場面である（ウルフの作品の引用、引用箇所の頁数は、以下すべてスクリブナー版〔*Look Homeward, Angel*,1929. *Of Time and the River*, 1935.〕による)。

「おい、居るのか。おい、おまえ、居るのかっていってんだ。」

ガントは怒り狂ったように、拳固でどんどん戸を叩いてわめきたてた。

しかし、ただ青ざめた沈黙があるばかり。

「ああ、恐ろしや、ひどすぎる、残酷な仕打ちだ。この年になって神がかくも罰するようなことを、俺がしたっていうのか。」

何の返事もない・・・・・。

彼は、お道化てうるさく鼻をならし、泣きわめいて続けた。

「うわあぁーん、神よ、お救けくだされ。おねがいです、お頼みします。さもないと死んでしまいます。」

沈黙が答えるのみ。

「恩知らず、畜生にも劣るわ。」ガントはふたたび始めた。「天に正しき神がましますごとく、おまえに必ずや罰が下されることであろう。・・・」(二二一―二二三頁)

この箇所では、ガントの言葉、身振りの大仰さ、場違いな言葉の調子、そしてその唐突で急激な変化(悲劇的な調子、バーレスク調、説教をおもわせる調子)などにより、彼の喜劇的特性は強調される。

これらガントの backwoodsman 的特徴のうち、いくつかは、作者ウルフの父であるW・O・ウルフに由来するものである。それは、エリザベス・ノーウェル、アンドリュー・ターンブル、デヴィッド・ハーバート・ドナルドらウルフの伝記作者たちが実証している。しかし、ウルフがそれらの特徴を実際よりもはるかに誇張し、際立ったものにしているのも事実である。そのことは、フロイド・C・ワトキンズが、ウルフの小説中の人物とそのモデルとなった実在の人物とのかかわりを論じた労作である *Thomas Wolfe's Characters* において証明ずみである。つまり、ウルフは、現実の素材を民衆的な想像力によって拡大し、類型化することで、ガントという backwoodsman をつくり出したのだといえよう。そしてこのガントという人物は、ブロム・ボーンズ、ハック・フィンの父などと並んで、アメリカ文学における最も記憶に残る backwoodsman の一人になりおおせている。

さて、『天使よ故郷を見よ』には、ガントと並び、もう一つの民衆的ステレオタイプが登場してくる。それは誰か。それは、ユージーンの兄ルークである。

ルークは Yankee、それも Yankee の行商人という民衆的ステレオタイプにあてはまる人物である。ルークは、『天使よ故郷を見よ』におけるトリックスターであり、父ガントに由来する天成の喜劇的知性と母イライザから受け継いだ抜け目のない商才を遺憾なく発揮する。その雄弁さと多芸ぶり、変身の巧妙さは、まさしく Yankee の行商人を思わせるものがある。たとえば、『サタデー・イブニング・ポスト』紙を通行人に売り付けている場面（九八―九九頁）。そこで、彼は、雄弁と巧みな比喩（相手に「調子はどうかい」と聞かれて「子犬の腹のようにしゃんとしてまっさあ。」

と受け答えするところなどその一例）を用いることで、通行人の一人をひきつけ、新聞を一部売り付けることに成功する。また、アルタモントの土地を売り付けようとしている箇所を以下に引用してみよう。

「皆さま、寄ってらっしゃい見てらっしゃい。麗しのホームウッドの十七区画。わが社が森を提供、皆さま方が家を建てるというわけです。さてさて皆さま、この美しき建設用地は奥行一七九フィート、庭や裏の離れをつくる余地はじゅうぶんあります（麗しのホームウッドでトウモロコシの穂軸を育てるのもいいでしょう）。正面は一一四フィートで、新しい砕石道路に面しています。」

「道路はどこにあるんだい？」と誰かが叫んだ。

「もちろん、大佐、図面の上ですよ。」（二一二頁）

この箇所では、まだ道路すら出来ていない土地を、あたかも今すぐにでも住むことができるものとして売り付けようとするところに、ルークのCon Man（信用詐欺師）的性格が現れている。上の引用に続く箇所でも、何でもかんでも片っ端から売り付けようとする彼の行商人的性格が明確に記される（He was a hustler: he sold patent washboards,trick potato-peelers,and powdered cockroach poison from house to house. To the negroes he sold hair-oil guaranteed to straighten kinky hair, and religious lithographs... p.213）。

これら、ガントとルークという二人の民衆的ステレオタイプ。これら二人の人物が登場する『天使よ故郷を見よ』が出版されたのが、一九二九年。それは、ちょうどルーァクが民衆的ステレオタイプについて、文学創造とそれらの関係について研究していた時と期を一にしている。このことは、二人の書き手が、互いに知ることはなかったにせよ、片や小説を通じて、片や批評を通じて共に同じ方向に歩んでいたことを示しているのではないだろうか。すなわち、アメリカ土着のものを文学創造と関わらせるという方向に。その意味で、ウルフとルーァクは、「同時代人」であるということが出来るであろう。

二　ほら話（Tall Tale）

ウルフの文学を読むわれわれ誰しもが気づくことの一つは、彼の誇張した書き方である。たとえば、ガント家の人物であるガントとヘレン、そしてガント家の生活は、リアリスティックに事細かに書かれる一方、時には、現実にはありえないほどに誇張して描かれている。とりわけ、ガントの体力、食欲、ヘレンのヒステリーなどは、ギリシャ神話に登場する人物を思わせるほど、常人の何倍にも誇張して描かれる。また、ガントが暖炉に石油を二缶もぶっかけるところ、あるいは、ガント家のガルガンチュア的食卓、これらは、たとえ、ウルフの家がアッシュヴィルで、裕福なほうであったとはいえ、現実よりも何倍も誇張されている。このような誇張した書法は、第二長編である『時と河について』においていっそう顕在化する。そこでは、人物もそれをとりまく諸事物もグロテスクなまでに拡大され、誇張して描かれている。

　このような書法については、多くの批評家・学者らがすでに指摘している「・The exaggeration of traits of the real people Wolfe wrote about is typical of his use of the members of his own family.（Floyd Watkins）／・every character in the book（*Of Time and the River*）were all twenty feet tall, spoke with the voice of trumpets and the thunder, ate like Pantagruel, wept like Niobe, laughed like Falstaff and bellowed like the bulls of Bashan.（Bernard DeVoto）／・His perspective of America itself is out of joint: distance and spaces are magnified,...（W. M, Frohock）／・In the novel the Gants' home was a place of rich abundance. Everything about it was oversized.（David Herbert Donald）／・Everything in this landscape is larger than life and larger than nature. . . . As Eugene grows older, he begins creator's penchant for the outsized.（Leo Gurko）」。誇張した書法をウルフの作品のうちに見いだしているという点では、わたしはこれらの論者に全く異論はない。しかしながら、彼らは多くの場合、このような書法を指摘するに止まり、それがどこに由来しているのか明らかにしていない。たとえ明らかにしているとしても、それをウルフ一個人の幼児性、病理に由来するものだとしている。はたして、それはウルフの幼児性、病理のあらわれなのであろうか。わたしは、そうではないと思う。そのような書法は、彼一個人の歪んだ心性の反映ではなく、アメリカ人特有の民衆的幻想のあらわれであると考える。それは何か。わたしは、それは、実物よりも大げさにものを語り、しばしばそれにより喜劇的効果をねらう「ほら話」の手法であると考える。

　すでに述べたことだが、キャロライン・ブラウンは「ほら話」の特質を、その素材やモチーフにではなく、その語り方、書き方に求めた。彼女は、たとえ個人的な体験あるいは事実が語りの対象になっていたとしても、語り手、書き手がそれらを巧みに想像の世界と混ぜ合わせ、誇張してゆくというやり方がみられれば、それは「ほら話」であるとした。この観点からは、自伝的作品の「ほら話」的特性も考察することが可能になってくる。すなわち、たとえ伝記的事実に忠実であっても、語り方、書き方に「ほら話」的特性が見いだされる自伝的作品は「ほら話」であるということである。この観点を導入することで、ブラウンは tall tale 研究を一歩前進させた。以下の考察では、この観点から『時と河について』の「ほら話」的特徴を追ってみたいと思う。

なによりもこの作品の「ほら話」的特徴を物語っているのは、ユージーンの「巨人主義」(giantism)である。一つのレストランで一〇〇〇のサーロインステーキを食べる（一五三頁）とか、一〇年間に二〇〇〇〇冊の本を何度も繰り返して読んだ（九一頁）とか、数字はあまりにも誇張されている。ここに限らず、数字の誇張は、全編をつうじて見いだされる。たとえば、一つの旅の間に一〇〇〇〇〇〇〇の人々と生活を分かち合う（二五頁）という所はその最たるものである。この作品では事物を数える基本単位として一〇〇万（million）が多用されていることは、数字の誇張を最もよく示している。また、ユージーンの行動を描く際に使われる、“all”、“whole”、“every”など「全体」をあらわす言葉、“huge”、“enormous”、“immense”など「広大さ」をあらわす言葉によって物語の「ほら話」性は強まる。そして、人物描写。そこで特徴的なのは、人物の身振りがひどく大げさであるということだ。たとえば、ボストンの大通りを横切ろうとするユージーンの叔父バスカム・ペントランドの一挙手一投足は、喜劇的なほど大げさに書かれている。ハーヴァードの学生たちが集まるサロンの主催者であるポッター夫人の発作についても同様のことが言える。また、人物の発話を示す際"howl"、"shout"、"cry"、"roar"という言葉が頻繁に使われるため、このような印象はさらに強まる。人物ばかりでない、事物も誇張して描かれている。たとえば、ボストンへ向けて驀進する列車。それが他の列車とすれ違うときのスピードは「いなずま」のようだと記されている。そして、この列車の大きさは怪物を思わせる。それは、レオ・ガーコがすでに指摘している("The train is, of course, no ordinary train, but a demonic apparition from some other kingdom")。

極端な比喩、比較、ブラウンの言う"tall conceit"も忘れてはならない。バスカムの声が「山の上から谷間にいる人に説教しているみたいだ」(一〇五頁)とか、イライザが「川や雪崩のように罪を知らない」(四頁)という表現はその例である。最後に、全編を激流のように流れるウルフ的レトリック。それは、形容詞や副詞や動詞を過剰なまでに畳み掛けるように用い、同一語句をくどいほど繰り返すことで、すさまじい爆音を放つ。ヘビメタも真っ青の爆音を。それにより、作品に描かれる世界の「ほら話」性はいっそう増す。

ブラウンはまた、「ほら話」の特徴として、人物の或る部分の極端な誇張、事実と幻想の境の不明瞭をあげているが、これらも『時と河について』にはっきりと見て取れる。身体の一部をグロテスクなまでに拡大して描写する方法(ガントの手の描写はその一例)、人物の仕草、癖を誇張して描く方法(たとえば、ルークが髪のなかに手を入れ掻きあげる仕草はくどいほど繰り返し書かれる)は頻繁にみられる。そして、事実と幻想の混合。物語はだいたい事実にもとづいているが、そこに作者の幻想が入り交じることによりこの作品は成立している。都市ニューヨークにおけるユージーンの物語は、ウルフの伝記的事実に沿っているが、時として幻想の翼は飛翔し、それはアンタイオスとヘラクレスの戦いのように神話的なものとなる。

このように、『時と河について』の書き方は、「ほら話」的特性に満ちている。ブラウンは前掲書のなかで、トウェインの自伝を評して taller-than-life autobiography と言ったが、まさしく、『時と河について』も、ウルフの taller-than-life autobiographical novel であるといえよう。

さて、ウルフの作品の「民衆的形式」についての問題も残り一つとなった。それは、「口語・口承性」の問題である。この問題は、今述べてきた「ほら話」の問題と別々ではない。なぜなら「ほら話」は、ブラウンも指摘している通り、「口語・口承性」をその最大の特徴としているからだ。よって、「口語・口承性」の問題を扱うことは、ウルフの作品における「ほら話」的特徴をあらためて浮き彫りにしてくれると思う。

三　口語・口承性

アメリカ文学と民衆的形式の関係を扱った研究書のほとんどは、アメリカ文学における「口語・口承性（の伝統）」の問題について言及している。とりわけ、ブレアとハムリン・ヒルは *America's Humor* の "Phunny Phellows" という章のなかで、ブロム・ウェーバーは "The Misspellers"（前述したルービン編の論文集に収められている）においてそれを論じ、ダニエル・ロワイヨは *L'humour américain*（1980）の中で "La tradition orale" という項目を設けており、またブラウンは前掲書の第七章 "A Note on Colloquial Style" において、「ほら話」の影響による oral tradition について詳しく考察している。これら研究書が扱っているoral traditionは、一つは、語り手の言葉にみられる「口語・口承性」であり、もう一つは、語り手が描く人物の言葉にみられる「口語・口承性」である。ウルフの作品において語りの「口語・口承性」は、長編よりも中、短篇においてみられる。とりわけ、彼の最も完成された作品だと言われている「大地の蜘蛛の巣」(“The Web of Earth”)においては、この語りの「口語・口承性」が遺憾なく発揮されている。そこでは、イライザがユージーンに語りかけているという状況、つまり語りのコンテクストが語りのテクストに埋め込まれているという‘frame tale’の構造をとっているため、「口語・口承性」の印象は、文体の口語性によってばかりでなく、語りのパーフォーマンス性によって強まっているのである。

ウルフの長編では、「口語・口承性」は語りのレベルにおいてはあまり顕著ではないが(しかし顕著でないといっても、第二作『時と河について』の語りは、独白的、あるいはコーラス的であり、非人称の客観的で説明的な語りをしばしば逸脱し、語り手の声を聞くことができる点で「口語・口承性」が認められる)、第二の「口語・口承性」、すなわち、人物の喋る言葉の音声学的特徴を様々な表記法によって示すという傾向はきわめて顕著である。ウルフは、あらゆる方法を用いて、人物の発話の音声学的特徴を表出しようとしている。それを以下、『天使よ故郷を見よ』、『時と河について』を対象として、実例に即しつつ見てみよう。

たとえば、あるユダヤ人の葬式で家族が泣き叫んでいる箇所はその一例である(“Oi, yoi yoi yoi yoi, Oi yoi yoi yoi yoi, Oi yoi yoi yoi yoi,” *Look homeward, Angel* p.80)。また、ルークの発話のスタイルの表出も音声学的特性を示している(たとえば以下のような発話。“If you b-b-bought it in a book, it'd c-c-cost you a d-d-dollar-and-a-half." p.99)。ルークが敬虔なクリスチャンの夫人の教えに耳を傾けている箇所などは、彼が相手の話をいいかげんにふざけた態度で聞いている際の、そしてしだいに笑いをこらえつつ応答する際の音声学的特徴が見事にとらえられている（"Yes? ...Ye-e-es?... Ye-e-e-es?... Ye-e-es?... Y-ah-s?... Y-a-h-s?... Y-ah-s?... Y-ah-s?" p.211）。

これら人物の喋る言葉を、表記の仕方によって印象づけ喜劇性を生み出す手法は、『時と河について』ではフルに使われている。例として、さまざまな人物の様々な笑いのエクリチュール。

. Helen
（K, k, k, k,）
（K-k-k-k-k-k!）
（Hi, hi, hi, hi, hi,）
（Hi! Hi! Hi! Hi! Hi!）
（Hah! Hah! Hah! Hah! ...）

. Bascom Pentland
（phuh-phuh-phuh-phuh-phuh!）
（Phuh-phuh-phuh-phuh-phuh!）
（Phuh! phuh! phuh! phuh! phuh!）
（Phuh! Phuh! Phuh! Phuh! Phuh!）

. George Pentland
（Haw! Haw! Haw! Haw! Haw!）

. Luke
（whah!--*whah-h*!）（oh-ho-ho-ho!）
（*Whah-h*!）
（Whah--*whah*!）
（Whah--*Whah*!）

. Abe Jones
（oh-ho-ho-ho-ho-ho!）
（Oh-ho-ho-ho-ho!）
（Oh!-Ho-ho!--ho!）

.Robert Weaver
（Ah-hah-hah!）

. Mr. Wang

(yis, yis, yis)　(Whah! *Whah!*)　.Cram
(Yis, yis, yis)　(Heh! Heh! Heh!)

この引用からもわかるように、とりわけ『時と河について』では、笑いの間、強弱が、活字の視覚性によって詳細に示されているのである。

人物の独特な喋り方、癖も実に巧みに表記される（ルークについてはすでに述べた）。例としてバスカムの、同一語句を何度も繰り返す喋り方（"Oh, hello, hello, hello...How are you, how are you, how are you, how are you..."/"Oh, by all means, by all means, by all means!"/"Hello, Hello, Hello! Good-morning, Good-morning. Good-morning!"）。いつでも三度言葉が繰り返されるため、バスカムは戯画化され読者は思わず吹き出してしまう。そしてイライザの南部人特有の間延びした語調（*Wha-a-a-t!* Why, you're my *ba-a-a-by*! ... I'd be *afra-a-a-id*, afraid...）。これは、すでに『天使よ故郷を見よ』でお馴染みである。また、アメリカに住む様々な民族・国民の用いる実にさまざまな英語の音声学的特徴もたくみに表記されている。たとえば、アイルランド系移民のエディー・マーフィー（"Shakespeare was de greatest poet dat evah lived... A sonnet is a pome of foihteen lines"）。あるいは、ギリシャ人マクロプロスの片言英語（"Everyt'ing ni-ez! Not old!.. New! de same as here."）。また若いベルギー人の"exaggerate"という単語の発音の仕方は"ex-ack-sher-ate"と記される。その他、黒人の言葉（"No. sah! Dat ain't Cap'n McIntyre. Ole man Riogsby's got her. Dere he is now!"）、ユダヤ人女性のふくよかな言葉（"I think you're being very supe-er-fish-al.　I don't ag-gree with you at aw-ull! "）など、実に様々

である。パスカル・リーヴズは、ウルフの作品にはあらゆるタイプの人種が登場してくると述べたが、われわれは一歩進んで、そこにはあらゆるタイプの人種が話すあらゆるタイプの英語が見いだされると言うことができるだろう。ウルフはまた、人物たちの発話における語の強調（意味上のあるいは音声上の）、リズム、間などを生き生きと表象するために、あらゆるタイポグラフィー上の実験を行なっている。その主なものとしては、コンマ、ピリオドの多用、ダッシュ、括弧、ハイフンの頻繁な使用、イタリック体、大文字の使用、それに最も小さな単位としてミススペリングや単語の分解などがある。

以上述べてきた通り、ウルフの世界、とりわけ『時と河について』においては、人物の発話の「口語・口承性」が強調され、それにより、彼の作品がアメリカの口承文学の伝統のうちにしっかりと位置していることがわかる。その点で、ウルフも、ブレアが十九世紀のユーモリストを評した言葉を用いるならば、Phunny Phellow の一人なのである。

＊

さて、ここで議論をまとめよう。わたしは、本章においてトマス・ウルフの作品におけるアメリカの民衆的形式として三つの要素を考察してきた。第一の民衆的ステレオタイプとして、わたしは、ガントという backwoodsman = frontiersman およびルークという Yankee（それも Yankee の行商人）を示した。そして第二の「ほら話」（tall tale）の議論では、ウルフの誇張した書法に注目することで、『時と河について』を taller-than-life autobiographical novel であると結論した。また、第三の「口語・口承性」の問題としては、とりわけ人物の発話における「口語・口承性」の表象にしぼって考察したのは、いま見てきたとおりである。

　このように、アメリカの民衆的形式がウルフの作品に明確に見て取れるということは、とかくこれまで民衆文化のレベルと切り離されて考えられてきたウルフ像を、そのようなレベルから超然とした孤高の天才作家ウルフというイメージを一新し、つくりかえるのではないかと思う。ウルフの「同時代人」であるルーァクは、*American Humour* のなかで、"inevitably genius embraces popular moods and formations even when it seems to range furthest afield" と記しているが、この言葉は、ウルフにこそもっともよくあてはまると言えよう。ウルフという天才が、実は「民衆的」な mood と formation を有していること。「民衆的形式」を有している点で、実にアメリカ的な作家であるということ。このことは、彼の作品が、批評的には必ずしも暖かく迎え入れられなかったとはいえ、出版当初からアメリカの一般読者に広く迎え入れられ、今もなおアメリカの古典として読まれ続けていることの理由の一つなのではないか、とわたしは考えている。

【付記】本稿は、一九九〇年五月二六日に日本アメリカ文学会東京支部例会で行なった研究発表である。また、本章における『天使よ故郷を見よ』からの引用の訳文は、大沢衛氏の訳業を参考にさせていただいた（以下の章においても同様である）。

第三章　アルタモント、天使の詩

――『天使よ故郷を見よ』を読む

天使の視点からとらえられた空間。神の不動の視点でもなく、人間の限られた視点でもなく、天使のみが有する自由な、運動する視点のとらえる空間。トマス・ウルフの処女作は、このような空間を見事に表象し得ている。処女作とは、言うまでもなく『天使よ故郷を見よ』のことである。そこに描かれる空間の名はアルタモント。そう、まさしく表題の示す通り、天使によって見られた故郷＝アルタモント。書き手は、このアルタモントに住む多くの人物に、天使のごとく寄り添い、彼ら（のつぶやき）を描き出してゆく。同時に、われわれ読者は、このような自由自在な視点によってとらえられた人物たち（のつぶやき）を、書き手の視点の動きに沿って見聞きすることになるのだ。

都市のざわめき（noise）をことごとく一つの作品の中にとらえようとする試み、これは、ウルフが文学上の師と仰いだ、ジョイスの『ユリシーズ』にその先例を見いだすことができ、また映画では、ヴィム・ヴェンダースが『ベルリン、天使の詩』（原題は『ベルリンの上の空』）で行っているが、ウルフも、この二〇世紀に特徴的な手法を『天使よ故郷を見よ』でとり入れている。とくに、第二部の冒頭部分にそれは顕著である。ジョイスのダブリン、ヴェンダースのベルリンと同様、ウルフのアルタモントにおいても、人物たちのつぶやき、とりわけ内面のつぶやきが、天使的視点の自由自在な運動によって記されているのだ。人物たちのつぶやきの織りなすざわめき《ノワズ》が……。

このざわめき《ノワズ》のなかに、われわれ読者は、ひときわはっきりとした「声」を聞き分けることができる。なかでも、主人公ユージーンの「声」。彼の父ガントの「声」。母イライザの「声」。そして、ユージーンの守護天使である兄ベンの「声」……。読者は、これら主要人物の「声」に耳をかたむけつつ、またそれら「声」を頼りに、『天使よ故郷を見よ』の混沌とした多様な文学的世界へ足を踏み入れてゆく。そして、われわれ自身の『天使よ故郷を見よ』を再構成してゆくことになる。

以下の論も、そのようにして出来上がっていったものである。すなわち、右に挙げたような主要人物の「声」に耳をかたむけつつ、わたしなりに再構成した『天使よ故郷を見よ』の世界ということができよう。

一　世界劇場

「起て、わがシェイクスピアよ」という、ベン・ジョンソンの詩句で始まる第二七章では、アルタモントの町で催されたシェイクスピア死後三百年を記念する野外劇の模様が描かれている。この野外劇の演出家ロッカム博士は、次のような詩句を高らかに謳いあげる。

美しき商業よ、諸芸術の姉妹よ、汝も

われらが舞台にて、その地位を得るべきなり。(1)　（三一〇頁）

それに続いて、アルタモント商会の旗をもった人々が、この木立に囲まれ窪地になっている「自然の円形劇場」を、列をなして通り過ぎる。次に、日曜学校の子供たちの一団が、先生に導かれて、「一千本の小さな自由の旗」を持ってこの「円形劇場」に現れてくる。その後に、次のようなくだりがある。

町の人々は、この春初めて白いシャツ姿になり、芝生の土手に腰を下ろし、樹木のこんもり茂る中ささやかに演じられている間違いの喜劇を、まじめな顔をして見下ろしていた。そして町をとり囲んでいる山々は、またその上にましまする神々は、少し大きめの町という劇場を見下ろしていた。（三一一頁）

アルタモントの町でも、この野外劇と同様、商業が重んじられ、民主主義的理念がたたえられている。また、この野外劇の一部をなすシェイクスピアのバーレスクにおいて、ユージーン・ガントはハル王子の役を演じる。ユージーンは、『ヘンリー四世』において成長をとげてゆくハル王子のように、この「町という劇場」（以下〈アルタモント劇場〉と記すことにする）で演じられている〈町の喜劇〉の中で成長してゆくことになる。その意味で、この野外劇は、アルタモントで演じられている劇を映し出す劇中劇といえる。

それでは、〈アルタモント劇場〉という〈故郷〉において、ユージーンの演じる劇とはいかなるものであるのか。また、彼をとりまく人物たちの演ずる劇とはいかなるものであるのか。

二　ユージーンの原風景

一九〇〇年に、「人間たちの出来事が演じられる劇場」(三〇頁)にユージーン・ガントは登場する。そこで描かれるのは、赤児の目からながめられた混沌とした世界像である。

時々、彼は寝台の高い壁に体を押しつけるようにして立ち上がり、下の絨毯模様をながめ、眩暈を感じた。世界は、彼の心に潮のように流れ入り、またそこから流れ出し、一瞬そのはっきりした輪郭をもった模様は心に印象づけられるが早いか、ふたたび曖昧になり、ぼうっとして消えてゆき、一方、彼は感覚の織りなす謎模様を少しずつ継ぎ合わせてゆき、同時に火搔き棒にうつって踊る火のきらめきのみを見ていたが、その時、どこか遠くに、はるかなる魅惑的な国で、日にあたたまる雄鶏が小妖精のようにくっくうと笑っているのを聞いた。(三二頁)

この音楽的で夢幻的な調子の文章を、右に長く引用した理由は、ユージーンの幼年期、少年期、青年期を通して変わることのない認識上の特性が、このユージーンの揺籃期のヴィジョンに集中的に示されているからである。

複数の文が、主に分詞構文によって連なるという文体論的な特性、そして、流動性、運動性を表す言葉の連鎖（「流れ入り」、「流れ出し」、「印象づけられ」→「曖昧になり」→「消えてゆき」、「踊る」）は、ユージーンという認識主観が、外界の事物を常に「動くもの」としてとらえていることを読者に示してくれる。そしてこの文体論的な連続性は、視覚（「きらめきのみを見ていた」）、聴覚（「聞いた」）の認識主観における同時的作用、相互貫入を読者に強烈に印象づける。また、「遠くに」、「はるかなる」という言葉が、この文学空間の広大さと無限性を意識させる。このような認識論的な連続性、知覚上の同時性、空間感覚は、『天使よ故郷を見よ』（以下『天使よ』と略記）のみならず、『時と河について』のユージーンにおいても見いだされる特性である。「生命は運動にある」と言ったのはアリストテレスであったが、ユージーンの「一個の透明な眼球」（エマソン）を通してとらえられる世界が生き生きしているのは、それが常に動いているものとして読者に示されるからである。そして、ユージーンの「世界をまえにしての〈驚異〉」（オイゲン・フィンク）は、作品を新鮮で可能性に満ちたものとする。

この引用文はまた、ユージーンの欲求と願望を暗に示している。幼児用の寝台の高い「壁」から身を乗り出して絨毯模様を見るという行為は、狭い世界から、肉体的拘束から自由になろうとする欲求、「壁」のむこう側の未知の世界を知ろうとする欲求を示している。一方、束縛からの自由は、同時に「自由の眩暈」（キルケゴール）をひきおこす。混沌とした世界のひきおこす不安から逃れようと、ユージーンは秩序を求めて「謎模様」を「継ぎ合わせ」ようとする。また、彼は、「はるかなる魅惑的な国」を夢みている。これら、脱出欲、知識欲、秩序に対する欲求、ロマン的憧憬は、『天使よ故郷を見よ』、『時と河について』を通じて、さまざまな形をとってあらわれることになる。具体的には、「壁」は、「家族」、「ディクシーランド館」（これは「南部」の象徴であると思われる。'Dixieland' という言葉は「南部諸州」という意味を有している）、「アルタモント」として、「謎模様」は、「世界」、「経験」、「死」、「性」、「記憶」として、「はるかなる魅惑的な国」は、「北部」、「大都市」、「ヨーロッパ」としてあらわれる。

また、ユージーンにおいては、楽園喪失感が顕著である。作品全体を通じて、「おお、失われた」（O Lost）という言葉がリフレインのように繰り返されるのは、それを明確に物語っている。生まれる前の至福の楽園のような世界から、追放されて地上に生まれ出たという感覚は、作品全体にみなぎっている。

これら、右に述べてきた、ユージーンの欲求、願望、楽園喪失感は、作品中で具体的にはどのように描き出されるのだろうか。それが、以下の考察の主たる対象となるであろう。が、その問題に入る前に、それと密接に関わっている、彼の父と母の演じるドラマについて述べる必要がある。

三　父と母の闘争劇《アゴーン》

『天使よ』の世界を劇的にしているのは、父オリヴァー・ガント（通称ガント）と母イライザ・ガントの対立関係である。この二人の対立は、全く異質な世界の衝突であり、〈アルタモント劇場〉の「ティレシアス」であるバッカス・ペントランドが、ガントに対して告げた言葉を用いるなら、

「大決戦《ハルマゲドン》」とも名づけるべき熾烈なものである。二人の対立とはいかなるものであるのか。それにはまず、二人の社会的出自、精神構造の相違を明らかにしなくてはならない。

　ガントは北部人であり、石工という労働者階級に属している。父祖の社会的階級についてはほとんど述べられていない。彼の父ギルバートは、ボルティモアからペンシルベニアへ、「西へ放浪」していった放浪者、流れ者であり、オリヴァー・ガントも、父と同じように、アパラチアの「険しい山々の要塞に向けて西へ」放浪する流れ者である。〈アルタモント劇場〉に大放浪のあげく登場してきたこのガントは、その放浪欲と矛盾する、「秩序を非常に愛し儀式をあがめる」精神の持主である。この矛盾性は、しばしば、秩序を求めつつも、放浪の欲求ゆえに自らその秩序を破壊するような自虐的な行為につながった。それゆえ、彼は石工として一定の土地に身を落ちつけることができず、商売で成功したためしがない。また、彼はアルタモントの土着の住民、彼らが演じる〈町の喜劇〉の偏狭さ、卑小さになじめなかったため、肉体的には〈アルタモント劇場〉に属しているが、心理的内属感を有することができず、それによってできた心の空白を埋めるために酒色に溺れている。彼が〈アルタモント劇場〉で演ずる劇は、一見すると喜劇的であるが、それは喜劇を演ずること自体が目的であるばかりでなく、自己の悲劇的な運命を自己劇化によって忘れ去り乗りこえようとする必死の演技でもある。彼は自己を劇化せずには生きていられないのだ。〈町の喜劇〉の中に自分の役を見いだせなかったガントは、この自己劇化の欲求を十分に満たすため、己の演劇空間、ウッドスン街の家（以下〈ウッドスン〉と略記）という空間をもうける。〈ウッドスン〉において、彼は偉大なるヒーローを演ずるのである。〈ウッドスン〉は、彼の〈故郷〉ペンシルベニアの豊穣な大地の縮図であり、「自らの幻想の豊かなモデル」であり、「彼の魂の写し」である。〈ウッドスン〉は、日当りのよい、葡萄の蔓におおわれた家で、前庭の沃土には花壇がもうけられており、裏の空地には、桃、李、林檎、葡萄の木、薔薇やチューリップの花、百合の花が植えられている。そしてガントは、彼の家と近所の家との間に、「先の尖った鉄の柵」をこしらえた。「世間」から〈柵〉によって〈ウッドスン〉という空間は切り離されているのである。また彼は、「高台」となっている「広場」の南東にレンガ造りの「店」を建てる。その「店」の扉のかたわらには、〈大理石の天使〉の像を置いた。

一方、イライザは、南部人、それもアメリカ独立戦争以来のアルタモント土着の山の民であり、フロンティアズマン＝ガントの履歴がはっきりしないのと対照的に、古くからあるスコットランド系統の氏族的な結びつきの強いペントランド家の血を引いている。また、彼女は「質素で、飾り気のない、偏狭な、知的な、勤勉な」山の民の性格を受け継いでいる。ペントランド家は、由緒ある旧家とはいえ、実質的には貧困と病気と死に苦しんだ「貧乏白人」であり、南北戦争の敗北により彼らは以前にも増して貧困に苦しんだ。イライザは、幼少期をこの敗北と貧困のただ中にすごし、ペントランド家の娘の中でただ一人病気に屈せず生き残った人間である。しかし、彼女がこの時の屈辱と苦しみによって受けた傷は、決して癒えることなく、彼女は、屈辱をはらそうとして、また敗北による喪失感を克服しようと、金銭面で他人を見返してやろうとした。戦後の経験は、彼女の中に「狂ったような吝嗇と満たされることのない所有欲」を植えつけた。このイライザの社会的出自、歴史的経験に由来する吝嗇、所有欲、蓄財欲は、発展途上にある町の商業主義、ピューリタニズムと結びつく。イライザは、〈町の喜劇〉の中に、自分の演ずるべき役を見いだしているのである。

両者の対立点をさらに明確にするため、両者の属する「空間」の意味を考えてみよう。町の日常的な空間に比べて、〈ウッドスン〉においてはすべてが常軌を逸しており、普通のものさしでは測ることができない。〈ウッドスン〉の主役であるガントの、ヘラクレス的体力、バッカス的酒びたり、タイモン的呪い、リア的不平、アントニオ的雄弁、ドン・キホーテ的無鉄砲、ガルガンチュア的大食、「ディオニュソス的狂気」[2]は、〈ウッドスン〉を祝祭的・神話的空間に変える。〈ウッドスン〉のガント式生活においては、すべてが過剰であり、既成の枠組をつき破っているが、この混沌としているようにみえる生活も、ガントが行う儀式により秩序づけられ統一されている（ガントの儀式は、本書の第二章で述べたように、次の二つの要素によって成り立っている。第一に暖炉に火をおこすこと、第二に毒舌である）。この儀式は、ガント家の成員にとって次のような意味を有していた。それは、生命力と豊穣性の維持、一家の秩序ある幸福な安定した生活の維持である。この儀式によって死や災いに対する一家の不安は消滅し、皆は安心して生活してゆくことができた。

しかし時がたつにつれ、イライザはガントが演ずる劇の観客として〈ウッドスン〉にとどまっているのが耐えがたくなる。彼女は、ガントの過去に対する郷愁を共にし、彼の夢の実現に手を貸す気にはなれないのである。なぜなら、彼女にとって過去は忘却すべきものであり、彼女の蓄財欲、所有欲は、ガントの散財と放縦と対立するからである。アルタモントの未来を夢みる彼女は、〈柵〉の外で演じられている〈町の喜劇〉に参加せずにはいられなかったからだ。それゆえ、彼女は「妻を越え、母を越え、男っぽい女の資産家」として「ゆっくり前へ歩き出」すのである。この時、ガントは「妻」を失い、ユージーンは「母」を失うのだ。イライザはディクシーランド館（以下〈ディクシー〉と略記）という名の下宿屋を買いとり、そこへユージーンも一緒に連れてゆく。ガントの行う儀式によって固く結びついていた一家は、文字通り二つに分裂する。この分裂により、ユージーンは「家」を失い、またそれは彼の自己同一性の喪失にもつながってゆくのである。

父と母の対立同様、〈ディクシー〉は〈ウッドスン〉と何もかも正反対である。〈ウッドスン〉は、生命と豊穣と無垢の象徴として描かれるが、〈ディクシー〉は死と不毛の象徴として描かれている。〈ディクシー〉は、安普請の木造家屋であり、後方は「崩れかけたレンガで出来た湿った柱」で地面から支えられており、冬になると館のすそを風が「ひゅうひゅう吹き抜け」る。また、大きな部屋に「小さな暖炉」があるだけの寒々とした館である。作品中で、この館は、「冷たい墓」、「荒涼とした」館、「呪いの館」、「死の館」などさまざまな呼び名で記されている。〈ディクシー〉のもとの所有者は、酒のため牧師の職をやめざるを得なかった人間であり、自分が堕落したのはこの〈ディクシー〉の呪いゆえであると思いこみ、この館を手放したと書かれているが、ユージーンも、このもとの所有者と同様、〈ディクシー〉を呪われた空間として意識する。また、同時に彼は、〈ディクシー〉の呪いと罪から解き放たれることを願うのである。(3)

以上のことを考えに入れて、ガントとイライザの〈闘争劇《アゴーン》〉を整理すると、次のようになる。第一にそれは、北部対南部の対立関係である。これはアメリカの空間的、歴史的対立である。第二に、生命主義対ピューリタニズム（「資本主義の精神」）の〈劇〉であり、これは、アメリカの思想的二元性である。第三に、ガントは現在を拒絶し、過去の郷愁のみに生きるのに対し、イライザは過去を否定し未来に生きようとする。二人はそれぞれ、エマソンのいう「追憶派」と「希望派」に属しており、これはまたアメリカの思想史的な対立でもある。

一方、アルタモントの〈町の喜劇〉の主な要素である、商業主義、進歩の観念、楽天的世界観、立身出世と経済的自立をたたえる風潮、などは、南部の一地方都市に局限された特殊な現象ではなく、二〇世紀初頭のアメリカ、特に第一次世界大戦後のアメリカ全土を席捲した社会現象であった。

このように考えてくると、〈アルタモント劇場〉で演じられるガントとイライザの〈闘争劇〉、そして〈町の喜劇〉は、一家族の特殊性、南部の地方性ばかりでなく、アメリカの全体性をも映し出しているといえる。その意味において、〈アルタモント劇場〉は、アメリカの歴史と世相を映し出す「鏡」であるといえよう。

さて、ようやく、本題ともいえるもう一つの劇、すなわちユージーン・ガントの劇について述べる時がきたようだ。

四　ユージーンの受難《パッション》

ユージーンは、八歳に満たぬうちに、イライザによって〈ウッドスン〉から〈ディクシー〉に連れてゆかれた。〈ディクシー〉では、イライザの所有欲、吝嗇が顕著にあらわれ、また下宿人たちの無秩序な生活が送られている。〈ディクシー〉は、アルタモントの商業主義、文化的不毛性を反映している。ユージーンは、〈ウッドスン〉の豊穣性、自然性、原始的無垢、それらを維持する儀礼的秩序にあこがれて、しばしばイライザの目を盗み〈ウッドスン〉に行く。が、すぐにイライザによって〈ディクシー〉に呼びもどされてしまう。

幼くして、ユージーンは〈ウッドスン〉と〈ディクシー〉という住居をもつことになった。このような内属する空間の二極分化は、彼にどのような心理的影響をおよぼしただろうか。それは、自己同一性の喪失である。ここで、E・H・エリクソンのアイデンティティという言葉に関する定義をふりかえってみよう。

アイデンティティの感覚は、人が成長し発達してゆく際の、自分自身との一体感を意味する。そしてそれは同時に、共同体がその歴史、神話、またその未来に対していだく一体感、と親近性を有しているという感覚を意味する。(4)

ユージーンは、〈ディクシー〉に肉体的には内属しているが、心理的には〈ウッドスン〉に内属しているので、肉体と精神の一体感、「自分自身との一体感」が得られない。ロトマンの内と外の対立構造を用いるなら、ユージーンにとって、〈ウッドスン〉は内なる生きられた空間であり、〈ディクシー〉は外なる冷ややかな空間であるため、彼は〈ディクシー〉において、常に疎外感を有することになる。また、ガストン・バシュラールの言うように、「家は人間に安定性を証明したり、あるいは安定性の幻影をあたえたりする諸イメージの統合体」（『空間の詩学』岩村行雄訳）であり、ガントの儀式によって維持された〈ウッドスン〉の「安定性」を失って、〈ディクシー〉という空間に移ったユージーンは、根なし草になり心情的に不安定になる。H・マイヤーホフは、「われわれが自我と呼び、自分、あるいは個人と呼ぶものは、その個人の歴史をつくりあげている瞬間や変化などの連続を背景にしてはじめて経験され、知覚される」（『現代文学と時間』志賀謙他訳）と記しているが、〈闘争劇〉による〈ウッドスン〉と〈ディクシー〉の分裂は、このような「連続」を断ち切ってしまったのであり、ユージーンはそのため「自分」を「経験」し、「知覚」することが困難になる。彼が過去の記憶を思いおこそうとし、自分の過去との連続性を必死になって求めようとするのは、「自分」を「経験」し、「知覚」したいゆえだと思われる。また、ユージーンは、アルタモントの一員としての「自分」も知覚できない。イライザはアルタモントという「共同体」の土着民であり、「共同体」の「歴史」、「未来」に対し一体感を有している。しかし、「共同体」から〈柵〉によって仕切られた〈ウッドスン〉において幼年期をすごしたユージーンは、また〈町の喜劇〉の文化的不毛性、凡庸性、地方主義をきらうユージーンは、「共同体」の「未来」にも「歴史」にも一体感を有することができないのだ。

〈闘争劇〉、そして、〈町の喜劇〉にいやおうなしに巻きこまれたユージーンは、それら劇の中に自分の演ずる役を見いだせない。姉のヘレンは、〈闘争劇〉においてすすんで父ガント側に与しているが、ユージーンは、母イライザの陣営にひきこまれているのである。また、兄ルークのように、天成の喜劇的知性と商才によって、〈町の喜劇〉の中で多数の役を演じ分ける器用さも有していない。彼は、〈闘争劇〉にも〈町の喜劇〉にも自分の役を見いだせないというハムレット的苦悩をいだいているのだ。なぜなら、それらの劇においては、ユージーンの秩序と美への欲求、ロマン的憧憬、知識欲、芸術的衝動が満たされることはないからである。それゆえに、彼は自分の演ずるべき役を本の中の幻想の世界の中に見いだし、自己の内面的な世界の中に見いだそうとするのである。

しかしながら、ユージーンは、『天使よ』の第二部において、ようやく自己の創造的才能の演ずるべき舞台を与えられる。それは、〈アルタモント予備校〉という空間（以下〈予備校〉と略記）である。〈予備校〉において、先ほど記したユージーンの欲求はすべて満たされることになる。その欲求を満たしてくれるのが、ユージーンの「精神的母、詩神」であるマーガレットである。

〈予備校〉という空間は二面性を有している。一方では、アルタモントの道徳、理念が実践される場であり、他方では、ヨーロッパ、アメリカの文学的遺産の伝達の場である。レナードは、前者の主役であり、その妻マーガレットは、後者の主役である。レナードは、公共精神の育成を第一と心がけており、教師に対する生徒の絶対的服従を当然のこととみなす。彼は、ライオネル・トリリングの言葉を用いるなら、「誠実」な人間なのであり、自分の信念、行為の正当性を決して疑わない。が、ユージーンは、〈町の喜劇〉の中心的人物であるこのレナードの形式主義、公共精神の偽善を見抜き、それらを拒絶する。とりわけ、レナードの公人としての仮面の下にかくされた野蛮性、支配欲、両者が結びつくことで生じる弱者に対するサディスティックな行為には、本能的な恐怖をおぼえる。また、この作品においては、レナードの俗物性がはっきりと描かれている。ギリシャ人の生活感情を知らずに、ただ古典語であるからという論理でギリシャ語を教えるという場面では、レナードの形式主義は徹底的に諷刺されている。航海のことを知らないレナードが、毎年、ヴェルギリウスは来年やると生徒に言うところ、また生徒にカトルスとはどういう人かと聞かれて、カトルスとは詩人だと答えるあたり、レナードの知識の浅薄さ、偽りの教養が完膚なきまでに揶揄されている。レナードは、過去を現在に生きたものとして示さず形式、因習としてのみ示す人間である。

一方、マーガレットは伝統を、現在に生きたものとしての過去をユージーンに示した。彼女は、レナードのように生徒たちを支配することはせず、彼らの精神的欲求に方向性と表現を与える役割を果たした。ユージーンは肺結核を病んだマーガレットにロマン的憧憬をいだく。そして、強い意志のみで肉体的生命を維持しているマーガレットの中に至高の美を見いだす。この〈アルタモント劇場〉の「ライジーア」、「アリアドネ」であるマーガレットに出会うことにより、ユージーンは初めて、〈闘争劇〉、〈町の喜劇〉、〈ディクシー〉から逃れることができ、自己の芸術的衝動のはけ口を見いだすことが可能になるのである。

このように、ユージーンが芸術家としての第一歩を踏み出すちょうどその頃、父ガントの方は、己れの芸術的欲求を放棄する。それが、第一九章の、「店」のポーチの〈大理石の天使〉の売却のエピソードの象徴的意味である。ガントが己の芸術的衝動に目ざめ石工を志したのは、ボルティモアで大理石の天使像を見てからであることが、作品の冒頭に記されていることから、この〈大理石の天使〉は、ガントの芸術的衝動の、芸術家としての夢のしるしであることがわかる。また、大理石は、変化に抗する永続的な材質であるゆえ、〈大理石の天使〉は、時間、死に抗して存在するものの象徴であるといえる。事実、ガントがこの〈大理石の天使〉を売った時を境にして、彼は急速に衰えてゆき、病魔におそわれ死へと一歩一歩近づいてゆく。それを売ったとたん彼は、己の死をはっきりと自覚しはじめる。このエピソードを境に、ガントは、〈ウッドスン〉から〈ディクシー〉に移り住み、生命力はおとろえてゆく。〈ディクシー〉とは死の象徴なのである。

父の肉体の衰弱、芸術放棄と対をなすように、この頃から、ユージーンの肉体的成熟、性的欲求、芸術的衝動、知的好奇心は顕著になってくる。このことは、〈大理石の天使〉売却のエピソードが、作品全体の転回点であることを物語っているといえよう。そして、このエピソードがウルフの創作であり、伝記的事実ではないことは(5)、ウルフが意図してこのエピソードを作品の転回点としたことの証左となる。このエピソードあたりから、『天使よ』が二つのベクトル、死と崩壊への動きと、生と自由への動きによって成立していることが明確になってくる。そして、この生と自由への動きは、以下に述べるようなユージーンの性的冒険、恋愛などに明確にあらわれる。

ウルフは、出版社にあてた手紙（一九二八年三月末）の中で、『天使よ』について、「この書物はその中に罪と恐怖と暗闇――一人の子供の醜い赤裸々な欲望、残虐性、強い性的な飢え……をもっている」と述べているが、この作品は、ユージーンの「赤裸々な欲望」、「強い性的な飢え」の発現の物語であるといえる。ユージーンは、〈大理石の天使〉売却のエピソードのあと、新聞配達のためアルタモントの各地域をまわるようになるが、この頃になると、彼の性的欲求は単なる幻想にとどまらず、実際の対象を求めるようになる。ユージーンのプラトン的愛、憧憬は、「高台」にあるガントの「店」、「丘の上」にある「予備校」、そして〈アルタモント劇場〉を見下ろす「山」において強くあらわれるが、彼のフロイト的リビドーは、アルタモントの「窪地」に位置する町において最も強く発現する。また、ユージーンの性的体験においては、楽園喪失感、罪悪感が顕著に出ているが、これは彼のプラトン的理想と処女崇拝、楽園への憧憬ゆえに、一層強まっている。プラトン的愛とフロイト的リビドー、アポロ的衝動とディオニュソス的衝動がせめぎあって、彼の中に分裂を生じさせるのである。

ユージーンは、一六歳になると州立大学に行かされる。そこでは、ユージーンの、平凡で卑屈な生徒たちへの嫌悪、因習のみを重んじる衒学的、地方主義的な、民主主義的理念を信奉する学者たちへの不満、怒り、怒りを通りこした冷笑が記されているが、州立大学のエピソードの中心をなすのが、ユージーンの第二の性的冒険である。それは、ユージーンの童貞の喪失と性病である。ここでは、ユージーンは罪悪感と楽園喪失感のため自己嫌悪におちいり、彼の内的分裂はますます大きなものとなる。

このようなユージーンの「分裂」から、彼を一瞬ではあるが解放させるのがローラである。ローラとユージーンの恋を描いた部分は、作品の中で最も美しい場面の一つである。そこでは、「自由」への動きが最も強くあらわれているといってよい。なぜなら、ローラは、ユージーンを〈ディクシー〉の死と不毛から、〈町の喜劇〉の俗悪さから、〈闘争劇〉の混乱から、そして父のさしせまった死に対する恐怖から解放するからだ。ユージーンは「山」の上でローラと二人だけになり、宗教的法悦にひたる。

しかしながら、この「上昇」の夢は、ローラの婚約という現実を前にしてくだけ散る。このローラとの失恋によって、ユージーンは以前にもまして楽園喪失感をおぼえ、町の卑俗さ、〈ディクシー〉の混沌に嫌悪をいだく。彼はローラを失った心の空白を埋めるため、〈ディクシー〉に泊まっている売春婦とつきあうようになる。そして彼の〈故郷〉脱出欲は日ごとに強まる。そのため、彼は家出同然の状態でノーフォークへ行く。ノーフォークでは日雇い人夫となり、生まれてはじめて自活しようとするが、すぐに金もつき、疲れはてた状態でふたたび〈故郷〉アルタモントに戻ってくる。その後州立大学に戻り、彼は課外活動に精力的に参加し、大学の中で注目される存在にまでなる。そして、このノーフォーク、州立大学のエピソードの後に、この作品の最も崇高な場面が描かれることになる。それは、ユージーンの最愛の兄ベンの死である。

五　ベンの死――エピファニア

ベンとは何者か。ユージーンは、ガントとベンに対しては憎しみをいだいていない。それは、彼らがユージーンにやさしく、また彼らもユージーンと同じく〈町の喜劇〉にとけこめない「異邦人」であるからである。ディオニュソス的な怪物ガントがいかなる意味で「異邦人」であるかはすでに述べた。では、ベンはどのような意味において「異邦人」であるのか。それに答えるには、まずベンの風貌、行動の特異性、神秘性を明らかにする必要がある。ベンは灰色のうるんだ目を、黄褐色の肌をもっており、骨ばっており、額はひろく、ナイフの刃のようにするどい口をし、常に顰めつらをし、うすら笑いを浮かべている。幽霊のような声をしており、幽霊のように足音をたてずに歩き、また慈愛に満ちている。彼は、影のようなほとんど肉体を有さない人物、神秘的で霊的な存在として描かれている。いや、こういった方がいいかもしれない。肉体性と霊性の中間にある天使のような存在として。あるいは、天使にかこまれる聖者のような存在として。事実、彼のまわりには、いつも天使が舞っている（「ベンは一人で暗闇の中を歩き、その間、死と闇の天使が空中を舞い……」（九三頁）。「ベンは、彼のやせっこけた灰色のくぼんだ顔を、耳をかたむけている天使の方に向けて言うのだった。『あれを聞いてくれ』」（一〇四頁））。

ベンは、イライザの商業主義を憎んでいる。なぜなら彼はその犠牲者であり、自分の一生をそれによって台なしにされたと思っているからである。彼は、自分が演ずべき役でない役を〈アルタモント劇場〉で演じていることを自覚しており、またその役を降りることができないことも知っている。この悲劇的認識はあまりにも深く、彼は生きる気力を失っている。しかし、この認識ゆえに、自分の悲劇を才能ある弟のユージーンにだけは繰り返してもらいたくないと思い、ユージーンが〈町の喜劇〉を脱け出て自身の劇を演ずるのを助ける、自己犠牲的精神の持主でもある。作品の終わりに近づくにつれて、ベンの虚無的ヴイジョンはますます深まってゆく。

「おれは人生から何も得られなかった。」
「これらすべては一体全体なんなんだろう……だれかが、おれたちに悪ふざけを仕かけているんじゃないだろうか。おそらく、おれたちは夢を見ているんじゃないだろうか……。」
「くそくらえ……はやく終わりが来ればいい。」（四四四―四五頁）

彼の世界観は、時として悪魔的であり、彼の言葉は皆、「人の世は夢」（カルデロン）、「全世界は一つの舞台である」（シェイクスピア）、「空の空。すべては空。」（伝道の書）と言っているようであり、「生きんとする意志の否定」（ショウペンハウエル）の上になりたっている。

一方、ユージーンは、〈故郷〉から脱出したいとはいえ、それを単なる夢として呪いつくすほど憎んではいない。彼は、〈故郷〉に対し、愛と憎しみという相反する感情をいだいているのだ。今まで、ユージーンの〈故郷〉に対する憎しみを主に論じてきたが、これから述べるのは、〈故郷〉に対する愛である。

「ベン、キトク」の知らせを受けて〈故郷〉に帰って来たユージーンは、〈ディクシー〉の二階で死の床についているベンを見る。ユージーンは死への恐怖ゆえに、いったんは、殉教者の受苦を示すようなベンの姿から顔をそむけようとする。しかしそうすることの自己欺瞞にも耐えられず、ふたたび死を直視しようとする。死に対する恐怖を他の感情におきかえようとしても、すぐにそれが自己を偽ることだと知って死を直視しようとする。この相反する感情がせめぎあう中、彼は、ベンの苦悩を前にしては、自分の苦悩やジレンマなどあまりにも卑小なものであることに気づき、自分を恥じる。

一時として、憐れみの矢によって射ぬかれない憎しみはなかった。彼はわんぱく小僧をこらしめるようにその矢をつかまえ、ひっぱたき、振り落とそうとしたのだが、同時に、それを撫で

さすりなぐさめたかった。（四五八頁）

ユージーンは死を憎んだ。しかし、死にゆく者に対する憐れみの情はその憎しみを超えた。この憐れみの情は、憎しみよりも自然にわきおこる、自己を偽らぬ心情だったからだ。彼は自分のことを忘れてひたすらベンのことを思う。家族の他の者も、ベンの死にゆくさまを見つめることで、自分らの愚かさを知り、悔いあらため、仮面をとり素直な自分の姿をさらけ出す。あの、金銭欲のかたまりであり、楽天的で死や病をおそれる素振りすら見せなかったイライザは、幼な子のように弱さをさらけ出し、仮面をはぎとって、子供への愛情、死への恐怖を表に出す。素面の母を前にしたユージーンは、今までの憎悪を忘れ、母をなぐさめる。憎しみあっていた姉ヘレンとイライザは抱擁しあう。道化の兄ルークすら涙をこぼす。自己の運命ばかり考えていたガントも、この時ばかりはベンの運命を思いやる。この時、彼らは皆、〈町の喜劇〉、〈闘争劇〉を演ずるのをやめる。そして、かつて〈ウッドスン〉の儀式によって結びついていた一家は、今、ふたたび、ベンの悲劇を前にして一つになった。

彼らは静かに息をひそめ、粉々に砕けた彼らの生活のすべての残骸の下に深くもぐりこみ、恐怖と混乱と死を超えて、至高なる愛と勇気の交わりのうちに寄り添った。そしてユージーンの目は愛と畏怖のため涙にかきくもり、壮大なオルガンの音が心の内で鳴り響き、一瞬彼らを所有し、彼らの愛情の一部分となり、彼の生命は、泥沼と苦痛と醜悪からさっと舞い上がっ

た。（四六一頁）

ユージーンは家族の者を憎んでいたのではない。ただ愛が十分得られないので憎んでいただけなのだ。人間は皆孤独であるという彼の諦めは、右の引用文に示されたような一家の結びつきが得られないがための自己慰安なのである。彼は、本当は人と交わりたいのであるが、自分を素直に表現できない屈折した心情の持主であった。が、今は、ベンの死にゆくさまを前にして自然な感情を表に出し、ベンをあわれみ、家族を愛した。ここで、呪われた空間である〈ディクシー〉は、聖なる空間に変じる。この空間には、もはやアルタモントの歴史的時間は存在しない。永遠の現在があるのみである。その時である。ベンはついに、嘲笑的な悪魔的な仮面の下にある聖なる顔を、「石に刻んだ柔和な天使の笑い」を見せる。同時にユージーンは、聖なる空間の「祭壇」であるベッドに横たわるベンの手を放心状態でかたく握りしめているイライザの、子供に対する愛情の深さを見て畏怖の念にうたれる。彼は、自分が母親を憎んでいたことを悔い、自分がいかに他者を誤解していたかを知り、謙虚な気持になる。そして次のように祈る。

「汝、誰であり、今宵ベンに情を垂れたまえ。道を示したまえ。……誰であれ、今宵は情を。そして道を。」（四六四頁）

この祈りは、ミルトンの『リシダス』の次の詩句（『天使よ故郷を見よ』という表題はここからとられている）を思いおこさせる。

天使よ故郷を見よ、情あらば心動かせ

ベンの臨終の瞬間は、作品中最も昇華された場面であり、ラファエロの「キリストの変容」のごとき崇高さを有している。

しかし、突然、驚くべきことには、復活と再生にみまわれたかのように、ベンは長く、力強く息を吸い込み、灰色の両眼を見開いた。瞬時にして全生涯のおそるべき幻を見たかのように、彼は前へ、幽霊のごとく、人の支えを借りずに身を起こした——炎のごとく、光のごとく、後光のごとく——と思うと、ついに、こと切れて、彼の淋しい地上でのいかなる冒険にも付き添っていたあの暗い幽霊と一体化してしまった。（四六五頁）

ベンは、「安っぽい愛情と鈍い良心にみちたつまらぬ見世物が演じられた部屋に」、また、「荒廃と混乱のさなかにあった、これらたよりない黙劇役者たち」の上に、一瞥を投げてあの世へ行った。「人世は夢」と考えるベンにとり、一家の人々の素面も一つの仮面にすぎないのだろうか・・・・。ベンという「生贄」をささげることで、一家は一時的ではあるが秩序をとり戻す。この時、ガントはイライザの名を実に三十年ぶりに呼び、二人はこの時ばかりは和解する。ベンの死を通して、ユージーンは、〈闘争劇〉、〈町の喜劇〉、〈ディクシー〉から心理的に解放される。この解放感は、彼に生命感をおぼえさせる。そして彼は、今まで憎んでいた母と完全に和解する。アルタモント土着の人間である母親との和解は、アルタモントという〈故郷〉に対するユージーンの見方も変える。ベンの葬られた丘から、ユージーンはなつかしさをこめて町を見下ろす。彼は〈故郷〉を脱出しようと願っているが、もはや憎んではいないのだ。

ベンの死という悲劇は、解放の儀式であるとともに、アルタモントの町を浄化し再生させる儀式でもある。ベンを葬った丘の上でのエピソードでは、ベンは再生の象徴として描かれる。そこでは、ベンを滅ぼした大地の時間は、またベンを甦らせる時間と考えられている。

ベンは再び戻り来るであろう、彼は二度と死にはしない。花となり、葉となり、風となり、遠い音楽となって彼は戻り来るだろう。(四八六頁)

そして丘の上にかがやく、ベンの生まれかわりと思われる星。それは恩寵と希望をあらわす星であろう。ベンの死を経たユージーンは、丘の上で、自分も世界も浄化され、新しく生まれ変わったと感じている。ベンの死は、悪魔祓いの儀式であり、世界創造の儀式であったのだろう。(6)

＊

『天使よ故郷を見よ』は、ユージーンとベンの亡霊の対話で終わっている。この謎めいたシュールレアリスティックな対話の場面は、作品の中で最も難解な部分であり、禅問答を聞かされているような印象を受ける。しかしながら、作者の文学的想像力の最高の集中と緊張と高揚の生み出す、強烈な視覚的イメージの運動性と凝集性ゆえに、この場面は、一度読んだら一生忘れがたい印象を読者に与える。ガントの「店」の中の大理石の天使たちは、まるで絵本の中の世界におけるように、歩きまわり宙を飛ぶ。そして「広場」は過去のベンやユージーンの姿に満ちる。ここで作者は、すべてが滅びゆくこの世においては、想像の中の世界、記憶の中の世界のみが絶対性を有していると言いたいのであろうか。また、この対話では航海のイメージが支配的であるが、それは、この対話がユージーンの『時と河について』における「航海」の序曲となっていることを示すのであろうか。ウルフは、ミルトンがリシダスを航海者たちの守護神としたように、ベンを「航海者」＝ユージーンの守護神としたのではないだろうか・・・・・。

数々の謎を残したまま、ベンは夜明けとともに煙のように消えてゆく。そして、この作品は、次のような文で終わっている。

彼（＝ユージーン）は、あとにした町を見下ろす丘の上に立ち、「町はそこだ」とはいわずに、遠くそびえる峰々に目を向ける人のようであった。（五二二頁）

注

（1）Thomas Wolfe, *Look Homeward, Angel* (Scribners, 1929).

（2）Basil Davenport, "C'est Maître François" (C Hugh Holman ed. *The World of Thomas Wolfe* [A Scribner Research Anthology, 1962], p.55).

（3）〈ディクシー〉のモデルとなったウルフの母親の経営する下宿屋は、「なつかしのケンタッキーの家」というフォスターの歌謡を想起させる名前がつけられていたが、作品中では「ディクシーランド」という名が付いているのはウルフの単なる気まぐれであろうか。ウルフが南部出身の作家であること、「ディクシーランド」が「米国南部諸州」と訳せることから、私は、ウルフが〈ディクシー〉を通して南部の現実を描こうとしたのではないかと推測している。実名と作品中の名の対応関係は、フロイド・C・ワトキンズの研究書『トマス・ウルフの人物たち』が明確にしているが、『天使よ』における両者の関係の例をいくつか挙げてみたい（Floyd C. Watkins, *Thomas Wolfe's Characters : Portraits from Life* [Oklahoma : Univ. of Oklahoma Pr.], 1957,pp.7-8)。「ウッドフィン」→「ウッドスン」、「スプルース」→「スプリング」、「ビルトモア」→「ビルトバーン」、「アッシュビル」→「アルタモント」、など場所の名前における対応関係について言えることは、実名と作品中の名は、ほとんど語の数が変えられていないこと、固有名詞→固有名詞・普通名詞を大文字にした固有名詞というケースが圧倒的に多い。ところが、〈ディクシーランド〉は、語数が実名より三つも減っているし、また、それを「米国南部諸州」と解するならば、実名では固有名詞であったのが、作品中では集合名詞になっている。このような対応関係は他に例がない。私は、このように固有名詞をあえて作品中では集合名詞に変えることで、ウルフが「ディクシーランド」という集合名詞で「南部」を象徴したのではないか、と推測している。

　ウルフは、『天使よ』で、南部出身であるにもかかわらず、フォークナーら他の南部作家の多くに見られる、白人対黒人の問題、南北戦争後の旧南部の秩序の崩壊（貴族の没落など）、農本主義的経済と北部資本の対立、暴力、リンチなど、社会的現実を克明に描かなかったが、〈ディクシー〉によって南部の心理的現実性を描こうとしたのではないか、と私は推測している。では、その心理的現実性はどのような形で描かれているか。それは、南北戦争後の南部人の疎外感、精神的な混乱、病気と死の記憶とそれに対する恐怖、敗北感、崩壊感覚である。〈ディクシー〉の下宿人たちはほとんど南部人であり、多くの者は社会的に疎外されており、肉体的、精神的な障害を有する者、深い絶望をいだいているもの、病気で死にかかっている者、乱れた生活を送る者が多いことがそれらを物語る。

〈ディクシー〉の象徴性については、作者ウルフは何一言触れていない。それゆえ、私の推測を裏付ける直接的証拠は何もないのであり、それはあくまでも仮説の域にとどまるものである。

（4）E. H. Erikson, *Dimensions of a New Identity: The Jefferson Lectures in the Humanities* (New York: Norton, 1974), pp. 27-28.

（5）Floyd C. Watkins, *Thomas Wolfe's Characters*, pp. 19-20.

（6）ここで、『天使よ』の第一部に描かれている「グローヴァの死」について言及する必要がある。なぜならそれは「ベンの死」と同一の象徴的意義を有しているからである。「グローヴァの死」によってイライザは悔い改め、ガントと和解する。「グローヴァの死」は「ベンの死」と同じく秩序の再建を意味した。「グローヴァの死」へのイライザの悔悟は、単に一個人に対するものではなく、死者と生者と未来に生まれる者への悔悟である、と作品中に書かれているが、それは、共同体における罪悪の浄化の願いであり、死者への鎮魂歌であり、未来の人々の幸福への祈りでもあり、すなわち祭式的な行為である。ベンはグローヴァと双生児であり、この双子は、父と母の演ずる〈劇〉に殉じた存在として作品内では聖化されており、また、アルタモントの罪、ガント一家の罪を浄める贖罪羊としての役割を果たしている。

第四章　劇作家くずれの小説家
――トマス・ウルフと「劇」

トマス・ウルフは、はじめから小説家を志していたのではない。劇作家を目指していたのだ。しかしながら、彼の書いたいくつかの劇作品はことごとく不評におわり、彼はやむなく小説家に転向したのである。ウルフは、劇作家くずれの小説家だったのである。

このことは、ウルフ研究の上で、伝記的事実としては言及されてきた。しかしながら、ウルフと「劇」の関係それ自体が、「包括的」な研究対象となることはほとんどなかった。ウルフと「劇」の関係に取り組んだ研究者は、ルイス・D・ルービン、(1) リチャード・S・ケネディ、(2) パット・M・ライアン(3)など、ごく少数である。しかし、彼らの研究は、「包括的」という観点からすれば、決して十分なものとはいえない。ウルフの劇作品と小説作品の関係に言及した点では十分に評価できるが、小説作品がどのように「劇」を内在化しているか、あるいは「劇」をどのように対象化・テーマ化しているか、といった問題には踏みこんでいないからである。

そこで、筆者は本章において、ウルフと「劇」の関係について「包括的」な研究を、可能なかぎり行ってみたいと思う。その際、考察のプロセスとして、以下のような三つのレベルを設けた。

第一に、ウルフの劇作品の考察。そして、劇作品と小説作品の関係の考察である。

第二に、ウルフの小説作品に、認識論的枠組として、あるいは美学的枠組として内在する「劇」の考察である。ここで「劇」と言うのは、ウルフの特定の劇作品をさすのではなく、〝劇的認識〟、〝劇的手法〟といった場合の、一般的な意味あいの「劇」をさしている。

そして第三に、ウルフの小説作品の中で、対象として描かれ、テーマとしてとりあげられている「劇」の考察である。

それでは、さっそく第一の考察からはじめることにしよう。

一　ウルフの劇作品——三つの劇を中心に

劇作家ウルフの文学的経歴については、ケネディとライアンが詳しい研究を行っている。ここでは、それらを参考にしつつ、劇作家ウルフの歩みを跡づけてみたい。

ウルフが劇作家になろうと決心するのは、ノースカロライナ大学在学中、演劇を講ずるフレデリック・コッチ教授に出会ってからである。彼は、ウルフがのちに指導を受けることになるハーヴァード大学のベイカー教授の弟子であり、ノースカロライナ大学にやってくると、**“The Carolina Playmakers”**という劇団を結成し、民衆劇（**‘folk play’**）の上演に力をそそいだ。教授の指導のもと、ウルフも民衆劇をいくつか手がけた。彼の第一作は、『バック・ギャヴィンの帰郷』（*The Return of Buck Gavin*）［一九一九、三月］である。これは、テキサス出身の無法者パトリック・ラヴェインをモデルとした民衆劇であり、ウルフ自身が主役を演じたという。劇それ自体は不評であったが、ウルフは役者として賛辞を受けている（"The most interesting feature was the appearence of the author himself" [Archibald Henderson]）[4]。二作目は、『延納』（*Deferred Payment*）という名の劇であり、一九一九年六月に『カロライナ・マガジン』という校内雑誌に掲載されたが、上演はされなかった。三作目は、『第三夜』（*The Third Night*）［一九一九年一二月上演］である。ノースカロライナは伝説やフォークロアの宝庫として知られるが[5]、この劇はそれに題材をとった「幽霊劇」である。これは『バック・ギャヴィンの帰郷』より短い作品であり、『バック・ギャヴィン』ほど注目されなかった。第四作は『正直者ボブについて』（*Concerning Honest Bob*）である。この作品は、『カロライナ・マガジン』（一九二〇年五月号）に掲載された。

しかしながら、ウルフは、ノースカロライナ大学在学中、劇作よりもジャーナリズムの仕事に主に力を注いでいる。学生新聞や校内雑誌の編集に携わり、自らも記事や短篇を書いている。彼が本格的に劇作にとり組むのは、ハーヴァード大学のベイカー教授のもとである。

ウルフは、コッチ教授の推薦で、ベイカーの通称「工房四七」に加わる。そして未来の「オニール」たらんとして劇作に専念する。彼はそこで、ノースカロライナ大学時代にすでに書きはじめていた戯曲を完成させようと努力する。そして出来上がったのが『山なみ』（*The Mountains*）である。これは「工房四七」によって、一九二一年一月、アガシー劇場で上演された。ベイカー教授自身はこの劇に対し好意的であった。しかし、「工房」の他のメンバーからは「言葉が多すぎて行動がほとんどない」という理由で酷評された。

そのためウルフは、これを三幕物に書きかえることにした。そして完成されたのが、三幕からなる『山なみ』である。

（二）『山なみ』

この劇にはプロローグがついている。その中で、二つの家――ウィーバー家とガッジャー家――の争いの由来が説明される。そこには、ウィーバー（Gran'paw Weaver）が、ガッジャー家の一人に、土地争いがきっかけで殺されるという事件が描かれている。ウィーバーの孫のトム・ウィーバーはその場にいあわせたため、終生ガッジャー家に憎悪をいだくようになる。

第一幕は、数十年後、ウィーバーのもう一人の孫のリチャード・ウィーバー医師の診察室が舞台となっている。ウィーバー医師はジョンズ・ホプキンズ大学で医学を学び、その才能を大いにみとめられていたが、ノースカロライナ西部にある故郷の町の人々の医療にたずさわるため、妻のローラと二人の子供をつれて帰郷している。そこにローラの父親が訪問しているのだが、場面はローラの父親がふたたび北部に帰ろうとしているところである。そこでは、楽観論者で主知主義者であるウィーバー医師と、悲観論者で反―主知主義者であるローラの父との形而上学的対話が、長々と展開される。

第二幕では、ウィーバー医師とトム・ウィーバーとの対話が主となる。ウィーバー家とガッジャー家の争いにあくまでもこだわりつづけるトムと、その争いに対し中立を保ち、ガッジャー家との和解をもとめるウィーバー医師との間のはげしいやりとりが中心である。

第三幕は第一幕と同じ場面。ただし十年近く時が経過している。ちょうどウィーバーの息子リチャードが、大学から帰ってきている。彼は親の医業を引きつぐ決心をしている。そこに、あの両家の争いが再び火をふく。トムは、ガッジャー家に復讐をとげるべく、仲間を呼びあつめており、まさに戦いがおこる一歩手前である。トムは、ウィーバー医師の家にやってきて、この戦いにウィーバーも加わるよう促す。が、ウィーバーはあくまでも中立の立場をつらぬこうとする。そこに、トムの息子サムがガッジャー家の者に殺されたという知らせが入る。トムの怒りは止めるべくもない。トムの集めた者らも暴徒と化し、狂ったように武力行動に走る。この情勢を避けられないと見てとったウィーバー医師は、両家の争いに自らが加わることを宿命と感じ、武器を取り戦いに参加する。ただ、息子のリチャードだけは自分らの争いに巻き込みたくないと思い、リチャードを制する。が、息子も、暴徒の動きをみて、自分も争いに加わることを宿命と感じ、ライフルをもって出かけてゆく。

以上が、『山なみ』のあらましである。この三幕物『山なみ』も「工房四七」によって上演された。が、これも一幕物と同様不評であった。一幕物にくらべて、この『山なみ』は「行動《アクション》」には富んでいる（プロローグにおける人物の動き、事件の急転回はその一例）が、「言葉の多さ」という点では全く改善がなされていなかった。第一幕でのウィーバー医師とローラの父の議論のように、不必要に、劇の本筋をはなれて長々と続くシーンが多すぎるのである。

しかし不評の原因はそれだけにとどまらないだろう。劇作品としての、以下のような欠点によるものと思われる。

第一に、観念的なテーマが、劇の主筋である家の確執のテーマと密接な関係性を有していないことからくる美的な不統一である。『ロミオとジュリエット』のなかに、プラトンの「対話篇」を無理やり押しこんだらどんな珍妙な劇になるかを想像すればわかるだろう。

第二に、この劇は物語《ストーリー》の上では悲劇であるが、「悲劇性」をわれわれに感じさせるダイナミズムを欠いている。たとえば、ウィーバーが中立の立場をとっているのに争いにまきこまれてゆくプロセスに、なんら必然性が感じられない。そのような選択へ追い込まれてゆく苦悩のプロセスが全く記されていないため、話の上では悲劇でも、「悲劇性」が迫ってこないのである。プロットの因果性がないため、唐突な感をまぬがれないのである。

が、欠点が多いにもかかわらず、長所もいくつかある。一つは、文体の口語性とその多様性。プロローグをみてみればわかるが、人物の音声学的特徴が活字の視覚性によって実にたくみに表されており、また人物の階級性、地域性、そして性格までも文体論的に明示されている。そして、イメージの統合性。この劇のキーとなるイメージは「山」と「列車」であるが、それが〈静〉と〈動〉を象徴し、劇的展開の〈静と動〉とたくみに重ね合わされているため、美的統一感を生み出している。また人物の心理的ベクトルとも重ねあわされているといってよい。人物が自由と可能性、そして未来を夢みるときはしばしば「列車」のイメージがあらわれ、過去と宿命にとらわれるときは、しばしば「山」のイメージが主体となる。劇の最終場面では、「山」のイメージと「列車」のイメージが交錯するが、これは自由と未来を夢みつつも、過去と宿命にとらわれるという、ウィーバー医師の内面を象徴しているようだ。

ウルフは、この『山なみ』の不評によって、一時は劇作家になるのをあきらめた。しかし、彼は夢を断念することができなかった。そして彼は、すでに一九二一年に書きはじめていた劇を書きつぐことになる。それは、一時期中断されたが、一九二五年一月に完成することになる。『マナーハウス』（*Mannerhouse*）と題する劇である。

（二）『マナーハウス』

筋は単純である。第一幕では、南北戦争前夜のことが語られる。そこでは、主人公ユージーンは、戦争の大義にかんしては全く興味がないにもかかわらず、父であるラムジ将軍とともに従軍することになる。第二幕では、戦争に敗北した後、ユージーンと将軍が故郷の町に戻ってくる。そしてユージーンの虚無的ヴィジョンはますます深まってゆく。第三幕では、ラムジ家が没落し、ついに、成金の「貧乏白人」であるポーターに、ラムジ家の繁栄と威信の象徴である邸宅を売り渡すことになる。そして、絶望と失意のうちに、ラムジ将軍は自殺し、劇は幕をとじる。

この劇は、前作にくらべると、芸術作品として格段の進歩をみせている。

第一に、言語、および作品全体の構造が、音楽的秩序によって統合されている。たとえば、人物たちのセリフは、フーガ状につながって小気味よいテンポで進行してゆく。また、それは、時として、合唱曲をかなでている。例えば、次のように。

MARGARET'S VOICE

Where is Eugene?

Laughter

A YOUNG MAN'S VOICE

He's drunk.

Laughter

A WOMAN'S DARK VOICE

Feel for his family ...

. . . .

MANY VOICES TOGETHER

Music — music — where's the music.[6] (Act II)

言葉の音楽的な反復も、この劇の音楽的秩序をきわだたせている。

GENERAL

Give me the pen, Eugene.

. . . . .

Give me the pen, Eugene.

. . . . .

The pen, the pen, Eugene. Give me the pen.[7]　(Act II)

舞台効果にも積極的に音楽がとり入れられているが、その顕著な例は、第一幕と第二幕のあいだの'Interlude'である。そこでは、戦争の場面は直接描かれていないが、音楽的効果によって象徴的に描き出されている（*"This is an interlude to be played behind the curtains during the intermission between the first and second acts : Let there be music and crowd as follows : First, let there be heard a low sound of marching feet, and a low faint sound of music. And let these sounds come nearer, until the feet pass the curtain in loud and even rhythm;* ・・・ *And let all this again grow faint, until one hears a heavy rumble of the drums and great shouts and cries far off"*）[8]。

第二の点としてあげられるのは、この劇が、南部の歴史（旧南部→新南部）をドラマ化しているということである。それは、旧南部の貴族階級を代表するラムジの没落と、下層階級を代表するポーターの、新南部における社会的・経済的上昇という形で構造的に示されている。

第三に、人物造型の成功である。たとえば、主人公ユージーン。彼は、戦争の大義をはじめ、ありとあらゆる社会的枠組に適合できない。いかなる「共同性」とも対立する存在であり、虚無的ヴィジョンを描いている。このような疎外された人物像を、ウルフは劇の言語を通じて――ユージーンの言語を「対話的」にせず「独白的」にすることによって――みごとに表現している。ユージーンの言葉は、対話の相手というよりも、何か別の存在に対して向けられているような印象を与える。この「ずれ」によって、ユージーンという人物像は表現されているのである。ユージーンは、アメリカの南部という舞台にあらわれた「ハムレット」の一人なのである（実際、作品中では、しばしばハムレットの名が言及されている(9)）。

『マナーハウス』は、上のような長所をそなえているゆえ、もし上演されれば、かなりの成功をおさめていたかもしれない。しかしながら、ウルフの生前、それはついに日の目をみることはなかった。出版されたのは、ウルフの死んだ十年後、一九四八年のことである。

さて、ウルフには、あと一つ主要な劇作品が残されている。それは、『われらが都市《まち》へようこそ』（*Welcome to Our City*）［一九二三年五月上演］である。

（三）『われらが都市《まち》へようこそ』

舞台はノースカロライナのアルタモント。近年めざましく開発が進んだアルタモントの土地開発業者は、黒人たちの住む土地を買いあげ、その地をもっと近代的なものにつくりかえようとする。この地域にはジョンソンという黒人医師が住んでいるが、彼の土地を、ラトリッジという弁護士が開発業者を通じて買いとろうとする。ラトリッジは、以前この土地の所有者であり、ジョンソンは彼の家の奴隷であった。過去の夢をとりもどしたいラトリッジは、ある日、ジョンソンのところに直接交渉にゆく。しかしながら、ジョンソンはラトリッジの申し出を断固としてうけつけない。またラトリッジの道楽息子リーが、ジョンソンの娘を勝手に連れ出そうとした事件もあり、ジョンソンはますます怒り、土地の売却をこばむ。それに加え、彼は黒人たちに、土地を売る必要はないと強く訴えかけ、白人と黒人の平等な権利について黒人らに説いてまわる。

このことがきっかけとなり、黒人らの暴動が起こる。それに対し白人側は戒厳令をしき、黒人たちの鎮圧にのり出す。この戦いのさなか、黒人の家には火がつけられ、ジョンソン自身も殺される。

この劇は、師のベイカーには激賞された。しかし、上演してみると、登場人物の多さ（四〇人以上）、三時間におよぶ長い上演時間ゆえに不評に終わった。

が、上演にあたっての欠点にもかかわらず、次のような点でこの劇は評価できると思う。

一つは、アメリカの社会的現実を克明に描き出しているという点である。アルタモントの町の商業主義、地方主義は、ソレルや知事らの人物像を通じて明確に表現されている。また、人種問題、黒人の公民権というテーマに正面から取り組んでいるという点があげられる。

第二に、プロットの展開に無理がなく、人物同士のディアレクティークによって劇的緊張感が生みだされているという点があげられる。たとえば、ラトリッジがジョンソンの土地を買い取ろうとするのは、もとラトリッジがそこを所有しており、ジョンソンが奴隷であったという事実と因果性を有しているため、きわめて自然な筋運びに思える。また、ラトリッジの息子リーのジョンソンの娘に対する行動により、ラトリッジ（白人側）とジョンソン（黒人側）の対立が決定的なものとなってゆくところは、その一例である。

第三に、ユーモアと風刺の巧妙さ。たとえば、ソレルの父親が、南北戦争のころの「名誉の負傷」をみせては過去の栄光にひたる場面。なにかにつけて、その傷をみせて、同一のせりふを吐くところ、それも、三度も四度もくりかえされるため、観客の笑いを誘う。また、知事や、その政策に味方する教授らが、一堂に会すると、「進歩」とか「商業」に類した言葉を念仏のようにとなえている姿は実にばかげており、彼らは戯画化され、徹底的に揶揄されている。

このような三つの長所は、先ほどのべた上演にさいしての欠点を補ってあまりあるものである。

＊

以上、三つの劇の内容を簡単に説明してきた。それでは、これらの三つの劇は、ウルフの小説作品とどのようにかかわっているのだろうか。一言でいうなら、それらは、『天使よ故郷を見よ』（以下『天使よ』と略記）の習作であり、下書きであり、構成要素であると言えよう。

『山なみ』では、『天使よ』の自然的背景である「山」が描かれ、同時に、「山」の象徴的意味（不動性、永遠性）がすでに示されている。また、『天使よ』で展開される「家」の確執（闘争）のテーマが、すでに『山なみ』において胚胎している。

『マナーハウス』では、『天使よ』のハムレット的主人公ユージーンの原型が登場しており、また、『天使よ』の核となる「家」の没落のテーマがすでに中心にすえられている。

『われらが都市《まち》へようこそ』では、『天使よ』の舞台であるアルタモントが描かれ、『天使よ』で中心的テーマの一つとなる「商業主義」、「地方主義」の問題（それらに対する批判、風刺）がすでに示されているのである。

つまり、三つの劇を羊皮紙のように重ね書きすると、そこに『天使よ故郷を見よ』の全体像が浮きあがるというわけである。

ウルフは劇作家としては挫折し、劇作家としては己の目ざす「劇」を実現できなかった。しかし、劇作家としての道を捨てたとき、はじめて己の目ざす「劇」を実現するというパラドックスを生きることになるのである。

が、ウルフと「劇」の関係は、これだけにとどまらない。実は、これからはじまるのである。彼は、劇を小説にしたばかりではなく、小説を「劇」にするのだ。つまり、小説作品に内在する「劇」のことである。

二　小説に内在する「劇」

E・R・クルティウスは、『ヨーロッパ文学とラテン中世』のなかで、歴史的隠喩にかんする詳細な研究を行っている。そして、隠喩法（figura）の一つとして、芝居の隠喩をあげている。「世界劇場」（theatrum mundi）の隠喩である。彼は、いくつかの例をあげている。たとえば、プラトン。「人間は神の手にあやつられる道具にすぎない」（『法律』）。ホラティウス（人間の中に操り人形をみる）。アウグスティヌス（この人生全体は人類の喜劇）。ルター（神の人形芝居）。……そして数多くの劇作家、小説家は、この「世界劇場」の隠喩を用いてきた。

トマス・ウルフの『天使よ』においても、「世界劇場」の隠喩はしばしば用いられている。が、単に用いられているだけではない。それは、作品全体をとらえる認識論的枠組として機能しているのである。

例として、第二七章、アルタモントの町で催された、シェイクスピア死後三百年を記念する野外劇の模様を描いたくだり。(10) それは、本書の第三章「アルタモント、天使の詩――『天使よ故郷を見よ』を読む」の冒頭部分で、すでに引用したはずである。

『天使よ』は、主としてアルタモントの町における出来事を描いているが、ウルフは、アルタモント＝作品の世界を「劇場」として、そこで起こる出来事を「劇」として、「必然＝運命の糸」にあやつられる人間たちの織りなす（道化）芝居としてとらえているのである。

・・・苦痛、悲劇、死、混乱を超えて、ゆるぎない必然性が、軌道の上を走っていた。（一六〇頁）

ガントは、人生全体を「必然の糸」にあやつられた結果としてとらえており（"... he（＝Gant）had the very quiet despair of a man who knows the forged chain may not be unlinked, the threaded design unwounded, the done undone."）、彼の妻イライザも、息子グローヴァーの死、ベンの死に際して、そのことに思いいたる（"... she had looked . ... upon the inexorable tides of Necessity,"）。また、ユージーンがこの世に生まれ出る場面は、「世界劇場」の隠喩でえがかれている。

ユージーンが、一九〇〇年に人間の出来事の劇場に登場したとき、歴史はそのような状況であった。（三〇頁）

『天使よ』におけるユージーンの「劇」とは、「運命」＝「必然の糸」にあやつられ、翻弄されつつも（“. . . destiny bore down on his life . . . ”）、それに抗して、自分の「可能性」・「機会」を模索し、「自由」を勝ちとってゆく物語である。「世界劇場」の隠喩は、『天使よ』の二つのクライマックスにおいてもあらわれる。一つは、ユージーンとローラがピクニックの途中、山から町を見おろす場面である。

町は野営地のように、高原のうえに広がっていた。彼の下には、時間に抗することのできるものは何も存在しなかった。・・・彼は、すべての人生・生活が盃のなかにおさまっているのだと感じた。修道士が用いるラテン語（monkish Latin）で、「人生の劇場」について記した昔の学者さながら、それを眺めていた。（三七五頁）

ユージーンの出生の場面が、「世界劇場」への登場という隠喩で語られる一方、彼の兄ベンの死も、「世界劇場」（からの退場）の隠喩で語られている（それは、本書の第三章において、すでに言及したとおりである）。ベンは生前、いつも空中の見えない天使に口ぐせのように、「あれを聞いてやってくれ」と話しかけていたが、それは、「ばかげた道化芝居を演じている人間どものたわ言を聞いてやってくれ」と言っているかのようである。また、ベンがしばしば発する冷笑的な言葉は、すべて、「人の世は夢」といっているように思われる。彼は、「全世界は一つの舞台である」と言いたいかのようだ（このことも、本書の第三章ですでに述べた）。

このように、『天使よ』において、「劇」は作品の認識論的枠組になっているが、またそれは、作品の美学的要素・枠組ともなっている。以下、それを劇構造、人物造型・言語について詳しくみてみよう。

ファーガソンは、名著『演劇の理念』のなかで、『ハムレット』に典型的な劇のパターンとして次のような図式を提示している。それは、〈闘争劇（アゴーン）〉→〈受難（パッション）〉→〈エピファニア（顕現）〉という図式である。そして、これは「共同体」の浄化・再生のドラマであり、祭式的なパターンであるとしている。

『天使よ』も、このようなパターンを有した作品である。この作品がハムレット的主人公を登場させていることは、すでに述べたが、劇構造という面でも『ハムレット』と共通点を有しているのである。

まずは〈闘争劇〉。それは父オリヴァー（作品中では普通「ガント」という名字で呼ばれている）と母イライザの〈闘争劇〉である。この対立は、全く異質な世界の衝突（＝「大決戦」）として描かれている。そして、この〈闘争劇〉のもとでの〈受難〉のドラマがユージーンの「劇」である。〈闘争劇〉から解放される〈エピファニア〉の瞬間、それは「ベンの死」である。ベンは、ユージーンのドッペルゲンガーとしての役割をはたしており、ベンの死を通じて、ユージーンも象徴的な死をとげ、世界が新しく生まれかわったように感じるのである。ベンもまた父と母との〈闘争劇〉の〈受難〉者であり、ガント一家の罪を浄める「贖罪羊」としての役割を果たす。ベンの死を通じて、一家のものは自らの罪を悔いあらため、〈闘争劇〉をやめ、一体化するのである。そればかりでなく、商業主義に毒された「アルタモント」という「共同体」の浄化の願いが、ベンの死の場面にはこめられている。母イライザは、アルタモントの商業主義の象徴的存在であり、彼女が悔い、自分の愚をさとるところは、「共同体」浄化の象徴的な儀式なのである。ベンの死は、悪魔祓いの儀式であり、世界創造の儀式なのだ。

このように、『天使よ』は、典型的な「劇」のパターンを有しているのであるが、そればかりではない。細部において、さらに「劇」の要素は顕著である。

第一に、人物造型。それは、時として極端に様式化され、儀式化されている。例としてガントをとりあげよう。彼自らが建てた「ウッドスン街の家」という空間は、「演劇的―祝祭的空間」である。そこを「舞台」とし、一家の者を「観客」として、ガントは、他人に「見られる」ことを常に意識しつつ演劇的ふるまいをする。彼は、自分の行為を、つねに「型」にはめようとしている。

第二に、人物たちの言葉。それもきわめて演劇的である。例として、ガントとルークをとりあげよう。

ガントの言葉の多くは、悲劇役者の悲壮な大ぜりふに似ている（"Merciful God! . . . it's fearful it's awful, it's croo-el. What have I ever done that God should punish me like this in my old age?" "Ingratitude, more fierce than brutish beasts, you will be punished, as sure as there's a just God in heaven."）。しかしながら、それらのせりふは、何ら悲劇的状況をともなわず場違いであるため、その「ずれ」がいっそう喜劇的効果を発揮する。

ユージーンの兄ルークの言葉。それは道化の言語である。ガントの言語は一定のパターン（「説教調」「悲劇調」、「バーレスク調」）を有しているが、それに対しルークの言語は変幻自在である。彼は状況に応じて自在に仮面をつけかえ変身し、その場にあったスタイルで喋るのである。彼は実体を欠いており、彼にはアイデンティティというものがない。

この外にも「劇」の要素は数多くみられる。たとえば、作者が、劇的緊張がもっとも高まる場面において、「語り手」としての立場を逸脱して、激情にかられ叫ぶ場面。これは、小説の語りではなく、劇の「コロス」である。ベンの死のあとに記される抒情的な叫びは、まさしく「コロス」のそれである。

私たちは、生の虚無を信じることができる。死の虚無、死後の生の虚無を信じることができる。しかし、いったい誰がベンの虚無を信じることができよう?・・・・おお、アルテミドロスよ、いざさらば！（四六五頁）

ユージーンとローラのピクニックの場面の最後に記される言葉も、「コロス」のそれと考えられるだろう。

山のなかに登って来い、おお、わが若き恋人よ、戻って来い。おお、失われたる。山のなかへと戻って来い、おお、わが若き恋人よ。おお、失われたる。風の嘆きにのって、霊よ、ふたたび戻って来い。（三八〇頁）

『天使よ』の最終場面（ユージーンとベンの亡霊の対話）にも、「劇」の要素は顕著である。場面を固定して（アルタモントの中央広場）、人物の対話形式で物語を進めてゆくという手法は、まさしく劇作家の手法であるといえよう。

＊

『天使よ』は、このように、「劇」的認識と「劇」的手法によってつらぬかれているのであるが、他の三長篇においては、「劇」の要素はきわめて少なくなっている。もちろん、『時と河について』に出てくる人物（たとえばバスカム・ペントランド）の身振りの誇張・様式化、彼らの発する言語の口語・口承（oral）性、劇作家を志すテン・アイクという人物が芸術家のパトロンであるポッター夫人のサロンでくりひろげるファルス、あるいは、『蜘蛛の巣と岩』における、ジョージ・ウェバーとエスター・ジャックの戯曲形式の対話部分（第三三、三四章）には、「劇」的手法が顕著である。しかし、それらにおいて「劇」は、作品全体を律する認識論的・美学的枠組としては用いられていない。また、『時と河について』では、「劇」の手法よりもむしろ「映画」の手法がさかんにとり入れられているように思われる。とりわけ、冒頭部分の「列車からの眺め」は、高速度で場面が変化する映画をみているような印象を与える。第四作『汝ふたたび故郷に帰れず』についてはどうか？　ここでは、ほとんど「劇」の要素は影をひそめている。それに代わって、「映画」的要素がより顕在化している。この作品では、自由に移動（travel）するカメラ・アイの写しだす映像（クローズ・アップ、スペースモンタージュ等）が示されているのである（この作品の「映画的手法」については、本書の第七章でさらに詳しく論じるつもりである)。

*

さて、ウルフと「劇」の考察も、残すところあと一つとなった。ウルフは小説作品の中で「劇」の問題をどう取り扱っているか。「劇」はどのように対象化され、テーマ化されているのか?

三　対象、テーマとしての「劇」

(一)『天使よ故郷を見よ』

『天使よ』というテキストは、アリュージョンの宝庫である。聖書、クセノフォン、カトルス、ヴェルギリウス、ダン、ベン・ジョンソン、ヘリック、バーンズ、トマス・グレイ、キーツ、ワーズワース、コールリッジ、T・S・エリオット……等々、[11] 枚挙に暇がないほどである。とりわけ、ロマン派詩人からの引用が多く、それはウルフがロマン派詩人に最も魅かれ、かつ修士論文の研究対象としたという伝記的事実を反映しており、また、『天使よ』全体にみなぎるロマンティシズムと共鳴して美的調和を生み出している。

『天使よ』では、劇からの引用も数多くなされている。そして、そのほとんどが、シェイクスピアからの引用である。『ハムレット』、『リア王』、『ヴェニスの商人』、『ジュリアス・シーザー』、『十二夜』、『シンベリン』をはじめ数多くのシェイクスピア作品からの引用がなされている。また、シェイクスピアを記念する「野外劇」(第二七章)の場面では、シェイクスピア劇のパロディーが演じられる。それは抱腹絶倒のファルスである。プロットなど全くない、ただシェイクスピアの登場人物が舞台の上に入れかわり立ちかわりあらわれるだけの、「仮装行列」である。すでに、舞台の袖でファルスははじまっている。出番を待っている、ジュリアス・シーザーならぬジュリアス・アーサーという名の少年が「マクベス」に扮し、ユージーン扮する「ハル王子」と剣を交える。その際、「マクベス」は、「ハル王子」に勝てないとわかると、こんどはそばにいたハインズ扮するところの「フォールスタッフ」の布袋腹を剣で突く。するとそれは空気が抜けぺしゃんこになってしまう。そして小姓に変装している「ヴァイオラ」登場。『十二夜』では、ヴァイオラはイリリアの公爵オーシーノーに恋をするが、「ヴァイオラ」を演じる女の子は、「オーシーノー」に扮するレイフ・ロールズのことが好きでないため、「オーシーノー」に対して素気ない。むしろユージーンに興味があるようだ。ここでは虚構と現実がごたまぜになってしまっている。そしていよいよ、ユージーンの「ハル王子」の出番となる。が、舞台に出ると、長身のユージーンにはズボンが短すぎ、毛むくじゃらの脛がとび出していたため、観客は洪笑の渦にまきこまれる。

このように、『天使よ』の引用は、シェイクスピアが中心であるが、それは単なる引用にとどまらないように思われる。この『天使よ』という小説＝「劇」自体、シェイクスピアの劇を、とりわけ『ハムレット』を意識して書かれたのではないかと想像されるからである。〈闘争劇〉→〈受難〉→〈エピファニア〉というパターンの共通性はもちろんのこと、「共同性」と対立するハムレット的主人公ユージーン、言葉の上ではリア王をモデルとし、行動の上ではフォールスタッフをモデルとしたガント、『お気に召すまま』のジェイクィーズをモデルとしたアウトサイダーのベン、など人物造型の点でも、人物の発する言葉の特徴に関しても、シェイクスピアのエコーをききとることができる。

それればかりではない。『天使よ』の最終場面、「ユージーンとベンの亡霊の対話」は、『ハムレット』第一幕、第五場を下敷きとしている。『ハムレット』の亡霊がハムレットの父であるように、ベンの亡霊は、ここでは、ユージーンの「父」の役割をおびている。この場面が『ハムレット』をふまえていること、そのことを読者にもわかるように、ウルフは『ハムレット』第一幕、第五場からの引用をわざわざ記している。

I am thy father's spirit, doomed for a certain term to walk the night —（五一七頁）

このように、『天使よ』は「劇」の「引用」に満ちているが、直接的に「劇」について言及した部分は多くはない。「劇」に対する直接的言及が多く見出されるのは、続く二つの長篇——『時と河について』と『蜘蛛の巣と岩』（*The Web and the Rock*）——においてである。前者では、ユージーンのハーヴァード大時代の劇作修業について詳しく書かれており、また、後者においては、「演劇界」について詳しく書かれている。

（二）『時と河について』

『時と河について』において、ウルフはベイカー教授の「工房四七」を小説化している。ベイカーは、小説の中ではハッチャー（**Hatcher**）となっている［この名は、若い芸術家を育て、世に生み出す、という意味あいを含んでいる］。ウルフは、第二部「若きファウスト」において、ハッチャー教授の「肖像」、ハッチャーのもとで学ぶ者たちのスケッチ、そして彼らの劇作品についての紹介、コメントを記している。彼は、ハッチャーの、中庸を保ち、自分の意見をおしつけることなく、学生の自主的参加を求める授業形式を克明に描いており、それに対し讃辞を送っている。しかしながら、「工房四七」に学ぶ他のメンバーたちについては、痛烈な批判を加えている。

それは主として、美的ソフィストに対して、技巧ばかり追い求め、出来あいの批評用語を振りかざし、その実作品には'**Life**'の感じられない者に対して、向けられている（"**The impulse of the people in the class was not to embrace life and devour it, but rather to escape from it.**"[12]）。（一七〇頁）このように、美的ソフィストを攻撃することで、ウルフは自らの芸術的立場を明確にしている。それは、「自分の経験したものだけを書く」ということ、しかもそれを「何から何まですべて描きつくすこと」である。そのような立場にもとづいて書かれたのが、ウルフの長大な自伝的小説群であることは言うまでもない。

ウルフの美的ソフィスト批判は、「工房四七」のエピソードにとどまらない。作品全体をつうじてそれを行っている。彼は、美的ソフィストの代表であるスターウィック（彼はウルフの友人ケネス・レイズベックをモデルとしている）をユージーンに対置させ、スターウィックがしだいに破滅してゆく様をドラマ化することで、美的ソフィストをやっつけようとしているのだ。

（三）『蜘蛛の巣と岩』

アメリカでは、一九一〇年代後半から二〇年代にかけて、小劇場運動がさかんになる。そのなかで、中心的存在となったのは、Theatre Guild（結成時は、Washington Square Players）、Provincetown Players、Neighborhood Playhouse である。それらは共に、実験的な試みで知られ、アメリカの新人劇作家の作品をさかんに上演した。

トマス・ウルフもこれら小劇場とかかわっている。彼は一九二三年、ベイカー教授の推薦で『われらが都市《まち》へようこそ』を Theatre Guild に提出する。が、Theatre Guild はこの劇を不採用とした。Theatre Guild 側は、もっと短い劇を求めており、ウルフが『われらが都市《まち》へようこそ』をもっと短いものに書き改めれば、再び検討したいという旨の返事をよこした。また、採用されなかったとはいえ、ウルフの語るところによれば、Theatre Guild の reader の一人であるコートニー・レモンは、「工房四七の輩出した最もすぐれた劇作家であり、将来性がある」とコメントしたそうである。(13) しかしながら、ウルフは、いったん自分の劇の採用を拒んだ Theatre Guild に再び劇を提出する気にはなれなかった。そこで今度は、『われらが都市《まち》へようこそ』を、さらに実験的な試みで知られる Provincetown Players に提出した。しかし、いつになっても採用通知がこなかったので、彼自ら劇団を訪れると、なんと、彼の原稿は放置され埃にまみれており、読まれることすらなかったということがわかった。怒り狂ったウルフは、原稿を持ち帰り、Provincetown Players に対し絶縁状を送りつけた。

次にウルフは、Neighborhood Playhouse のアン・マクドナルドに『われらが都市《まち》へようこそ』を手渡した。劇団の演出家らは、劇の採用をすぐには拒まなかったが、劇団を財政的に援助しているアリス・ルイゾーンがヨーロッパから戻るまでは決定を保留すると言ってきた。それにいらだち、怒り狂ったウルフは、単身ヨーロッパへと旅立つことになる（このヨーロッパ旅行は、『時と河について』で小説化されている）。そんななか、ウルフの才能をいち早く認めたのが、Neighborhood Playhouse の著名な舞台・衣裳デザイナーであるアリーン・バーンスタインである。彼女は、アリス・ルイゾーンに『われらが都市《まち》へようこそ』の上演を強くすすめた。彼女は、ヨーロッパに旅行した時、それを持っていったという。

一九二五年八月。ウルフは、ヨーロッパから帰る船の中で、バーンスタインと運命的な出会いをとげる。二人はすぐに恋におちいり、このときから、彼女を通じ、ウルフは「演劇界」により近づくことになる。ウルフとバーンスタインの恋、そして彼女を通じてのウルフと「劇」の関係、それらは、『蜘蛛の巣と岩』に克明に描かれている。小説中では、ウルフは「ジョージ・ウェバー」として、バーンスタインは「エスター・ジャック」として登場する。そして、Neighborhood Playhouse は、小説中では、'Community Guild' となっている。

ウルフはこの作品において、大体三つの観点から「劇」の問題をとりあつかっている。

第一は、小劇場運動について。それを 'Community Guild' の歴史的変移を通して語っている。彼は、小劇場運動が、当初は反―商業主義的な理念と抱負をかかげ、市民劇場（Community Theatre）としての性格を有していたが、一九二〇年代半ばにはその理念は形骸化し、「市民劇場」としての性格を失い、商業主義に毒されていった過程を、きびしく批判している。そして、'Community

Guild' の出し物の一つにかんして、次のように述べている。

この出し物は、・・・・人生や社会の出来事にたいする辛辣で重みのある批評ではなく、実のところ、ブロードウェイの、成功した流行りの劇の、巧妙なパロディーにすぎなかった。[14]（三七六頁）

この引用文では、ブロードウェイへのアンチテーゼとして始まった小劇場が、しだいにブロードウェイ中心主義、商業主義に毒されてゆくさまが批判されているのである。

第二に、『蜘蛛の巣と岩』は、舞台の裏側の世界を克明に描き出している。楽屋にいる役者、大道具、舞台デザイナーなど、舞台裏の世界がいきいきと描かれている。そしてウルフは、「劇」の背後の世界もまた一つの〈劇〉であるとみなしている。

この「劇」を上演する〈劇〉における〈主役〉が、舞台デザイナーのエスターである。『蜘蛛の巣と岩』では、とりわけ、彼女のデザイナーとしての仕事がくわしく書かれている。が、そればかりではない。エスターの仕事は、この作品では、リアリスティックに描かれるばかりでなく、シンボリカルにも描かれている。彼女は、「混沌」とした都会の現実、ジョージの生活に「秩序」と「方向性」を与える「デザイナー」なのであり、ジョージにとって「詩神」であり、また理想的「芸術家」のシンボルなのである。

第三に、ウルフはこの作品で、「劇」との決別のドラマを描いている。劇作家を夢みていたジョージは、エスターを通じて「劇」の世界を垣間見ることで、次のような認識を深めてゆく。「劇」をつくることは、俗世間の人間関係の「蜘蛛の巣」にからめとられることであり、芸術家の純粋性と相容れないことである、と。そしてしだいに「劇」の世界に疎外感をおぼえるようになり、ついには、「劇」の世界と決別し、小説家に転向することを決心するのである。『蜘蛛の巣と岩』という作品、それは、小説家ジョージ・ウェバーについての「芸術家小説《キュンストラーロマン》」なのである。

結びにかえて

以上、ウルフと「劇」の関係を、三つのレベルに即して考察してきた。が、これだけでウルフと「劇」の関係が終わるわけではない。実は、さらに後日譚がある。それは、『天使よ故郷を見よ』の劇化である。

一九五八年、『天使よ故郷を見よ』は、ケティ・フリングズによって脚色され、ブロードウェイで上演されることになる。上演回数は、なんと五五四回に及ぶロングランであった（そして、その劇は、批評家たちに絶賛され、ピュリッツァー賞を受賞している）。

小説家の中にひそんでいた「劇作家」は、ここで、初めて舞台の前面に躍り出て、満身にスポットライトを浴びたのである。

注

（1）Louis D. Rubin, Jr., *Thomas Wolfe: The Weather of His Youth*.（Baton Rouge: Louisiana State University Press, 1955）.

（2）Richard S. Kennedy, *The Window of Memory: The Literary Career of Thomas Wolfe*.（Chapel Hill: The University of North Carolina Press, 1962）.

（3）Pat M. Ryan, "Introduction" to *The Mountains*.（Chapel Hill: The University of North Carolina Press, 1970）.

（4）Kennedy, *The Window of Memory*, p. 47.

（5）Richard Walser, *North Carolina Legends*, "Foreword".（Raleigh: North Carolina Department of Cultural Resources, Division of Archives and History, 1980）.

（6）Thomas Wolfe, *Mannerhouse*.（N. Y.: Harper, 1948）, pp. 20-21.

（7）Ibid., p. 150.

（8）Ibid., p. 85.

（9）Ibid.

EUGENE

Ah, which of us is the ghost, I wonder?

MARGARET

Gene! Gene!

EUGENE

So poor a man as Hamlet is.（p. 99）

MAJOR

When shall a man be mad?

GENERAL
As is Prince Hamlet?（p. 120）

（10）Thomas Wolfe, *Look Homeward, Angel.*（N. Y.: Charles Scribner's Sons, 1929）, p. 311.

（11）これらアリュージョンは『天使よ故郷を見よ』の第二三章と二四章に集中している。

（12）Thomas Wolfe, *Of Time and the River.*（N. Y.: Charles Scribner's Sons, 1935）.

（13）David Herbert Donald, *Look Homeward: A Life of Thomas Wolfe.*（N. Y.: Fawcett Columbine, 1987）, p. 107.

（14）Thomas Wolfe, *The Web and the Rock.*（Penguin Books, 1972 [Harper, 1939]）, p. 368.

【付記】本論文が発表された二年後（一九九六年）、西村頼男氏の著書『トマス・ウルフの修業時代』（英宝社）が上梓された。これは、トマス・ウルフの劇作品に関して、本章の「第一のレベルの考察」を行った、詳細な研究書であり、ウルフ研究における必読の書である。

第五章　再生と反復について
――『ある小説の物語』と『時と河について』

一　はじめに

本章は、トマス・ウルフの作品における「時間」の問題を中心的テーマとしてとりあげることを目的としている。私が「時間」の問題を中心的テーマとしてとりあげる理由、また、それを論じることの意義は以下のようなものである。第一に、「時間」とウルフの作品の有機的な関係性を明瞭にした論文がほとんどないという点があげられる。W・P・アルブレクトやルイス・D・ルービンを除いた学者、批評家は、ウルフの作品における時間のイメージ、時間概念をとりあげ、それを単に分類するにとどまっている。(1)このような段階にとどまっていては、ウルフ文学の理解に貢献するところがほとんどないといってよい。それゆえ、本章では、「時間」の問題をウルフの作品と有機的に関連させつつ論じてゆくつもりである。

第二に、ウルフ文学において、「時間」は人物の心理、意識、認識論的成長と密接にかかわっているということがあげられる。ウルフ文学を十分に理解するには、「時間」の問題は避けて通ることはできないのである。

第三の点として挙げられるのは、「時間」の問題を論じることにより、ウルフ文学の現代性、普遍性が明らかになるということである。ウルフが、プルースト、ヴァージニア・ウルフ、トーマス・マン、フォークナーら二〇世紀作家たちと同様、「時間」のテーマを中心的に扱っていることを示すことにより、ウルフ文学の現代性を指摘し、また、ウルフが、「時間」という哲学史上最大のアポリアを扱っていることを示すことで、哲学史的コンテクストにおけるウルフの作品の普遍的特性を明らかにしようとするのである。

本章において、私は、「時間」とウルフの作品の関係性についての論を、二つの書を対象として行なうつもりである。二つの書とは、『ある小説の物語』と『時と河について』(以下『時と河』と略記)である。なぜ特にこの二つの書をとりあげるか、その理由は以下のとおりである。第一に、ウルフの作品において、「時間」の問題はこの二つの書にもっとも顕著に示されており、かつ、作者によって意識的にとりあつかわれているからである。第二に、『ある小説の物語』は、『時と河』の成立過程を物語る、いわば舞台裏をときあかしたものであり、それゆえ両者は密接にかかわっていると思われるからである。

それでは、さっそく『ある小説の物語』における「時間」の問題について論じることにしよう。

二 『ある小説の物語』から『時と河』へ

『ある小説の物語』には、『時と河』の成立過程にかんし、大体三つのことが記されている。三つとは、(一)『時と河』を書くにいたった動機、(二)『時と河』を書くプロセス(および、それが書かれた頃の個人的、あるいは社会的背景)、(三)『時と河』の編集作業とその出版、である。いま、『ある小説の物語』を、時間論的観点からみた場合、そこには、主として二つの問題が論じられていることがわかる。一つは、「記憶」の問題。第二に、作品の「時間の次元、相」の問題である。

第一の「記憶」の問題であるが、ここでウルフがとりあつかっているのは、「無意志的記憶」である。ウルフは、過去の記憶心像が、現在の知覚表象との連想作用で、主体の意志とは関係なく想起される様相を、具体的に、こと細かに記述している。そしてウルフは、このような「無意志的記憶」においては、過去が(より正確に言うなら、過去に彼が生き、経験したもの、過去において現在であったもの)が、単に、直接的に現在において現前し、再現されるのではなく、無意志的に想起された記憶心像は、「新たに」、「発見」されたものであると述べている。彼は、記憶心像は「母親の顔のように馴染み深いものであるが、いままで全く知らなかったようにおもわれ、たったいま発見したもののようにおもわれる[2]」と述べている。プルースト的な「失われた時の回復」、「見いだされし時」を思い起させる記述であり、後で詳しく述べるが、『時と河』のクライマックスをなす時間体験である。

このように、「無意志的記憶によって想起される時」に、言語表現を与えようとする作品が『時と河』なのであるが、それだけでは、この作品は無秩序で断片的なものにすぎない。それに秩序を与えるために、ウルフは、いかなる方法を用いたか。それが、第二の点、つまり「時間の次元、相」の問題である。ウルフは、『ある小説の物語』のなかで、『時と河』の無秩序性・断片性を克服する方法論的試みとして、作品の時間を以下のように分類・体系化したと述べている。彼は、この作品には三つの時間の要素があると言っている。第一は、「現在」、第二は、「過去」、第三は、「永続的な時間」である。わかりやすく言えば、第一の時間要素は、物語の「現在」の時間であり、そこでは、人物たちの「現在」の「行為」、および「知覚表象」が語られる。第二の時間要素は、「過去」の「記憶心像」、あるいは、物語の「現在」につらなる（人物らの）「過去」のさまざまな物語であり、ここでは時間は重層化する。第三は、第一、第二の「人間的な（人間中心的な）時間」ではなく、「人間を超える時間」を意味している（たとえば「自然の時間」）。ウルフはさらに、『ある小説の物語』のなかで、これら時間の要素が複雑にからみあい、織り成す「蜘蛛の巣」を『時と河』で示そうとしたと明言している。

さて、以上述べてきた、『ある小説の物語』における時間の二つの問題、つまり、「記憶」の問題、および「時間の次元、相」の問題は、『時と河』において、具体的にいかに取り扱われているだろうか。

「記憶」の問題は、『時と河』において、第一に「個人的記憶」として、第二に、「非個人的、集合的記憶」として示されている。

第一の「個人的記憶」としては、例として、まずは主人公ユージーン・ガントの父オリヴァー・ガントの「死」へといたる場面をとりあげよう。そこでは、物語の「現在」（死の床にあるオリヴァー・ガント）に、たえず「過去」の「記憶心像」（オリヴァーの経験したさまざまな過去）が無意志的に侵入してくる。物語は、「過去」と「現在」を自由に往復し重層化している。また、冒頭の驀進する列車の場面では、列車に乗っているユージーン・ガントの「現在」の「知覚表象」のうちに、つねに「過去」の「記憶心像」（例えば在りし日の兄ベン）が無意志的に流れこんで、さながら「時の対位法」を奏でている。

第二の「非個人的、集合的記憶」については、『ある小説の物語』においては明言されていないが、『時と河』においては顕著に示されている。たとえば「永劫回帰」の観念。そこではユージーンの「現在」の経験が、「過去」に無限回繰り返されたものであり、一瞬は永遠につうじるという考えが記されている（このことは後で詳しく論じる）。また、「記憶する都市」という観念。とりわけ「都市ニューヨーク」の描写では、ニューヨークが、そこに生き、死んでいった無数の人々の経験、記憶の集積した重層的空間として描かれている（これは、ポール・オースターの「ニューヨーク三部作」を想起させる）。

「時間の次元、相」の問題についてはどうだろうか。すでに、「記憶」の問題について言及したときに、「現在」と「過去」の交錯、「現在」に交錯する「永続的な時間」についてのべた。つまりこの作品においては、「現在」、「過去」、「永続的な時間」という三つの要素がばらばらに並列されているのではなく、相互に関係しあい、「時間」の織物をなしているのである。そしてそれらは、統合・秩序化されているばかりか、イメージ化されている。たとえば、冒頭の場面。「鉄道」は、「始点」と「終点」のある「有限の生」のイメージである。そして、そこを走る「列車」（およびそこに乗っている「人間」）は、「有限な生」をかけぬける「はかない存在」のイメージである。一方、「大地」は「永続的な時間」の表象である（作品中、「河」も「大地」とならんで「永続的な時間」の表象として描かれている）。冒頭の場面では、人物の「現在」の時間（「現在」走っている列車の時間）と人物たちの「過去」の時間が対位法をなしていると述べたが、そこに、さらに「永続的な時間」（「大地」の時間）という次元が加わっているために、そこには「時間の三重奏」がしめされており、とりわけ、「大地の時間」（無限）と「人物」、「列車」の「現在の時間」（有限）のコントラストが示されることで、人間のはかなさがイメージ化されていると言えよう。

以上が、『時と河』において示される、「記憶」および「時間の次元、相」の問題である。が、それらは、作品中で単に提示されているだけではない。『時と河』におけるこれら時間の問題は、単に提示されているばかりか、ドラマ化されているのだ。このドラマ化されているという一点において、『時と河』における「時間」の問題は、より重要なものとなり、より切実に読者に訴えかけてくるのである。また、それがドラマ化されることにより、『時と河』は時間論的観点からみた優れた現代小説の一つになりえたのである。

では、『時と河』における「時間」の問題はどのようにドラマ化されているのか。それを、次節でくわしく論じてみよう。

三　再生と反復について

『時と河』は、いわば「時間のるつぼ」である。われわれはその中に、さまざまな時間表象（「大地」、「河」、「海」など）、時間概念、時間についての理論、形而上学的考察、社会学的考察（たとえば、さまざまな国民、民族は、それぞれ異なった時間意識を有していること）を見いだすことができる。そして、これら時間についての言及は、しばしば互いに何ら関係をもたぬ断片的なものであり、この小説の言葉の激流のうちに見え隠れするだけである。が、この混沌とした時間についての書物のうちには、時間についての「認識論的変革のドラマ」が見いだされる。それはどのようなものか。それを、以下、くわしく検討してみよう。

この作品の冒頭部分では、ボストンへ向けてすさまじいスピードで驀進する汽車からみた光景が記される。通りを歩く人々、家々、木々、町……。これらは、流れ、過ぎ去ってゆく。この光景を見ているユージーンは、彼の存在、汽車に同乗している人々も、これら過ぎゆく光景と同様、瞬く間に消え去り、忘れ去られてゆくと感じている。彼は、無限に広がる大地、非情な大地を前にして恐怖をおぼえる。なぜなら、この大地においては、いかなるものも死を運命づけられ、滅びてゆき、いったん消滅したら二度とは戻ってこないことを強く意識させられるからである。ユージーンにとって、大地に象徴される時間は、恐るべき凶暴な敵と化す。それは、「ハリケーン」のように破壊的なものとして彼の目にうつる。ここに、彼の、時間とのファウスト的戦いがはじまる。

ユージーンは、地上のすべての物、すべての事柄を、それが時の経過と共に消滅する前に、所有しつくし、記憶しつくしてやろうという狂ったような衝動にかられる。たとえば彼は、もはや楽しみゆえに読書することができない。なぜなら、読書もまた時間との戦いとなってしまっているからだ。また、読書をしている間でも、彼は、何か「あとでとり戻すことができない事柄が起こっている」のではないかという不安にとりつかれ、通りに飛び出して、ものごとを見て記憶しようと欲する。しかしながら、彼はこのファウスト的戦いで敗北感をおぼえざるを得ない。いかに時間に逆らってものごとを所有し記憶しつくそうとしても、彼が見ることもなすこともできないことがらが彼を圧倒するからだ。それを知るたびに彼は絶望し、ますます時の経過を強く意識するのみである。しかし、彼はすべてのものが死滅し、虚無へ帰ってゆくという考えをどうしても受け入れることができない。それゆえ、何度でもくりかえし狂人のように時と戦おうとする。が、結局は戦いに敗れたと感じ、時間に勝つことの不可能性を意識せざるをえないのである。

時との戦いに勝つことができないとするなら、時と戦わずして時を克服し、超越するしかない。いかにしてそうすることが可能になるのか。ウルフは、それは時間に対するわれわれの認識の変革によって可能になると考える。彼は、時間の観念の変革によって時の克服と超越が可能になると考える。その時間の観念の変革とは何か。それは、直線的時間の観念から円環的・循環的時間の観念への転回である。彼は、時間を円環的・循環的なものであると認識することにより、己の有限性をのりこえようとし、時の流れのなかに永続的なものを見いだそうとする。それでは、円環的・循環的時間の観念は、この作品において具体的にはどのような形で表されているのだろうか。それを、以下検討してみよう。

第一巻「オレステス」と第二巻「若きファウスト」では、直線的時間の観念が優勢である。が、第三巻「テレマコス」以降、円環的・循環的時間の観念が優勢になってくる。ユージーンは、時間を円環的・循環的なものとしてとらえることにより、ファウスト的な時間との戦いをやめ、時間と和解する。第三巻は以下のような文で始まる。

十月がふたたびやってきた[3]。

この季節の循環をあらわす文は、円環的・循環的時間の観念を表している。また、十月という月は、作品中で特別な意味を与えられている。それは、ユージーンによって「再生」、「回帰」の月とみなされている。円環的・循環的時間の観念は言語によって意味されているばかりではない。それは、語、文の反復によっても示されている。「十月」という語で始まる文（たとえば、「十月がふたたびやってきた」、「十月は回帰の季節だ」）は、リフレインのように何度も繰り返される。また、文の一部が繰り返されることもある（"Summer has come and gone, has come and gone"）。

第一巻では、ユージーンは大地と対立関係にあった。しかしながら、第三巻では、彼は大地を受け入れ、それを愛する。なぜなら、彼は、地上のすべてのものは、滅びたとしても、再び戻ってくると信じているからだ。彼は大地を「能産的自然」（natura naturans）とみなしているのだ。

この地上にあるすべてのものは戻ってくる、戻ってくる。（三三二―三頁）

これらすべてのものは地上にあったものであり、永遠に存続するであろう。(二二三二頁)

第四巻「プロテウス」では、ユージーンはアメリカの大地にすむ祖先の霊の声を聞く。地霊はユージーンに次のように話しかける。

「おまえは、草がここではより生い茂っていることを認めねばなるまい。われわれの埋葬された肉体には毛が四月のように生えた。……これらの者が死んでいるとおまえは言うか。彼らは死んでいるかもしれないが、おまえはここに木を育てることができる…。」(四一三頁)

この引用文――ホイットマンの「ぼく自身の歌」における詩句を連想させる文章――においては、円環的・循環的な時間の観念は、「再誕生説」(reincarnation)を通じて示されている。それも、仏教的な因果的再誕生説(Palingenesis)ではなく、実体的再誕生説(Metempsychosis)を通じて示されている。

円環的・循環的時間の観念は、物や人間の「再生」という考えを通じて表されているばかりではない。それは、出来事、現象の「反復」という観念としてもあらわれる。次の一節における、「反復」を意味する語の多用はそれを如実に示す(ここは、「反復」にかんする語を明示するため、原文もあわせて引用しておこう)

駆けゆく、明るく隈取りされた月、激しく飛ぶ雲、広大に展開する空は、自らのうちに不動の変化を保持している。汽車の車輪の循環さながら、過去へと忘却されても、再び戻ってくる。変わることなく、正確に繰り返し回る車輪の上向きのピストン運動のごとく。（... the driving and beleaguered moon, the fiercely scudding clouds, the immense regimentation of heaven... had in them a kind of unchanging changefulness, a spoke-like recurrence which, sweeping past into oblivion, would return as on the upstroke of a wheel to repeat itself with an immutable precision,an unvarying repetition.）（四七〇頁）

引用文中の'would'という助動詞は、過去に起こった出来事が現在において繰り返されるばかりでなく、現在起こっていることが、未来にも繰り返されるということを明示している。そして、右の引用文にみられる、'recurrenee'、'repeat'、'repetition'という「反復」を表す語は、以下頻繁に用いられることになる。

第六巻のタイトルは、"Antaeus: Earth Again"となっているが、タイトル自体が円環的・循環的時間の観念を暗示している。第六巻において、ユージーンがオルレアンのカフェに行ったとき、彼は次のように感じている。

どういうわけか、すべての光景は、瞬時にして、彼がいままでずっと知っていたもののように、きわめて親しみ深いものとして彼の心に訴えかけてくるのであった。（八二〇頁）

この引用文に語られている「既視感」は、この作品中、ひんぱんに見いだされるものであり、「反復」の観念を意味している。この巻あたりから、経験の反復という考え方が顕在化してくるが、以下の引用はそのよい例である。

…彼が子供の頃小さな町で知っていた生活には、これらすべての物事や人々に対応するものが存在した。(八二〇頁)

ユージーンはここで、幼いとき経験したことが現在に反復されていることを感じとっているのである。

第七巻「クロノスとレア」において、ウルフは、円環的・循環的時間の観念を、小説言語の動きそのものによって表現しようとしている。この巻は、次のように始まる(小説言語の動き、構造を明示するために、あえて原文も引用しておこう)。

永久のスピネットで調べを聞かせよ。鐘を響かせよ。鐘を響かせよ。さあ、音楽を。永久のスピネットで調べを聞かせよ。(Play us a tune on an unbroken spinet, and let the bells ring, let the bells ring! Play music now: Play us a tune on an unbroken spinet.)(八五三頁)

この文章を、そのリズムが明らかになるような形に変えてみよう。

Play us a tune on an unbroken spinet, and
let the bells ring,
let the bells ring!
Play music now:
Play us a tune on an unbroken spinet.

この一節では、同一のリズム単位（XXXX）が五回繰り返されている。
次の文章などは、円環的・循環的観念について語るとともに、それをリズムの反復自体によっても表出しているよい例である。

車輪の響きはいつも同じだろう。道を行く馬の蹄の音はいつも同じだろう。（…the sound of the wheel will always be the same; and the hoof of the horse on the roads of every time will be the same …）
（八五三頁）

ここでは、現在の経験が未来永劫に繰り返されてゆくことが述べられている。そして、この巻では、物語の時間の経過さえも円環的で循環的なものとなる。二つばかり例をあげよう。

昼は夜へと過ぎゆき、夜はふたたび昼へと変わりゆく……。（八五六頁）

昼、そして夜、夜明けから黄昏へ、眠りから覚醒へ……。（八五七頁）

この巻では、しだいに、時間の流れそれ自体も消え去ってゆく傾向にある。なぜならば、人間は現在に生きていると同時に、過去を、彼の生まれる前の過去をも生きており、そのような過去の声を聞き、過去の光景をまのあたりにしている、という考えが述べられているからである。（八五三―四頁）ユージーン・ガントは、あたかもボルヘスの「不死の人」のように、あらゆる時に遍在し、あらゆる時代の声を聞き取っている。またユージーンがマルセイユで見た夢のなかでは、彼は古代に生きている。（八九二―三頁）ユングの言う「集合的無意識」の神話的ヴィジョンさながら……。

ボルヘスは、「永遠の歴史」というエッセイのなかで、自分がかつて永遠について記した文章を引用しているが、そこには、彼がそれまで行ったことのないバラカスという町にいた際の、ある神秘的な時間体験が記されている。

これは三十年前とまったくそのまま同じではないか……。私は今千八百何年かにいるのだというふとした考えが、おおよその数字を含んだ単なる言葉であることをやめて現実に深い意味を帯びてきた。……自分が、永遠という思量を絶した言葉の、物言わぬ、あるいは不在の感応力の所有者なのではないかと疑ったのだ。……静穏な夜、澄みきった声で鳴く小鳥、すいかずらの鄙びた匂い、本来の泥んこ道——そういったさまざまな同質的なものが一体になったあの純粋な示現は、ただ単に千八百何年かのあの角における示現とそっくりで あるだけではない。それは、相似でも反復でもなく、まさに同じものなのである。(4)

このように記したあとで、ボルヘスは次のように結論する。

時間とは、もしわれわれにその実体を直視することができれば、一つの幻想である。見かけ上のきのうという日の一瞬と、見かけ上のきょうという日の一瞬の間には何の相違もなく、両者は不可分のものであるという一事だけで、時間を解体するには十分であろう。(5)

ユージーンも、フランスの町、ディジョンにおいて、このような時間体験、過去と現在が一体化した瞬間を経験する。ディジョンの広場において、ユージーンは、鐘の音を耳にしたとき、十五年前に聞いた鐘の音を思い出し、それと共に、ディジョンの広場が十五年前の自分の生れ故郷の町の広場に変貌するのをみる。

そして今や、古い鐘の音とともに、彼のまわりのすべては一瞬にして生き生きしたものとなった。ディジョンの広場における生活のすがたは、見知らぬものであり、子供のころ知っていたものとは異なっていたが、すべては、一瞬のあいだに、いつも知っていたもののように、信じられないほど生き生きとした、近い、親しみ深いものとなった。（八九六頁）

…今や、あの失われた魔法のすべてが、ここ古きフランスの町の小さな白い広場でよみがえり、彼は、現在の野蛮な新しいアメリカにおいてよりも、みずからの子供時代に、そして父の力強い、気高い生活に近づくことができた。（八九九頁）

マドレーヌの味とともに、一瞬に全貌をあらわすコンブレーの町のごとく、ディジョンの鐘の音とともに、故郷アルタモントの町が瞬時にしてその全貌をあらわすのだ。それも、ユージーンがかつて故郷において経験した以上に、「故郷」は鮮明に、十全なすがたで、しかも喜びをともなって現れ出るのである。それは、彼が意志的に想起する、対象化する過去ではない。過去と現在が混ざりあった瞬間に、無意志的にあらわれ、主体である彼を圧倒し、奔流のように呑み込み、彼が現在にいるのか過去にいるのかわからなくするような記憶心像である。それゆえ、それは見慣れたものの、過去に現前していたもののようでありながら、今、あらたに創造された、「発見」されたようなものに思われるのである。

ここでは、もはや時間は解体してしまっており、ユージーンは時間を超越してしまっているのである。この「見いだされし時」の場面で、自分の生まれ故郷を、内面世界のうちに再発見しているのだ。ウルフは、ヨーロッパにおいて、己の故郷アッシュヴィルを思い起こし、『天使よ故郷を見よ』を書き始めるのだが、ユージーンのディジョンでの体験は、この「故郷」（自分の心の中にのみ存在し、現実には失われてしまっている故郷）の発見を芸術的に昇華したものなのであろう。ウルフは、この場面で、自分が『天使よ故郷を見よ』をなぜ書くにいたったかを暗に物語ろうとしたのであろう。

『天使よ故郷を見よ』は、『時と河』につらなり、また、『時と河』の終結部において、ふたたび、『天使よ故郷を見よ』の世界（アルタモントの町）が現出するという、円環的・循環的構造は、われわれ読者を、『天使よ故郷を見よ』のはじまりへといざなう。『天使よ故郷を見よ』の第一ページをふたたび開いた読者は、次のような、初読のときには謎めいて理解しにくかった言葉を、ふたたび見いだすだろう。

あなたは、昨日テキサスで終わった愛が、四千年前にクレタ島で始まるのを見いだすであろう。(6)

この言葉は、『時と河』において明らかになる、円環的・循環的時間の観念を予告しているように思われる。また、ユージーンの物語が、終わりにいたってふたたびはじまりへと回帰してゆくという、円環的・循環的構造を象徴する言葉のようにも思われる。

注

（1）W. P. Albrecht, "Time as Unity in Thomas Wolfe", in Richard Walser（ed.）, *The Enigma of Thomas Wolfe*（Cambridge: Harvard Univ. Press, 1953）, Louis D. Rubin, Jr., "Thomas Wolfe: Time and the South," in Leslie A. Field（ed.）, *Thomas Wolfe: Three Decades of Criticism*（N.Y.: New York Univ. Press, 1968）.

（2）Thomas Wolfe, *The Story of a Novel*, in Leslie A. Field（ed.）, *The Autobiography of an American Novelist*（Cambridge: Harvard Univ. Press, 1983）, p. 32.

（3）Thomas Wolfe, *Of Time and the River*（New York: Charles Scribner's Sons, 1935）, p. 327. 以下本書の引用頁は括弧内に漢数字で示す。

（4）J・L・ボルヘス『永遠の歴史』土岐恒二訳、筑摩書房、一九八六年、三五―六頁。

（5）同書、三六頁。

（6）Thomas Wolfe, *Look Homeward, Angel*（New York: Charles Scribner's Sons, 1929）, p. 1.

第六章　ウルフと「夜」

「夜の世界文学史」なるものを想定してみよう。すると、従来の文学史とはいささか異なる「文学史」が出来上がる。たとえばノヴァーリスは、シェイクスピアよりも「偉大な」文学者となり、マラルメの『イジチュール』には最も多くのページがあてられることになり、また、マラルメ、リルケ、カフカの「夜」のモチーフについて論じたブランショが文学史上「最大の」批評家となる。

アメリカについてはどうなるだろうか？ ポオについては、これまで以上にウェイトがおかれることになるであろう。ホイットマンの「ぼく自身の歌」は軽視され、「先頃ライラックの花が前庭に咲いたとき」に最も多くのページが費されるであろう。ヘンリー・ジェイムズは、ゴシック小説（『ねじの回転』他）を除いてほとんど言及されない「マイナーな」作家となる。また、アンダーソンはヘミングウェイよりも「偉大な」作家となるだろう。

このような「夜のアメリカ文学史」において、最も多くのページがあてられる作家は誰であろうか。

それは、トマス・ウルフである。ウルフは、アメリカ文学史において、ポオと並ぶ「夜」の巨匠であり、二〇世紀文学において、ジョイス、カフカと同様、すぐれた「夜」の文学を創造した作家である。

本章では、トマス・ウルフ文学における「夜」のモチーフを、主として二つの作品――『時と河について』、「死―誇り高き兄弟」（'Death the Proud Brother'）――に即して考察してみたい。そうすることで、ウルフ文学において「夜」がいかに中心的な問題であり、他のモチーフと密接に関わり、ひいては作品解釈のカギとなる要素であるかを明らかにしたい。

＊

夜だ。いま、わたしの欲求は泉のようにわたしからほとばしる。――語ろうとする欲求がわたしからわき出てくるのだ。

ニーチェ

トマス・ウルフは、一九三一年から一九三五年の間、ブルックリンに在住した。二十数歳年上の恋人アリーン・バーンスタインと別れ、編集者のパーキンズ以外友人をもたなかったウルフは、この時期、生涯で最も孤独な生活を送っていた。彼は、仕事がおわると、夜の街を徘徊することを常としていた。このような夜の彷徨、それは、一つの巨大な書物として結実する。アメリカ文学史上のリヴァイアサン、『時と河について』（以下『時と河』と略記）である。

ウルフの激流のような文体にさらわれつつ、このリヴァイアサンに吸い込まれてゆく我々読者が誰しも気づくことは、この作品が、夜の描写や夜に関する言及に満ちていることである。冒頭部分、夜のアメリカの大地を驀進する汽車の場面、ジョエル・ピアス館の夜の描写など、例をあげればきりがない。読者は、主人公ユージーン・ガントと共に「夜の航海」に乗り出し、「夜の讃歌」

をいたる所で聞くのである。
　このように、『時と河』には、「夜」のモチーフが繰り返しあらわれてくるが、「夜」は、自然の対象、物語の舞台・背景であるばかりではない。それは、四つのレベルでとらえうる多義的なモチーフである。第一にそれは、美的対象として描かれる。第二に、主人公の内面と密接にかかわったシンボルとして示されている。第三に、それはこの作品の「時間」の形而上学、「ネオプラトニズム」と密接にかかわる。第四に、それは神話性を有している。以下の議論では、これら四つのレベルに即して、「夜」のモチーフを検討してみたい。

*

一　「夜」の美学

「夜の美学」の例として、第一巻（Book I）、ヴァージニアの月夜の夢幻的な描写があげられよう（リズムや視覚的効果がわかるよう、原文で引用する）。

Now Virginia lay dreaming in the moonlight! ...
Lay dreaming in the moonlight, beaming in the moonlight, to be seeming to be beaming in the moonlight moonlight moonlight oonlight oonlight oonlight oonlight.[1]

夢幻的であるばかりか、音楽的な文章である。「夜」に対するつきせぬ讃美、「夜」を前にしての言葉にすることのできない興奮状態、酩酊、それらは、果てしないリフレイン（同一の句や語が前後数ページにわたってくりかえされる）、催眠効果をおよぼすような陶酔的な長音の連続、mという子音を取り、oonlight だけを畳みかけるように記した獣のようなディオニュソス的な叫び、によってみごとに表象されている。

このような「夜」の美学は、碩学アルベール・ベガンの言葉を用いるなら、「夜のエクスタシス」（『ロマン的魂と夢』）と表現することができる。ベガンは、ノヴァーリスの「夜の讃歌」について、「夜」は「世界からの超脱」を意味すると述べているが、[2] まさしく、ウルフの『時と河』も、「世界からの超脱」を可能にする「夜」を讃美した、「夜の讃歌」なのである。

が、ウルフの「夜」の美学は、このようにロマン派的コンテクストにおいて理解されるばかりではない。それは、アメリカ的コンテクストにおいてもとらえられる。

「夜」は、「昼」のあらゆる事物、人間的営みを闇に包みこむ。「夜」は「昼」の世界の人間的意匠をはぎとってしまう。「夜の暗闇のなかでは、すべてが眠りこみ、すべてが消え失せ、すべてがやすらい、すべてが……呪術的な一体性の中で、区別できないものとなる」（エドガール・モラン）。「文明」の多様性は、「夜」の闇の「一体性」の中で消え失せ、「自然」は太古より変わらぬ姿でわれわれの前にあらわれ出る。ヴァージニアの「大地」は、この「夜」にめざめた「自然」の象徴である。アメリカの産業文明に凌辱された「ポカホンタス」は、「夜」の「一体性」のなかで甦るのである。「夜」は「文明」のもとで失われた美しい「ヴァージニア」＝「処女地アメリカ」を現出させてくれる。それゆえに、「夜」は、この作品のなかで「美的な対象」として讃美されているのである。

このように、「夜」は二つの点で、美的な対象となる。それは、「エクスタシス」を可能にし、失われた「アメリカ」の美しさを現出させてくれるゆえに、讃美されるのである。

この二つの小テーマ——「夜のエクスタシス」と「夜のアメリカ」——は、作品を通じて変奏され、美しい音楽を奏でている。その例を二つとりあげてみよう。まずは、ボストンの描写。散文詩のような文体がわかるよう原文で引用しよう。

. . . in the cool sweet skies of night, the great moons of the springtime, and New England, blazed with a bare, a lovely and enchanted radiance.

. . . the two young men would thread that maze of drunken moonlit streets, and feel the animate and living silence of the great city all around them, and look then at the moon with drunken eyes, and see the moon, all bare and drunken in the skies, the whole earth and ancient city drunk with joy and sleep and springtime and the enchanted silences of the moon-drunk squares.(3)

この箇所では、ロマン的な「夜のエクスタシス」がきわめて明瞭に読みとれる。次に引用する例は、夜の汽車からのアメリカの描写である（この一節も原文で引用する）。

. . .under the spell of this lonely processional of white field, dark wood and wild driven sky, he fell into a state of strange waking-sleepfulness, a kind of comatose perceptiveness that the motion of the train at night had always induced in him .... he was conscious of the grand enchantments of the landscape which is at all times one of the most beautiful and lovely on the continent, and which now. . . evoked that wild and solemn joy ... which only the wildness, the cruel and savage loveliness of the American earth can give(4).

この文章では、「夜のエクスタシス」と「夜のアメリカ」の小テーマが、対位法のように奏でられている。

「夜のアメリカ」の美しさは、『時と河』において歌い上げられるばかりではない。それは、ウルフ文学全体にわたって変奏されている。とりわけ、それが顕著なのは、『時と河』の執筆のかたわら書かれた「死―誇り高き兄弟」という短編である。たとえば、次の文章。

わたしは・・・、誇り高い、ひそかな夜の中心に、暗い大地を発見した。その平原、河、山々が、暗い不滅の美しいすがたをあらわすのを見いだした(5)。

ここでは、「昼」の世界では失われた「アメリカ」(の美)が、「夜」において再び見い出されるという、『時と河』と同様の考えがよりはっきりと記されている。

二　「夜」のシンボリズム

「夜」は美的対象にとどまらず、象徴的意味あいを有したものとしても描かれている。それは、主人公ユージーンの内面性と不可分なシンボルである。

ガストン・バシュラールは、『大地と休息の夢想』のなかで、次のように記している。

イマージュのもっとも外部的なもの、即ち、昼、夜は、……内密的イマージュとなる。……夜はわれわれを魅惑し、洞窟や地下室の闇はわれわれに胎内として映ずる。(6)

バシュラールの言う、「空の夜と肉の夜の並行」、「外部的夜と内密的な夜の並行」、「母のイマージュ」としての「夜」＝「母なる夜」は、『時と河』全編に見いだされる。

都会の非人間性、混沌のなかで、孤独と挫折感のために疲れきった主人公ユージーンにとって、「眠り」と「休息」をもたらしてくれる「夜」は、「慈悲ぶかい鎮静剤」であり、彼をやさしくつつみこむ「母胎」のようなものであった。

・・・夜ごと、夜の慈悲ぶかい鎮静剤が彼を回復させた。(7)

「夜」は「忘却の夜」(ブレイク)であり、大地から切りはなされたアンタイオスさながら故郷を飛びだし放浪にあけくれるユージーンを、やさしく包みこむ「母胎」なのである。

それゆえ、「昼」において「世界」に疎外感をおぼえ、「昼」の「世界」を嫌悪し、それと対立関係にあった自我＝ユージーンも、「夜」には「世界」と自己の一体性を感じ、「世界」を受け入れることができるのである。また、「夜」は、「母」、「休息」のシンボルであるばかりか、「再生」の契機として象徴的に描かれている。ユージーンは、「夜」になると、ちょうど「大地」に足をつけたアンタイオスさながら力を回復し、「再生」をとげる。("And suddenly, all the horror, heat and desolation of the day was forgotten".[8])

「夜」を通して、ユージーンは日々の挫折から「回復」し、ふたたび「昼」の世界を生きぬく希望を得るのである。アルベール・ベガンは、ノヴァーリスの『夜の讃歌』について、「夜のエクスタシス」によって主人公「私」は「この地上で、忍耐強い活動的な人間にふたたびなる」ことができた、とのべているが、[9] まさしく、『時と河』という「夜の讃歌」においても、「夜のエクスタシス」をとおして、ユージーンは「昼」の世界に「再生」するのである。

象徴的レベルでとらえた「夜」のモチーフは、『時と河』においてばかりでなく、「死—誇り高き兄弟」において、よりいっそう明示されている。この短篇では、「夜」は'her'で指示され、人間をやさしくつつみこむ「母」としてイメージされている。

・・・わたしは夜の子供であった。その力強い一家の息子であった。[10]

そして、母なる「夜」のモチーフは、「眠り」と「死」のモチーフとひびきあい、というよりも三位一体となって変奏されている。

三　「夜」の形而上学

『時と河』においては、三つの中心的テーマが示されている。一つは、「アメリカ」、二つ目は「放浪」と「定着」、三つ目は「時間」である。

われわれは、第一節で「夜」のモチーフと「アメリカ」の関係を明らかにした。また、第二節において扱った象徴的レベルにおいてあらわれる「夜」のモチーフが、「放浪」と「定着」のテーマと密接にかかわっていることは、明らかである。つまり、「昼」と「夜」の時間的サイクルが、ちょうど「放浪」と「定着」（これは空間的というよりも精神的な意味においてであるが）のサイクルとぴったり重なりあうということである。「昼」の世界では疎外されたさまよえる自我＝ユージーンは、「夜」において「休息」を見い出し、一時的にではあるが精神的「安住」を得るのである。

三番目の「時間」のテーマについては、どうだろうか。「夜」のモチーフは、「時間」のテーマといかなる関係を有しているのであろうか。

この節では、主として「夜」と「時間」の関係について検討してみたい。

「夜」と「時間」の関係。それは、「河」のイメージを媒介にして示されている。「河」は常に「夜」と相伴なって描かれており、「夜」に流れる「河」というイメージは、この作品中で何度も繰り返される。

・・・静かな大河、気高い広々とした堂々たる河が、巨大な都市のそそり立つ土台、城壁を洗いつつ、夜の大地をとこしえに流れてゆく・・・。(11)

引用文にもあるように、この作品では多くの場合、「夜」と「河」のイメージは、「都市」のもとを流れる「河」という原型的イメージであらわれる。

ウルフは、この「夜に流れる河」というイメージを繰り返すことで、何を表現したかったのだろうか。それには、ウルフが「河」のイメージをどのようにとらえていたかをまず考察しなくてはならない。

古来、「河」は「時間」の表象として描かれてきたが、ウルフも「河」によって「時間」をイメージしている。では、ウルフは、「河」によってどのような「時間」をイメージしていたか。それを考える手がかりとして、ウルフの「河」の記述をいくつか引用してみよう。

そしてとこしえに河は流れゆく。時間や記憶の潮のごとくふかく・・・。(12)

・・・夜に、闇のなかに、眠る大地の静けさのうちに、知られざる時にみちあふれた、ゆたかな不滅の河の音が聞こえないだろうか。(13)

・・・河は、巨大な都市の岸辺を、小さく時をきざむ時間の音、都市の百万の人々の生や死をこえて、流れゆく。(14)

三番目の引用、「都市」のもとを流れる「河」という原型的イメージを表現した文章は、「河」の時間が、「小さく時をきざむ（ちっぽけなカチカチ鳴る）時間の音」という表現で象徴的に示される「時計の時間」を超えて流れていることをしめす。「河」の時間は、時計にしばられた「日常的時間」ではなく、それと関係なく流れる時間である。「夜に流れる河」というイメージは、「昼」の時計にしばられた「日常的時間」とは別次元の、太古より永遠に流れゆく「自然の時間」のイメージであり、またそれは、「過去」のありとあらゆる時間のざわめきに満ちた「時間」のイメージである。'forever'、'immortal'、'the tides of memory'、'dark time' という言葉はそれを物語る〔'dark time' という言葉は、ウルフの作品のなかでは、しばしば「過去の時間」の意味で使われている（例えば、イギリス人を評する際、「暗い時のしるしが彼らのうえに刻まれている」と記されている）〕。「夜」は、「昼」の直線的な、計量的な「日常的時間」を消し去り、自然の「円環的な時間」、そして「過去と現在が同時的に共存する時間」を現出させる。それゆえ、「夜」のモチーフは、この作品の中心的テーマと密接にかかわる。この作品においては、直線的時間の観念の克服が最大のテーマとなっている。ユージーン・ガントは、はじめ時間を線的なものとして表象し、それと戦うが、しだいに、時間を自然のリズムのように円環的であるとみなし、また、失われた過去が、記憶によって現在の内に共存し、反復されるという認識論的変革をとげる。こうした「時間」の形而上学は、この作品では、「夜」のモチーフをつうじて（「夜に流れる河」というイメージを媒介にして）暗に示されているのである。

このように、ウルフにおいて「昼」と「夜」の対立は、「時間の観念」の対立として形而上学的にとらえられているのであるが、それだけにとどまらない。それは、ネオプラトニズムのコンテクストでとらえれば、「多」と「一」の対立としてとらえられる。

周知の通り、ネオプラトニズムでは、「一性」から「多性」への「発出」、そしてふたたび「多性」から「一性」への「還帰」という「大いなる円環」運動が示されているが、トマス・ウルフの文学においても、ネオプラトニズム的な「多」→「一」の運動は、「昼」の混沌とした「多」の世界から、「夜」の、すべてが闇におおわれた差異のない「一」の世界への「超脱」（＝エクスタシス）という形で示されている。M・H・エイブラムズが大著『自然と超自然』のなかで、ロマン主義者たちにおいては、とりわけ、この「多」→「一」への「還帰」というネオプラトニズム的図式が、「世俗化され」さまざまな形であらわれていると述べたのはあまりにも有名であるが、ロマン主義の研究を志し、自らもロマン主義者であったウルフも、「多」→「一」への「還帰」のドラマを「世俗的な」形で示しているのである。すなわち、「昼」の「多性」から「夜」の「一性」という形で。『時と河』におけるユージーンの「故郷」を探し出す旅とは、ネオプラトニズム的コンテクストでとらえるなら、「一」から「発出」して放浪する「魂」が、「一」である「故郷」に「還帰」しようとする旅なのであり、「夜」はその「入口」なのである。

四　「夜」の神話性

『時と河』において、「夜」のモチーフは神話的ひろがりを有している。それは、フロベニウスの言葉を用いるなら、「夜の航海」の神話である。ユングは、『変容の象徴』のなかで、「夜の航海」で「海」を旅する神々はすべて「太陽神」であり、英雄である太陽神の「夜の航海の神話」においては、「母胎へ回帰することを通してふたたび生まれたい、つまり太陽のように不死になりたい、という憧憬」が示されている、と述べている。また、ユングは、神話において「母」の象徴として「都市」が用いられており、しばしば、「都市」＝「母」のそばを流れる「河（川）」という原型的イメージがあらわれる、と言っている。そして、このように「水の象徴が都市と結ばれる」ところに、「再生」のイメージが示されると述べている。

……水のもつ母の意味は、神話学の領域でもっとも明瞭な象徴解釈のひとつである。……水からは生命が生じる。……命あるものはすべて、太陽のように水から現れ、日暮れにはまた水中へ没する。人間は泉や川や湖沼から生まれ、死んでステュクスの川へ行き、「夜の航海」に発つ。ステュクスの黒い死の水は命の水であり、死のひややかな抱擁は母胎である。海

が太陽をのみこみはするが、母としてその胎内からふたたび生み出すように。生命は死を知らない。(15)

「夜の航海」に関するユングの記述は、『時と河』における「夜」のモチーフの神話性を考えるにあたって大変示唆的である。『時と河』における主人公ユージーン・ガントは「太陽神」である。そして、ユージーンの「旅」は、第五巻（Book V）の表題"Jason's Voyage"からもうかがえるように「航海」のイメージでとらえられている（また、『天使よ故郷を見よ』の末尾で、『時と河』におけるユージーンの「旅」は、「航海」であると予示されている）。「太陽神」＝ユージーンは、「夜」という「母胎」に回帰しつつ、そこからふたたび生まれ出る。また、「太陽神」＝ユージーンは「母」なる「都市」（ニューヨーク、パリ）にのみこまれつつも、そこから脱して「再生」をとげるという象徴的過程をくりかえす。また、『時と河』においては（すでに言及したことであるが）、「都市」のそばを流れる「河」というイメージがリフレインのようにくりかえされ、「再生」のイメージが強調されている。

このように、『時と河』は、「太陽神」の「夜の航海」の神話を想起させるのであり、「夜」のモチーフは、神話性を有しているのだ。『時と河』が「アンタイオス神話」をふまえていることは、ほとんどの研究者の指摘する通りであるが、それは、「アンタイオス神話」に「夜の航海」の神話を重ね合わせることによって出来あがった〈神話的作品〉なのである。

この「夜の航海」の神話は、『時と河』で終わらない。それは、続く第三長編『蜘蛛の巣と岩』

において、よりいっそうはっきりした形であらわれる。ユングは、「夜の航海の間太陽神は母胎にとじこめられ、しばしばありとあらゆる危険におびやかされ」ており、「夜の航海」においては、「母胎への回帰」と同時に、「母胎」からの「脱出」が見い出されると述べているが、『蜘蛛の巣と岩』の「夜の航海」において、この過程は明瞭に見てとれる。そこではジョージ・ウェバーが「太陽神」である。彼は、エスターという「母」、ニューヨークという「母胎」に合体し、回帰するが、そこで「自由」をうばわれ、「精神的な死」の危険におびやかされる。そこで彼は、エスターという「母」のもとから「脱出」し、ニューヨークという「母胎」を「脱け出し」、ヨーロッパにわたり、精神的な「再生」をとげる。ここには、ユングの言う「母との合体」、「母の征服、母殺し」という「夜の航海」に特徴的な神話的パターンが明瞭に見てとれる。

＊

以上、四節にわたって主として『時と河』における「夜」のモチーフを考察してきた。「夜」は単なる自然的対象、物語の舞台・背景ではなく、第一に「美的対象」であり、第二に「母」・「休息」・「再生」の「シンボル」であり、第三に、「時間」と「一性」という形而上学的問題とかかわり、そして第四に、「神話的出来事」である。そして、それらは、ウルフの中心的テーマと密接にかかわっており、それゆえ、「夜」のモチーフはウルフの作品を解釈する上で重要なカギとなる。

結びにかえて――ふたたび「夜のアメリカ文学史」

これまで、私は、ウルフの作品における「夜」のモチーフを、ウルフ文学のコンテクストの中でのみ考察してきた。ここでは、それを、アメリカ文学史のコンテクストにおいて、とりわけ、ホイットマンとの比較においてあらためて考察し、この小論のしめくくりとしたい。「夜」という観点から、ウルフを文学史的に位置づけてみたい。

トマス・ウルフは、ヨーロッパのロマン派作家（とりわけ、彼が修士論文にとりあげたコールリッジ）、そしてジェイムズ・ジョイスに強く影響されており、ロマン派の「夜」の文学、ジョイスの「夜」の文学に触発されて、自ら「夜」の文学を創造するにいたったと考えることが可能であるが、同時に、彼はアメリカの「夜」の作家たちにも強い影響を受けているように思われる。また、そのことをウルフ自身がいちばんよく自覚していた。彼は、次のようなメモを書きのこしている。

私には、アメリカの第一級の著作は、夜や闇の特質をそなえているように思われる。・・・私は、ポオ、ホーソン、メルヴィル、ホイットマン（彼がそうであることは最も明白だ）、マーク・トウェイン、そしてシャーウッド・アンダーソンのことを言っているのだ。(16)

これはウルフの走り書きであるが、そこには、アメリカの「夜」の文学の「偉大なる伝統」がきわめて正確に記されているといってよい。われわれは誰しも、ポオの「ゴシックの夜」、ホーソンの「バロック的な夜」、メルヴィルの「夜の航海」、ホイットマンの「宇宙論的な夜」、トウェインの「夜に流れる河」、アンダーソンの「無意識」の欲望の「夜」をすぐに想起するであろう。「夜」という観点からは、トマス・ウルフは、ポオ、ホーソン、メルヴィル、ホイットマン、トウェイン、アンダーソンの系譜に連なる作家なのである。

中でも、とりわけウルフとホイットマンの類似性はきわだっている。ホイットマンの作品から二つの「夜」の詩をとりあげて、それらをウルフの「夜」と比較してみよう。まずは、「先頃ライラックの花が前庭に咲いたとき」（"When Lilacs Last in the Dooryard Bloom'd"）。

この詩では、神聖なる「死」のモチーフが「夜」のモチーフと交響楽のように重なりあい、美しい調べをかなでている。そして、すべての上に君臨する広大な宇宙論的な「夜」が歌われている。ウルフの作品においても、「夜」と「死」のモチーフは重ねあわされる。『天使よ故郷を見よ』においては、ベンの「死」、『時と河』においては、ガントの「死」が、ともに「夜」の空間において、神聖なる瞬間として歌いあげられており、また、「死―誇り高き兄弟」においては、「聖なる死」のモチーフが、「夜」のモチーフと重ねあわされて、ポエジーを生み出している。そして、作品中、「ベンの死」と「ガントの死」にさいして、「死者」の「再生」・「復活」への希求が記されているが、ホイットマンの詩においても、ライラックの花が春に咲くたび「春とともに甦るあなた（＝リンカーン）」、という「再生」のイメージが記されている。

そして、「眠る人々」（"The Sleepers"）という詩。この詩において、「夜」は「美的対象」として描かれ、「母胎」のシンボルとして描かれている。またそれは、個々の人々、ばらばらに切りはなされた人々が「一つの者」になる契機として記される。「多」→「一」への契機として。そして、この詩全編を通じて、「夜」のモチーフは「眠り」のモチーフと重ねあわされている。これらは、まさしく、ウルフの『時と河』、「死―誇り高き兄弟」においてみられる「夜」のモチーフと同一である。とりわけ、「眠る人々」の最終部分は、ウルフと共鳴していると思われる箇所である。

I too pass from the night,
I stay a while away O night, but I return to you again and love you.

Why should I be afraid to trust myself to you?
I am not afraid, I have been well brought forward by you,
I love the rich running day, but I do not desert her in whom I lay
so long,
I know not how I came of you and I know not where I go with you,
but I know I came well and shall go well.

I will stop only a time with the night, and rise betimes,
I will duly pass the day O my mother, and duly return to you.

この詩句は、ウルフの「夜」のモチーフを強く喚起する。が、それと同時に、ホイットマンの「夜」のモチーフとウルフの「夜」のモチーフの差異についても物語っている。ホイットマンは「昼」を愛しており（"I love the rich running day"）、「昼」も「夜」も区別なく受容する。それに対し、ウルフにおいて「昼」と「夜」は——すでに見てきた通り——対立関係にある。ウルフ的自我は、「昼」の世界に疎外感をおぼえており、ホイットマン的自我のように「世界」といつでも自由に「一体化」し、いつでも「世界」を肯定し、受容することはできないのである。ウルフは、ホイットマンのように、「昼」に対して"I love"ということができなかったのである。ここに、一見同一にみえるホイットマンとウルフの「夜」のモチーフのいちばん大きなちがいがあり、二〇世紀のホイットマンたらんとしたウルフが、ついにホイットマンの楽天性と自在性を獲得するにいたらなかった理由の一つがある。

注

（1）Thomas Wolfe, *Of Time and the River: A Legend of Man's Hunger in His Youth*（N.Y.: Charles Scribner's Sons, 1935）, pp. 71-72.
（2）アルベール・ベガン『ロマン的魂と夢』（アルベール・ベガン著作集第一巻）小浜俊郎・後藤信幸訳（国文社）、三五六頁。

（3）*Of Time and the River*, pp. 280-281.
（4）*Of Time and the River*, p. 470.
（5）Thomas Wolfe, "Death the Proud Brother" in *From Death to Morning*（N.Y. Charles Scribner's Sons, 1935）, p. 16.
（6）ガストン・バシュラール『大地と休息の夢想』饗庭孝男訳（思潮社）、一八〇頁。
（7）*Of Time and the River*, p. 424.
（8）*Of Time and the River*, p. 501.
（9）『ロマン的魂と夢』、三五六頁。
（10）*From Death to Morning*, p. 15.
（11）*Of Time and the River*, p. 474.
（12）*Of Time and the River*, p. 510.
（13）*Of Time and the River*, p. 510.
（14）*Of Time and the River*, p. 860.
（15）C・G・ユング『変容の象徴』野村美紀子訳（筑摩書房）、三二九頁。
（16）Richard S. Kennedy, *The Window of Memory: The Literary Career of Thomas Wolfe*（Chapel Hill: The University of North Carolina Press, 1962）, p. 302.

第七章　トマス・ウルフの遺作
——『蜘蛛の巣と岩』と『汝ふたたび故郷に帰れず』

はじめに

本章は、トマス・ウルフの死後に出版された二つの長編小説である、『蜘蛛の巣と岩』（*The Web and the Rock*）と『汝ふたたび故郷に帰れず』（*You Can't Go Home Again*）を考察の対象としている。特に、ウルフ文学のキーワードである「汝ふたたび故郷に帰れず」（"You can't go home again"）という言葉の、心理学的・哲学的・社会学的な意味合いについて、より明確にすることを目的とするものである。また、これら二作品についての私なりの解釈を提示することによって、本書でこれまで描いてきたトマス・ウルフの文学的世界の「見取り図」を、さらに明瞭にすることを意図している。

一　My City and My Love

You can't repeat the past（F. Scott Fitzgerald）

『蜘蛛の巣と岩』（一九三九）は出版後、学者・批評家のあいだで、精緻で入念な、そして分析的な考察の対象としては軽視されてきた。なぜなら、ジョージ・ウェバーの故郷における成長過程を扱った前半部分と、彼のエスターとの恋愛を主として描いた後半部分のあいだには、文体と手法においてて明らかにギャップが存在しているからである。作品の前半部においては、アメリカ南部の社会的現実と社会問題が具体的・客観的に描かれている（たとえば、黒人ディックのエピソードにおける「暴力」の問題）が、後半部分においては、客観的な記述・描写は主観的な記述・描写に取って代わられている。「主観的な」という言葉によって、私は以下のことを意味している。すなわち、語り手と主人公ジョージのあいだにほとんど距離が存在しないということであり、また、ジョージを取り巻く世界が、彼の空想・幻想と偏見によってゆがめられているということである。このような文体、手法における不連続性に加えて、他の欠点も存在している。演劇界において働く人々に対するジョージの嫌悪（これはおそらく、ウルフが劇作家として失敗したことに由来するものである）は、ときに残酷に思われるほど不当なものである。また、ジョージとエスターの口論の場面があまりにも長々と記述されているので、読者は誰しもその場面に飽きてしまい、興味を失う。

このような理由で、『蜘蛛の巣と岩』は批評的に冷遇されてきた。しかしながら、これら欠点が強調されるあまり、この作品の重要な問題・テーマが閑却されてきたことも事実である。その重要な問題・テーマとは何であろうか。それは、主人公の情緒的成長と認識論的発達である。このような側面に注目してみると、この作品の「教養小説（ビルドゥングス・ロマン）」的な側面が明らかになり、芸術性における不連続性という欠点を補って余りある、テーマ的な連続性という美点が浮かび上がってくる。以下の論述では、このような側面に焦点を当てながら、この作品を正当に評価することを意図している。

ウルフは、『蜘蛛の巣と岩』において、いわゆる「アダムもの」（'the matter of Adam'）を扱っている。「アダムもの」とは、R・W・B・ルイスによれば以下のようなものである。

家族と社会の歴史から解放され、あるいは両者を失った無垢な若者の試練。彼は、未知の複雑な世界に希望をいだいて進み出る。(1)

『蜘蛛の巣と岩』において、「無垢な若者」ジョージ・ウェバーは、彼の生まれ故郷である小さな町リビア・ヒルから逃れ出たいと思っている。なぜなら、彼はこの町の偏狭さ、ピューリタニズムをひどく嫌っており、また、都市に対する憧れをいだいているからである。彼はしばしば、「都市の黄金のヴィジョン」を心に描いている。

彼は、街の通りが偉大な男や輝かしい女の姿であふれているのを見た。そして彼は、征服者のごとく彼らの間を歩き、みずからの才能、勇気、長所ゆえに、都市が提供してくれる最高の贈り物を━最大の権力・富・名声という褒美を、愛という大きな報酬を━意気揚々として猛然と勝ち取ってゆくのであった。(2)

ジョージは、リビア・ヒルから脱け出し、「未知の複雑な世界」＝ニューヨークに「希望をいだいて進み出て」、「富と名声」を獲得し「恋愛」において勝利しようという野心をいだく。そして、こうした「征服欲」の対象となっているニューヨークは、時間を超越した永遠の存在としてイメージされている。「都市を喰らいつくしたい」という彼の欲求は、こうした征服欲や永遠性への希求を象徴的に物語っている。ルイスは「アダム的ヒーロー」の特徴として、無垢な若者の永遠性への希求、時間的秩序からの自由、富や名声や恋愛における征服欲をあげているが、まさしくジョージは、「アメリカのアダム」の典型である。また、こうした「無垢な若者」が、経験や試練を通じて「幸福な堕落」にいたり、「時間的秩序へと復帰し」、「洞察力と知性において成長する」というのが、「アメリカのアダム」の典型であるが、ジョージもそのようなサイクルをたどることになる。

ジョージがニューヨークにやってくると、この無時間的なエデン的な都市のイメージは、もろくも砕け散ってしまう。現実の都市ニューヨークは、混沌としており、絶え間ない時間的変化にさらされていることを思い知る。そして、彼は都市の絶え間ない変化と運動に恐怖を覚え、オブセッションのように時間の経過を意識するようになる。こうした時間のオブセッションは、ウルフ的主人公に顕著である。『天使よ故郷を見よ』や『時と河について』におけるユージーン・ガントの物語が、こうした「時間」のオブセッションとの闘いであることは、これまで本書の中で十分に論じてきたつもりである。無時間的な世界を夢見る「天使」的ヒーローが、「時と河」の現実性に出くわして恐怖し、苦悩する「人間的な、あまりにも人間的な」ドラマが、これら作品では展開されているのである。『蜘蛛の巣と岩』でも、「岩」のように永遠性をイメージさせる理念的「都市」と、「蜘蛛の巣」のように変化する、時間的存在である現実的「都市」の二重性が相互に描かれている

（「岩」が永遠性であり「蜘蛛の巣」が常に動く時間的な存在であるというシンボリズムについては、ウルフ自身がインタビューの中で明瞭に語っている）(3)。

しかしながら、ジョージ・ウェバーは、ユージーン・ガントのように「時間」と闘争しない。なぜなら、「蜘蛛の巣」のようなニューヨークの中で、彼は、およそ二十歳年上の舞台デザイナーであるエスター・ジャックに恋をし、この「恋愛」は、「岩」のように「不滅で、永遠だ」と確信することができたからである。エスターは、ゲーテ流に言うなら、「永遠に女性的なる」存在であった。また、恋人であるばかりか、彼の創造的生活においては、ミューズであると同時にパトロンであった。彼にとって、エスターは、彼が心に思い描いた「都市の黄金のヴィジョン」の象徴であった。成功者である彼女は、彼が都市において獲得することを望んでいた「富と名声」を体現していた。彼の過去の夢を実現する存在であった。また、無視できない要素として、彼女の「母性」があげられよう。ジョージの母は、彼が子どものときに亡くなっており、彼は心の奥底で母親の愛を追い求めていた。こうしたジョージにとって、エスターは「母」に代わる存在としてイメージされる。彼女と共に暮らしていると、彼は過去の失われた幸福な時間が取り戻せると信じることができた。彼は、ギャツビーさながら、過去を繰り返すことが可能であると思っていたのである。

それゆえ、ジョージは、エスターを独り占めしたいと願うようになる。しかしながら、彼が彼女を所有することは不可能であった。なぜなら、彼女には、彼が立ち入ることのできない彼女自身の世界があったからである。彼女は、ジョージと同じぐらい、彼女の仕事や彼女が共に働いている人々を愛していた。つまり、ジョージにとって「エスターはすべてであった」が、エスターにとって「ジョージはすべてではなかった」からである。
夢と現実のギャップに由来するジョージの「幻滅」は、エスターの「両義性」を考慮することによって、さらに明瞭になる。彼女は彼にとって、「岩」のように彼を支えてくれる「優しい母」のような存在であった。しかしながら、彼女は他方で、彼を安心させる存在であるばかりか、彼を「蜘蛛の巣」のように捕えて離さない魔的な存在としても感じられるようになる。彼は、彼女との愛に安心感を覚えると同時に、束縛感も覚えるという、アンビヴァレントな感情にさいなまれるようになってくる。それは以下の引用に明らかに記されている。

彼が彼女のことを愛するほど、・・・彼は捕われ、身動きができないという感じをいだいた。(4)

彼女は彼の肉体のなかに入り込み、すっかり血のなかに吸収され、ついには、二度と彼女から自由になれないのではないかと思われた。(5)

作品の後半部では、ジョージはますます「愛の蜘蛛の巣」に捕われている意識に襲われるようになる。愛は双面神ヤヌスのごとく、「岩」であると同時に「蜘蛛の巣」である。ジョージは、こうした「蜘蛛の巣」から逃れるべく、彼女と別れ、ヨーロッパに向けて旅立つ。
エスターと別れた後、彼は、不滅だと思われた愛すら永続的ではないという事実を思い返す。そして、ふたたび時間に対する意識にとりつかれる。（"He was conscious of time, dark time, secret time,

forever flowing like a river ;"(6)
ヨーロッパにおいて、ジョージは、すべてを奪い去ってゆく時間の残酷さを思い知ると同時に、愛が失われたことに対する後悔の念にさいなまれる。失われないものは、彼の愛の苦々しい記憶だけである、という思いがつのるばかりであった。
そんな中、彼は、その時ミュンヘンで催されていた「オクトーバー・フェスト(7)」に偶然出くわす。この「オクトーバー・フェスト」のあいだに、ジョージは日常的時間とはまったく異なる「非日常的時間」を経験する。彼は、彼と周りの人々が、「聖なる時間」の中に生きているという感覚をいだく。

こうした人間の輪が、広大な薄暗いホール全体におよぼした効果は、ほとんど超自然的で、儀式的なものであった。・・・それは、何か古き未開の森のような感じであり、祭壇の周りでゆれうごいて、人間の生贄を捧げ、焼けた肉をむさぼり食らうというような感じであった(8)。

ジョージは、祭りに参加しビールを飲み交わしている仲間たちすべてと共に、過去の時代から無数の人間によって繰り返されてきたのと同じ行為をおこなっているという感覚をいだく。そうして、彼は他者との一体感をかんじとるのだ（ここは文章の詩的なリズムがわかるよう、あえて原文で引用したい）。

In an instant they were all linked together, swinging, swaying, singing in rhythm to the roar of these tremendous voices, singing and swaying, singing all together.(9)

この脈打つようなリズミカルなセンテンスは、ジョージのディオニュソス的な陶酔感を生き生きと読者に伝えてくれている。この時、ジョージは、「魂の葛藤や苦悩、希望や恐れや、憎しみも失敗も野心も」すべて忘れて、精神的に再生を遂げたような感覚をいだく。「オクトーバー・フェスト」の最中に、彼は喧嘩に巻き込まれ、負傷し病院に搬送される。病院にいるあいだに、彼は人間の生について瞑想する。そして、次のような結論に達する。

すべての人間の人生は、時間の海に突き出た小さな岬のように思われた。(10)

この作品は、ジョージの「魂」と、鏡に映った彼の「肉体」との対話で締めくくられている。

いまや彼は、偽ることなく、憎しみをいだくことなく、自分がそこにすみついているということに驚きつつ、みずからの肉体を眺めた。そして彼はいまや、おのれの肉体の限界を知り、それを受けいれた。(11)

失われた時を求め、時を忘れようと願っていたのは、ジョージの「魂」であった。しかしながら、「肉体」はそれ自身の限界を有しており、死すべきものである。この時以降、「時間から自由にはなれない」というジョージの認識は深まる。彼は、死すべき存在としてこの世に生きているという自覚を深めてゆくのである。ハイデガー流に言うなら、「死へとかかわる世界内存在」としての現存在という自覚（覚悟）を深めてゆくのだ。その時、過ぎ去ったものすべて（彼の幼年時代、幸福な愛のひと時など）は二度と戻ってこないという事実を受け入れることができるようになる。それゆえ、この作品の末尾に記された「汝ふたたび故郷に帰れず」という言葉は、空間的な意味を有するばかりか、「過去へとふたたび戻ることはできない」という時間的な認識を意味していると解釈することができる。そして、次の作品『汝ふたたび故郷に帰れず』においては、この言葉が意味していることが、さらにいっそう明らかにされるのである。

二　To the Present

. . . all these times and occasions are now and here（Thoreau）

『汝ふたたび故郷に帰れず』は、一九四〇年の出版当初から、批評家・学者によって高く評価されてきた。S・V・ベネットは、この作品に対する書評の中で、「ウルフはメルヴィルに比肩する」(12)と評した。フランツ・シェーンベルナーは、「これは大作家だ、真の天才だ、私がアメリカ文学について知るところのものとは全く異なる何かだ[13]」と絶賛している。リチャード・S・ケネディは、「もしウルフがこの作品にもっと多くの時間を費やしていたならば、この作品はより密度の濃い——おそらくは彼の最高の——書物となったことであろう[14]」と断じている。この作品を評価しない評者は少数いるものの（ヒュー・ホールマンはその代表である）、ほとんどの評者は、この作品が高く評価されるべきだという点で意見が一致している。

筆者もこの点については同意する。なぜなら、ウルフはこの作品において、作家として長足の進歩を遂げているからだ。それは以下の二つの点に要約される。第一に、方法における客観性であり、第二に、社会意識の深まりである。

方法における客観性は、主人公ジョージ・ウェバーと作者との間の距離に示されている。『蜘蛛の巣と岩』の後半部分のように、主人公の主観的世界にひきずりこまれ、歪曲されたヴィジョンが提示されることはない。作者は、主人公を外側から、とりわけ他の登場人物の視点からも観察している。この距離の存在ゆえに、作者は主人公が行動している環境・状況を、客観的に描くことが可能になったのである。そして、この方法における客観性ゆえに、ウルフは世界大恐慌の時代の社会的現実を克明に描き出すことに成功している。

第二の点、すなわち社会意識は、たとえば、ジャック氏とジャック夫人（エスター）の催すパーティーのエピソードにおいて十分に表現されている。上流階級の人々（ジャック夫妻や彼らの友人たち）のきらびやかで豪華な暮らしは、労働者階級に属する人々の悲惨な状況（それは火事における二人のエレベーターマンの死に象徴されている）と対照的に描かれている。このパーティーのエピソードでは、すべての登場人物が社会的地位を付与されている。たとえば、エスターは、『蜘蛛の巣と岩』では、主に「恋人」として描かれていたのに対し、この作品では、主に「上流階級の婦人」として描かれている。この作品の多くのエピソードが、世界大恐慌の時代の暗い社会的現実を象徴するものである。たとえば、リビア・ヒルの市長の自殺、そして或る失業者の自殺はそれを示している。また、ジャック氏とアップルトン氏は、単なる登場人物であるばかりか、アメリカの産業資本主義の象徴でもある。以下の一節には、ウルフの社会意識が明瞭に記されている。

彼（ジョージ）は、もはや自らを、孤独を運命づけられた稀で特別な存在とは見なさず、・・・・現実に対して強い関心をいだくようになっていた。(15)

このような社会意識は、おそらく、一九三〇年代における、ウルフの個人的経験、文学における支配的潮流、ウルフの歴史的経験、に由来するものである。

ウルフは、一九三一年から一九三五年にかけてブルックリンに在住していた。この期間は、大恐慌時代でも最悪の時期であった（失業者の数は、一九三二年の春には約一千万人に達していた）。彼はこの時期、夜にブルックリンの街を歩き回ることを習慣にしていた。そこで彼は、飢えと寒さで死にかけている人、あてどなく通りを徘徊し路上で眠る人々を直接目撃した。これらの人々を見て、ウルフは彼らに同情をいだき、こうした状況を引き起こした社会組織における矛盾を強く意識するようになった。そして、ブルックリン在住中に、世界で何が起こっているかという社会的関心がさらに強まっていった。またナチスの支配するドイツへの旅行を通じて、社会や政治により関心をいだくようになったように思われる。オリンピックにおけるナチスのデモンストレーションを見ることで、ユダヤ人が秘密警察に逮捕されるのを目撃することで、おそらくウルフは、全体主義の残酷さと愚かさを自覚するようになったと思われる（この点については、次章〔第八章〕でさらに詳しく述べるつもりである）。

また、プロレタリア文学が隆盛をきわめた一九三〇年代、多くの作家は大恐慌下におけるアメリカ社会について不安と怒りを表明し、この時期に顕著になったアメリカ産業文明の矛盾について記した。作家や批評家の多く――ヘミングウェイ、ドス・パソス、エドマンド・ウィルソンなど――が、この時期コミュニズムの傾向を強めた。ウルフもまた、こうした一九三〇年代における文学的潮流にさらされ、影響された。そして、『汝ふたたび故郷に帰れず』において、資本主義に対する批判を記したのである。

また、ヒトラーが一九三三年に権力を掌握し、ムッソリーニが一九三五年、エチオピアに侵攻し、スペイン内戦が一九三六年に勃発したという歴史的事実は、ウルフに、より社会的問題を意識させる要因になったに違いない。

ジョージの社会意識は、こうしたウルフの社会意識に由来すると推察されるが、ジョージの時間意識も、ウルフの社会意識と密接にかかわるものである。

この作品において、ジョージは、「現在」の瞬間に起こっている事柄と向き合おうと決心している。彼は、記憶の助けをかりて、あるいは時間を捉える認識論的枠組みを変革することによって、失われた時を見出し回復しようとはしない。彼は、失われた時をふたたび取り戻したりすることをしないばかりか、過去において自分が行ったことを後悔しまいと決心している。彼は、時間から逃れようとはしないし、愛やロマン的な夢の中で時間の経過を忘却しようとはしない。ここが『天使よ故郷を見よ』、『時と河について』のユージーンや、『蜘蛛の巣と岩』におけるジョージと大いに異なる点である。ジョージは、「現在」の瞬間にのみ生きることを決心している。「この日をつかめ」という姿勢である。たとえ彼が過去を振り返るとしても、それは、過去との関係性のうちに「現在」をより深く認識するためにそうするのだ。たとえば、彼は、世界大恐慌を歴史的パースペクティヴの中で理解している。

アメリカはどこかで、・・・南北戦争あるいはそのすぐ後に、道を外れてしまったのだ。「繁栄」、「徹底した個人主義」、「アメリカ的生活様式」といったキャッチフレーズを隠れ蓑にして宣伝する国家へと変わってしまったのだ。(16)

ジョージは、ヒトラー主義も過去との関係で捉えている。

ヒトラー主義は古代の部族主義の再来なのだ、と彼は思った。その人種に関するたわごとや残虐性、真実の抑圧、嘘や神話・・・これらヒトラー主義の基本的要素は、北方からチュートン人の波が押し寄せ、ローマ文明の巨大な建造物を破壊する原因となった、獰猛な古代の部族主義への逆戻りであった。[17]

『汝ふたたび故郷に帰れず』の「風立ちぬ、そして河は流れる」と題された章において、ジョージは、編集者のフォックスに対して、「現在」に生きる決心を表明している（"Man-Alive was fashioned for a day. New evils will come after him, but it is with the present evil that he is now concerned".[18] "...we Men-Alive ... ...are right for Now. And it is for Now, and for us the living that we must speak, and speak the truth, as much of it as we can see and know."[19]）

注意すべきことは、ここで言う「現在」は、ジョージの「現在」であるばかりか、他の人々の「現在」でもあるということである。彼は、他者と「現在」を共有しているという連帯意識をいだいているのだ。この「共有された現在」については、メルロ＝ポンティの以下のような説明が示唆的である。

……この生きた現在は、私が生きているのではない多くの時間性にもまた開かれ、ひとつの社会的地平をもつことができるのであり、したがって私の世界は、私の私的実存が取り上げ直しひき受ける範囲内での集団的歴史にまで拡張されているのである。[20]

ジョージの「生きた現在」は、「社会的地平」に達しており、それは「集団的歴史」にまで拡張されている。彼の時間意識は、ここでは「歴史意識」となっているのである。そして彼は、このような共有された「現在」を「生成」と見なしている。

時間の本質は、「流動」であって「固定」ではありません。信仰の本質は、すべては流れ、すべては必然的に変化するということです。[21]

ジョージは、「現在」の瞬間に存在するものはすべて変化し、あるいは人間の努力によって変化させられ、新しいものに取って代わられると考えている。彼は、編集者フォックスの時間意識に対し同意を示さない。なぜなら、フォックスは、運命論の哲学をいだいているからだ。フォックスは、現在存在しているものは変わらず、人間の意志によっても変えられないという思想を有している。ジョージは、フォックスに次のように反論している。

あなたの哲学は、物事の秩序を現状どおりに受け入れるというものです。なぜなら、あなたはそれを変えようとは望んでいないからです。人間の最大の敵（いまある形での）は、・・・征服し破壊することが可能です。しかしそうすることは、我々が知っている社会の構造全体を完全につくりかえることに他なりません。[22]

G・ルカーチの以下のような言葉は、ジョージの思想をより理解するのに役立つであろう。

具体的なものであることいまは・・・決断の契機であり、新しいものを生みだす契機なのである。人間が発展傾向を……現在のなかに認識することによって、現在を生成として把握しうるときにはじめて、現在、すなわち生成としての現在はかれ自身の現在となるのである。(23)

ジョージが「現在」を、「新しいものを生みだす契機」として、「生成」として把握しているからこそ、彼は未来に対する希望をいだいているのである。

わたしは、アメリカの真の発見はわたしたちの先にあると考えております。・・・わたしが、われわれのアメリカが「今ここ」にあり、しかもわたしたちを未来へと導いてくれると言うとき、・・・今現在生きている大部分の人々に対して語りかけているのだとおもいます。(24)

要約して言うなら、ジョージは、「現在」の瞬間に生きる決心をし、かつ、「現在」の瞬間を、未来への可能性と見なしているのである。

*

ここまで、筆者は、この作品の主人公はジョージであると述べてきた。そして、ウルフの社会意識、時間意識を主人公ジョージ中心に述べてきた。しかしながら、正確に言うなら、この作品の主人公はジョージであるばかりか、「時代」でもある。ウルフの関心は、主人公に対してと同じぐらい、この作品の時間的な枠組みとなっている一九二六年から一九三六年にかけての「時代」に向けられている。ウルフは、あたかも「歴史家」のごとく、彼が経験したこと、この時代において起こったこと、を客観的に記述しようとつとめている。この態度は、語りの仕方に容易に見て取れる。

人々がかれらの周りに狂気を見て感じとり、それについては言及しない・・・いや自分自身に対してすらそのことを認めない、というのがこの時代の一つの特性であった。[25]

一九三〇年三月一二日は、リビア・ヒルの年代記の中でも、後世に長く記憶される一日であった。[26]

そして、ウルフが事実にできるだけ忠実であろうとする試みにより、逆説的に芸術性に対する意識は強まっていった。すなわち、ウルフが同時代人や将来の読者に、事実（あるいはそれが意味しているもの）を、生き生きと、真実性をもって伝えようとする願いゆえに、それらをどのように記録するかという意識が強まっていったのである。

このような、彼の芸術性に対する意識の発展・進化の例として、彼が作品の全編を通じて用いている「映画的手法」を検討してみよう（「映画的な手法」は、他の作品においてもいくつかすでに見出される。『天使よ故郷を見よ』のなかでは、アルタモントの町の夜明けが「スペース・モンタージュ」の手法――そこでは「時間的要素は静的で、空間的要素が動いている」[27]――で描かれている。「スペース・モンタージュ」の手法は、『時と河について』におけるオリヴァー・ガントの死の場面でも用いられている。彼の死の場面では、エイゼンシュタインが用いる意味での「モンタージュ」――ショットの衝突――の手法が用いられている。また、動いている列車の場面では、プドフキンが用いる意味での「モンタージュ」――ショットの継起――の手法が用いられている。）。たとえば、作者のカメラは、ジャック夫妻のパーティーのエピソードにおいて、自由に移動（'travel'）している。それは、以下のようなものだ。カメラがジャック夫妻の住む建物のエレベーターマンに焦点を当てる。そして、それはパーティー・ホールに移動したのち、エスター・ジャックに焦点を当てる。それから、カメラはエスターの意識のうちに固定される。エスターの視点から、ピギー・ローガンに焦点が当てられる。そして、非人称的なカメラはローガンのほうに向かう。ローガンの顔立ちが、「クローズアップ」の手法で描かれる。つぎにカメラは、メイドと召使に焦点を当てる。ふたたび、カメラはエスターに焦点を当て、エスターの意識のうちに固定される。その後、カメラはエスターからはるか遠くに位置し、パーティーの客たちに焦点を当てる……。

多くのエピソードが、このように作者のカメラ（それは自由自在に、ジョージの意識の内側と外側を移動している）から見られているのだ。多くの場合、世界大恐慌やナチス・ドイツが意味しているものは、全能の作者によって説明されるのではなく、このようなカメラから捉えた場面の連続によって、読者に対し提示されるのだ。パーティーのエピソードにおける火事の場面は、繁栄の脆弱さを象徴的に示している。ピギー・ローガンが彼の人形に演じさせる「短剣呑み」は、この時代のデカダントな雰囲気を暗示する。とりわけ、ベルリン・オリンピックにおけるヒトラーの描写は、この時代の不吉な雰囲気を暗示している。

ウルフは、「現在」の社会的現実に向き合おうという意志を、ジョージを通じてばかりか、この作品を自由に移動するカメラを通じて明確に示しているのだ。移動するカメラのおかげで、読者は、大恐慌とファシズムの時代の生々しいイメージと三次元的な像を思いえがくことが可能になるのである。『汝ふたたび故郷に帰れず』は、ウルフが死去した時、未完成であり、断片的であったが、その真実性と芸術性ゆえに、優れた「ノンフィクション・ノヴェル」であり続けるであろう。

結びにかえて

トマス・ウルフは時間に取りつかれていた。彼は、死へと向かう不可逆の時間にオブセッションのように取りつかれ、時の流れの中で過去が失われて取り返しがつかないということを強く意識していた。そして彼は、こうした時間のオブセッションから自由になりたいと願っていた。それゆえに彼は、『天使よ故郷を見よ』において、時間を破壊者ではなく創造者として、時間を「創造的進化」、「生の躍動」として捉えようとした。また『時と河について』では、時間を捉える認識論的枠組みを変える（直線的時間の観念から円環的・循環的時間の観念への変革）ことで、時の経過に対する恐怖から解放されようとした。『蜘蛛の巣と岩』において、ウルフは、愛は時間には支配されず、愛のなかで失われた過去も取り戻せるという考えを示した。しかしながら、同時に彼は、時間から自由になることは不可能であり、過ぎ去った瞬間を再生させることはできないという認識をもいだかざるを得なかった。そして、『汝ふたたび故郷に帰れず』において、ジョージ（そして作品内を自由に移動するカメラ）を通じて、現在の瞬間に生きる決意を表明した。

ウルフの同時代作家である、フォークナーとヘミングウェイとの簡単な比較的考察は、このようなウルフ的時間の世界を、より明らかにしてくれるであろう。フォークナーは、アメリカ南部の歴史に縛り付けられており、それを彼の宿命と見なしていた。それゆえ、彼の時間意識は必然的に歴史意識と分かちがたく結びついていた。それとは対照的に、ウルフの文学的世界においては、フォークナーほど、時間の観念や意識が統合される歴史のような確固たる中心が存在していなかった。また、ウルフは、『汝ふたたび故郷に帰れず』を除けば、ヘミングウェイのように現在の瞬間に生きようと決心することはできなかった。フォークナーやヘミングウェイと違い、ウルフは、その文学的経歴の最後を除いて、定まった時間的観点を有してはいなかったのだ。その意味において、ウルフは、「時間の領域の放浪者」であったと言えるであろう。

注

（1）R. W. B. Lewis, *The American Adam: Innocence, Tragedy and Tradition in the Nineteenth Century*（Chicago: The University of Chicago Press, 1955）, p.127.

（2）Thomas Wolfe, *The Web and the Rock*（N.Y.: Harper & Row, Publishers,1939）, pp. 91-92.

（3）Aldo P. Magi and Richard Walser ed., *Thomas Wolfe Interviewed 1929-1938*（Baton Rouge: Louisiana State

University Press, 1985), p. 119.
(4) Thomas Wolfe, *op.cit.*, p. 485.
(5) Ibid., p. 556.
(6) Ibid., p. 626.
(7) 毎年、九月下旬から十月上旬にミュンヘンで催される収穫祭。
(8) Thomas Wolfe, *op.cit.*, p. 669.
(9) Ibid., p. 670.
(10) Ibid., p. 674.
(11) Ibid., p. 693.
(12) S. V. Benet, "A Torrent of Recollection", in *The Enigma of Thomas Wolfe*, ed. by Richard Walser (Cambridge: Harvard Univ. Press, 1953), p.155.
(13) Franz Schoenberner, "My Discovery of Thomas Wolfe", in *The Enigma of Thomas Wolfe*, p. 291.
(14) Richard S. Kennedy, *The Window of Memory: The Literary Career of Thomas Wolfe* (Chapel Hill: The Univ. of North Carolina Press, 1962), p.410.
(15) Thomas Wolfe, *You Can't Go Home Again* (N.Y.: Harper, 1940), p. 408.
(16) Ibid., p. 393.
(17) Ibid., p. 705.
(18) Ibid., pp. 737-738.
(19) Ibid., p. 738.
(20) メルロ＝ポンティ『知覚の現象学』2（竹内芳郎・木田元・宮本忠雄訳、みすず書房、一九七四年）．三四〇頁。
(21) *You Can't Go Home Again*, pp. 731-732.
(22) Ibid., pp. 737-738.

（23）G・ルカーチ『歴史と階級意識』（城塚登・古田光訳、白水社、一九九一年）、三五九頁。
（24）*You Can't Go Home Again*, p.741.
（25）Ibid., p. 195.
（26）Ibid., p. 366.
（27）Robert Humphrey, *Stream of Consciousness in the Modern Novel*（Los Angeles: Univ. of California Press, 1954）, p. 52.

【付記】 本稿は、一九八六年一月に東京都立大学（英文学専攻）に提出された筆者の修士論文 "Of Rebirth and Repetition" をもとにして書かれたものである。

第八章　最後の一〇マルク
――トマス・ウルフ「汝らに告ぐることあり」

一　トマス・ウルフのユダヤ人観

トマス・ウルフにおけるユダヤ人の問題にかんしては、これまで学者・批評家らが、様々な観点から論じてきた。ウルフの伝記の決定版を書いたデヴィッド・ハーバート・ドナルドは、「ウルフは事実、反ユダヤ的であった」(1)と断言している。一方、フリッツ・ハインリッヒ・ライセルは、ウルフが作品（とくに『蜘蛛の巣と岩』と『汝ふたたび故郷に帰れず』〔以下『故郷に帰れず』と略記〕）のなかで、ユダヤ人（あるいはユダヤ人の文化）に対して、愛情を示し支持を表明していると述べ、ドナルドとは正反対の立場をとっている。(2)このような両極的な立場のあいだで、中立的な立場をとっているのが、レオ・ガーコとパスカル・リーヴズである。両者は、トマス・ウルフのユダヤ人に対する感情・姿勢は「アンビヴァレント」なものであり、愛と憎悪が交互に立ちあらわれると結論している。(3)

たとえば、ウルフは『時と河について』において、ユダヤ人をステレオタイプ化し嫌悪感を示している（“. . . And there were the faces, cruel, arrogant and knowing of the beak-nosed Jews, . . .”）。(4)ここで

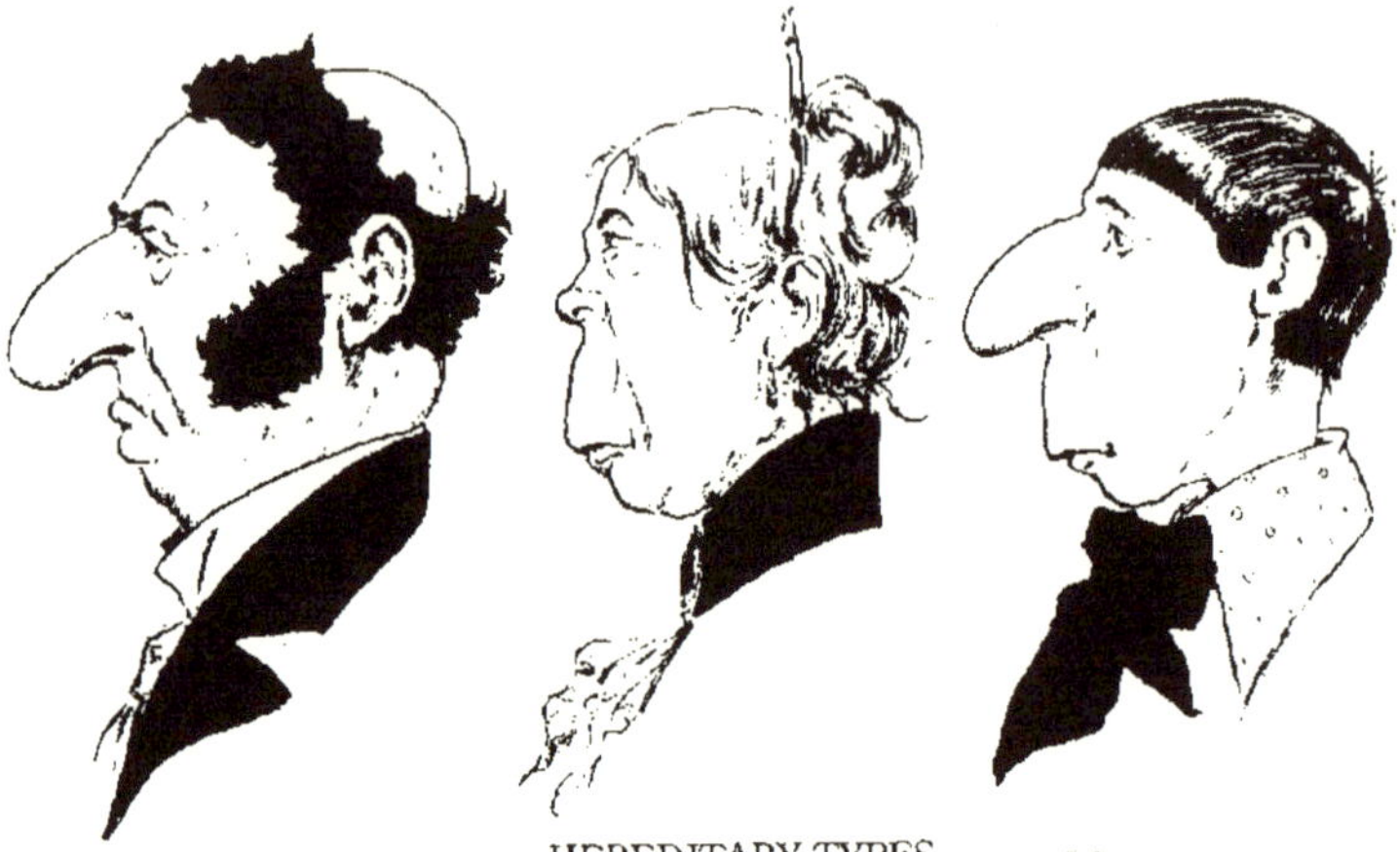

Mister Cohn.　HEREDITARY TYPES.　Master Cohn.

Mrs. Cohn. née O'Rourke.

図1

は、「ステレオタイプ化」と「反―ユダヤ的傾向」は密接にかかわっている。ジョン・アッペルによると、とくに一九世紀から二〇世紀初頭のアメリカでは、雑誌等で、「ユダヤ人の鼻」についてのカリカチュアを描き、「反―ユダヤ的傾向」をあらわにしているという。アッペルの論考で取り上げられている挿絵（図1）は、その一例である。(5)

一方で、主人公ユージーンが大学の教え子エイブ・ジョーンズと親しくなると、ユダヤ人に対する愛と共感が示されている（"Eugene began to like Abe very much. He left him and went up to his room with a feeling of such relief, ease and happiness as he had not known for months;"）(6)。ここには、明らかにユダヤ人に対する「アンビヴァレントな姿勢」が見出される。

『蜘蛛の巣と岩』では、主人公ジョージと

ユダヤ人の血を引いている恋人エスターとの関係がうまくいっている間、彼は、エスターのユダヤ人の祖先、友人に親近感を抱いている（"One of the finest elements in the Jewish character is its sensuous love of richness and abundance."）。[7] 二人が破局を迎えるようになると、ジョージの「反―ユダヤ的傾向」は強まり、彼はユダヤ人（とくにユダヤ人女性）に対する反感、嫌悪をあらわにする（"They were the living rack on which the trembling backs of all their Christian lovers had been broken, . . . And behind them . . . were the dark faces of great, beak-nosed Jews, filled with insolence and scorn. . ."[8]）。

しかしながら、『故郷に帰れず』において、ウルフのユダヤ人観に大きな変革が起こる。それは、いかなる変革であろうか。それまで、ウルフのユダヤ人観は、総じて言うならば、ユダヤ人に対する個人的な好悪の感情であった。ところが、『故郷に帰れず』において示されるユダヤ人観は、単なる個人的な感情のレベルにとどまるものではなく、社会的な意識のレベルにまで高まっている。この作品の第六部「汝らに告ぐることあり」において、あるユダヤ人の逮捕をきっかけとして、ウルフの分身である主人公ジョージ・ウェバーは、ユダヤ人を迫害するナチズム、あるいは、人道的に許しがたい悪の存在を、強く意識するようになるのである。

*

この小論は、このようなウルフのユダヤ人観の変革の契機となった出来事、そして、それに触発されて成立した一つの短編小説について焦点を当てようとするものである。出来事とは、ウルフのドイツ旅行――とくに、その際に目撃したユダヤ人の逮捕――であり、また、短編小説とは、『故郷に帰れず』の第六部の題と同名の「汝らに告ぐることあり」（"I Have a Thing to Tell You"）である。

この短編小説は、一九三七年三月、『ニュー・リパブリック』誌に三回に分けて掲載されたものである。そして、この短編を加筆・修正して出来上がったのが、長編『故郷に帰れず』の第六部である。これはいわば、ウルフのユダヤ人に対する意識の変革のきっかけとなった（きっかけを描き出した）短編小説である。

ウルフは、この短編のタイトルとして、もともと二通りの案を考えていた。一つは、“I Have a Thing to Tell You”であり、もう一つは、“I Have Them Yet”である。そのことは、一九三六年九月末のウルフの「ノート・ブック」に明確に記されている。

I Have a Thing to Tell You
or
I Have Them Yet (9)

タイトル案の一つである、“I Have Them Yet”「わたしはまだそれらを持っている」における‘Them’「それら」とは、何を指しているのか。それは、ウルフの意識改革にとって極めて重要なものであり、本章の表題とかかわっていることを、あらかじめ申し上げておきたい。‘Them’「それら」とは、何なのか。もう一つの原題にあるこの言葉が、極めて重要なものであることが、この小論では、しだいに明らかになってゆくはずである。

表1

	ドイツ	世　界
1935	1.15　ザールのドイツ復帰	5.2　仏ソ相互援助条約調印
	3.16　独．ヴェルサイユ条約の軍事条項廃棄、一般兵役義務開始	5.16　ソ連．チェコと相互援助条約調印
	4.11　ストレザ会議、英仏伊3国の対独共同戦線	7.25～8.20　コミンテルン第七回大会、人民戦線戦術採用
	6.18　英独海軍協定成立	10.2　伊エチオピア戦争開始
1936	3.7　独軍ラインラント進駐	2.17　スペイン、人民戦線派総選挙で勝つ
	6.17　全警察力の国家警察への統合	2.26　東京で二・二六事件
	7.11　独墺同盟条約締結	2.27　仏ソ相互援助条約批准
	9.9　独、第二次4か年計画発表	5.9　伊エチオピア征服

二　ウルフの最後のドイツ旅行

一九三六年七月二三日、ウルフは、七度目のヨーロッパへの旅に出発する。彼は、この旅行で、主としてイギリス、ドイツ、フランスに滞在した。ドイツでは、おもにベルリンに滞在している。

一九三六年のドイツ、それはいかなる時期であっただろうか。H・マウ、H・クラウスニック著（内山敏訳）『ナチスの時代』の巻末に付された簡潔な年表〔表1〕（この年表は原著にはないもので訳者が付したものである）を参考にしつつ、確認してみよう。(10)

一九三六年三月七日、ドイツ軍はラインラントに進駐しヴェルサイユ条約は事実上無効となる。また、表2の示す通り、一九三六年には、前年に比べて軍事費が倍増している。(11)

表2　ドイツ国の1933年から1938年における軍備支出

項　　　目	1933	1934	1935	1936	1937	1938	1933から1938まで
軍備支出（10億マルク）	0.7	4.2	5.5	10.3	11.0	17.2	48.9
うち、メフォ手形により資金調達された部分の比率（%）	−	50	49	44	25	−	25
軍備支出の							
対ライヒ財政支出比（%）	8.3	39.3	39.6	59.2	56.7	61.0	49.9
対国民総生産比（%）	1.2	5.0	7.1	11.2	12.0	15.7	9.5
対国民所得比（%）	1.6	6.5	9.2	14.3	15.1	19.7	12.2

この時期、景気は奇跡的な回復を達成し、年成長率は約一〇%になった。[12] 失業率も下がり、翌年には、ほぼ完全雇用が達成される。[13]

一九三六年五月九日に、イタリアがエチオピアを征服しムッソリーニのファシズム政権の力が強まると、ドイツとイタリアは同盟関係を深めてゆき、対外的にヒトラーの独裁的権力の基盤が拡大してゆく。六月四日、スペイン内乱がはじまると、ヒトラーは独裁的なフランコ政権を承認し、さらに対外的に権力基盤をひろげてゆく。

六月一七日には、ヒトラーは全警察力を国家警察に統合し、権力の「一元化」をますます強めてゆく。また、『ナチスの時代』に書かれているように、この時期、警察組織ばかりでなく、青年組織「ヒトラー・ユーゲント」、「ナチ婦人連盟」、「ナチ福祉連盟」、「国家文化局」など、「生活のあらゆる領域が巨大な組織によって『つかまれ』、指導部の意図によって『一元化』された。[14]」

ユダヤ人迫害に関しては、すでに一九三五年九月の「ニュルンベルク法」によって、ドイツ人とユダヤ人の結婚が禁止されていた。「これによってユダヤ人はドイツの市民権を否定され、国旗を掲げることも禁止されている。」（リチャード・ベッセル編『ナチ統治下の民衆』[15]）一九三六年に、ますますユダヤ人の排除は強化され、とりわけ、ユダヤ人の伝統的儀式が禁止され、店の前にユダヤ人とわかる姓名を大きく表示することを義務づける政令が発せられている（大野英二『ナチズムと「ユダヤ人問題」』[16]）。

こうした経済的復興、権力の強大化・一元化・対外的拡大のなか、ドイツにおいてヒトラー崇拝は一段と高まりつつあった。

そして、ドイツにおける一九三六年の最大の出来事といえば、言うまでもなく「ベルリン・オリンピック」である。「ベルリン・オリンピック」を通じて、ヒトラーは、国内的にも、対外的にも、その一元化した権力を誇示し、さらにヒトラー崇拝をあおりたてようとしたのである。

ウルフがベルリンにやってきたのは、まさに、そのオリンピックが開催されていた一九三六年八月のことであった。

ウルフは、すでに作品（『天使よ故郷を見よ』と『時と河について』）が独訳され、好評を得ていたこともあり、ドイツでは大歓迎され、インタビューを受けた。オリンピックの開催中、ナチの幹部たちは、自らの権力を誇示しようと競って華美なパーティーを開いたが、ウルフもそのいくつかに出席した。また、ウルフはオリンピックスタジアムで、アメリカ大使のボックス席から観戦することを許された。彼は、ボックス席からヒトラーを間近に見ることができた。その時のエピソードにかんして、デヴィッド・クレイ・ラージは、『ベルリン・オリンピック一九三六』（高儀進訳）のなかで次のように述べている。

愛国心を呼び覚まされた彼は、自国のアメリカ選手に対して大声で応援し、黒人に対して偏見を持っていたにもかかわらず、ジェシー・オーエンスを声援した。「オーエンスはタールのように黒いが」と彼は言った、「それがなんだと言うのだ。われらが選手なのだ。彼は素晴らしい。私は彼が誇らしかったので、声を限りに声援した。」ウルフは貴賓席に近いドッド大使のボックス席に坐っていたが、オーエンスに対する声援があまりにも喧しかったので、ヒトラーは腹を立て、一体誰が騒いでいるのだろうと辺りを見渡した。(17)

このエピソードに関して、ウルフの伝記作者デヴィッド・ハーバート・ドナルドは、ヒトラーが不愉快な顔をしたのはおそらく、彼が黒人を人種的に劣ったものとみなしていたことが理由であろうと推測している。(18)

ウルフは、スタジアムの外でも、ヒトラーを目撃している。それは、オリンピックを観戦するためにオープンカーに乗って移動して行くヒトラーの姿である。ウルフはのちに、その時見た光景を、『故郷に帰れず』のなかで、事実に即して克明に描き出している。『ヒトラーへの聖火』の著者ダフ・ハート・デイヴィスは、ウルフのその文章を引用しつつ、オープンカーで移動する独裁者の姿を次のように描き出している。

午後三時総統の出発——当日のプログラムには肉太の文字でそう印刷されている。三時の鐘が鳴ると、黒いメルセデス・ベンツのオープンカーの列が総統官邸をでて、ヴィルヘルムシュトラーセを走り、ウンター・デン・リンデンにはいった。軍服姿のヒトラーは左手をフロント・グラスにおき、ひっきりなしの敬礼に返礼するため右手を空けて、運転席の隣に立っていた。つい今しがた雨が襲ったばかりだが、重い車両がブランデンブルク門を曲がるときも、濡れた路面に滑るタイヤの音は、道路の両側から湧きあがる歓声に埋もれて聞こえなかった。ジョージ・ウェバーという小説の登場人物の目を通してトマス・ウルフは、通過するヒトラーをあざやかに描きだしている。

「ようやく彼がきた――草原に吹く風に似たものが群衆のあいだをわたり、はるか遠くから彼といっしょに潮が押しよせた。そこに祖国の声と希望と祈りがあった。指導者は輝く車に乗ってゆっくりと現れた。コミック・オペラ風の口髭を生やした小柄で、黒っぽい髪の男が、不動の姿勢でにこりともせずに立ち、手のひらをむけて片手をあげていた。ナチスの敬礼ではなく、ブッダかメサイアが恵みを垂れるしぐさのようにあげていた。」（岸本完司訳[19]）

ウルフがこのようなヒトラーの姿を描いている章のタイトルは、'Dark Messiah'「暗黒の（腹黒い、凶悪の、暗愚な、陰険な）救世主」となっている。この章の中で、主人公ジョージは、この救世主まがいの「暗黒のメシア」に不吉なイメージを感じとっている。そしてそこに、忍び寄る戦争の予兆を感じとり、独裁者をかくまで崇拝している民衆の愚かしさとヒステリックなまでの熱狂ぶりに恐怖をおぼえている。

ウルフは、ベルリン・オリンピックを観戦した後、チロル地方を旅行し（そのあいだ、短い期間ではあるが、ある女性と恋に落ちている）、九月八日にベルリンを立ち、フランスへと向かう。そして、その列車の旅の途中、ある衝撃的な事件に出くわす。同じコンパートメントにいたある男（名前は不明であるが、ユダヤ人であることが判明する）が、ドイツとベルギーの国境でナチの警察に逮捕されるという事件である。このユダヤ人は、ベルリンからアーヘンまでの切符しか持っていなかったため、アーヘンにてさらにパリ行きの切符を購入しようとした。その時、かねてから男に疑いの目を向けていた警察の訊問にあい、実は国外逃亡を企てていたことが発覚してしまうのである。しかも、この男が携えていたバッグには大量のドイツマルクが入っていたため、警察の追及は激しさを増し、結局彼は逮捕され、連行されてしまうのだ。

この事件を目撃したウルフは、言いようのない恐怖と怒りと悲しみをおぼえ、これをきっかけに、ユダヤ人を迫害するナチスに対する批判をつよめてゆく。そしてパリに着くやいなや、この事件を、ほぼ事実に即して作品化しようと決心し一気呵成に草稿を書き上げる。ウルフは、一九三六年九月一六日のエリザベス・ノーウェルあての手紙で、次のように記している。

いい作品が書けました。でもそれによって、私が最も好まれ、最も多くの友人を持っているこの地に、もう戻れなくなるのではないかと恐れています。しかし、私はそれを公にすると決めたのです。ですから、待っていて下さい。(20)

これは、ナチス批判の小説であり、ナチスの悪・非道を告発する小説であった。ここでは、ウルフは、ユダヤ人に対する個人的感情をこえて、人道的、社会的な立場から、ユダヤ人迫害を行うナチスの悪を批判し告発しているのであり、ウルフのユダヤ人に対する姿勢は、社会意識にまで発展しているのである。

ウルフは、パリで書き始めたこの作品の草稿に手を入れ、前述の通り、一九三七年三月、『ニュー・リパブリック』に"I Have a Thing to Tell You"という題の短編として発表することになる。この短編のタイトルには、"Nun Will Ich Ihnen 'Was Sagen"というドイツ語の題も併記されている。直訳すれば、「今や（目下のところ）汝らに言いたいことがある」という意味であるが、これは、「今まさに起きている事柄（に関するメッセージ）を読者に語り伝えたい」というウルフの意図をより明確に表している題であろう。

さて、このようにして成立した短編小説「汝らに告ぐることあり」は、具体的にはいかなる作品なのであろうか。それが、以下の論で考察すべきことである。

三　最後の長編に向けて

「汝らに告ぐることあり」は、三部構成となっている。

第一章は、主として、語り手である「私」（ポール）とその友人の対話から成り立っている。そこでは、友人との対話をつうじて、ドイツにおける全体主義、ヒトラーに対する絶対的崇拝が、暗示的に描かれている。第二章では、ベルリンからパリへと向かう列車の中の人間模様が描かれており、それは、「私」と車中の人々との間に生じる暖かい心の交流、絆の物語である。そして、第三章は、同じコンパートメントにいたユダヤ人が逮捕されるという事件をあつかっている。

これら三つの章は、「暗」—「明」—「暗」とコントラストをなしており、変化に富みドラマティックである。また、第一章の「暗」の部分で予示されているユダヤ人迫害のテーマが、第三章で現実化し顕在化するという構造をとっており、第一章と第三章は緊密な関係を持ち、相互に響き合っている。しかも、第三章の悲劇性が、第二章の「明」とのコントラストによって、いっそう強調されるという構造をとっており、第二章の心あたたまる明るいシーンは、ドラマの構成上、有効に機能していると言ってよい。このような劇的な構成により、時代の暗いイメージが強調され、人間の愛や希望や夢を暴力的に蹂躙してくるナチズムの悪に対するウルフの批判は先鋭化する。また、「ペリペティア」のように、ユダヤ人逮捕という衝撃的な事件が、意表を突く形で物語の流れを垂直的に切断してしまうという構造自体が、ナチズムの有無を言わさぬ容赦のない暴力の介入を読者に印象づけるのである。

さて、物語のあらすじを、以下にもう少しくわしく述べてみよう。

第一章では、ベルリンを旅立つ直前、「私」（ポール）は友人のフランツと会話を交わす。フランツは「私」に、現在のドイツにおける、ヒトラーを盲目的に崇拝するナチスの人間たちの愚かさ、非道性を批判し、ユダヤ人であるという理由で職業を奪い取る、恐るべき迫害の実態について語る。また、ユダヤ人差別のなかで自らが陥っている苦境について語る。それは、一八二〇年にさかのぼって、ユダヤ人の血が混じっていないという「アーリア人としての純血性」を証明できないと、己の職業から追放される、ということである。フランツは、自分がドイツ人であることを知っているが、母親と父親が正式な婚姻関係を結んでいないため、出自を証明するものがない。彼は、父親と頻繁に会っており、その父なら出自を証明できるのだが、決して父に証明してもらおうとしない。それはなぜだろうか。

それは、皮肉なことだが、父がナチスの幹部であるからである。確かに父に頼めば、彼はナチスの迫害から逃れることもできるだろう。しかしフランツは、断固として拒絶する。その理由として、第一に、彼自身が言うように、父との現在の関係は純粋に私的なもので、親和的で、友情あふれるものであり、父を利用したくない（父に政治的に関与してほしくはない）という個人的な心情がある。さらには、フランツは反ーナチズムの立場を闡明しており、ナチスの悪と断固として戦い、それを告発しようと決心している。そうした自分が、ナチスの迫害から身を守るためにナチスの中枢にいる人間に頼ることは、思想的な矛盾であり、自分にとって倫理的、道義的に許しがたいことなのである。

このようなアイロニカルな状況によって、第一章の暗いイメージは増幅し悲劇性はいっそう増すのである。「私」も、この「出口なし」の状況に絶句するばかりであった。そして、フランツの次のような切なる願いを受け止めることが、唯一「私」のできることであった。それは、こうしたナチズムの実態、状況を、作家である「私」が小説化し広く世に広めてほしいという願いである。この願いをしっかりと受け止めつつ、「私」は、列車の出発の時刻がくると、ひとりベルリンを旅立つ。

第二章は、ベルリンからベルギーとの国境の町アーヘンに着くまでの、列車内部での物語である。

「私」とおなじコンパートメントには、以下のような人物が座っていた。対角線上の向かいの席には、ポーランド出身で、アメリカに在住している青年。彼は、ポーランドの家族を訪ねて、アメリカに帰る途中であった。真向かいの席には、落ち着きのない感じの謎の男。隣の席には、ドイツ人の男女。「私」はもっぱら、英語を話すことができるポーランドの青年とのみ話した。しだいに「私」とポーランド青年の話が熱を帯びてくると、それに刺激されてか、他の三人もドイツ語で親密に話を交わすようになる。

話をするうちにとても親しくなった「私」と青年は、コンパートメントを出てゆき食堂車に行き、そこで他の三人についていろいろと推測を巡らす。そして、三人についていろいろと想像しているうちに、いつの間にか三人を身近に感じ親しみを覚えるようになってくる。食堂車からコンパートメントに戻ってみると、そこでも状況は変化していた。他の三人も、「私」と青年について推測を巡らし親しく話し合っているうちに、いつの間にか「私」と青年にたいし親しみがわき、よく知っているかのように思いこむようになる。

その女性は、私たちが戻ったときほほえんだ。三人の乗客は皆、私たちに対し、いっそう好奇心をいだいていた。席を外しているあいだに、私たちが彼らの推測の対象となっていたことは明らかであった。[21]

五人がふたたび一緒になると、このように想像を介して関心や親近感が芽生えたことで、皆は親密に語り合うようになる。相手に対して抱いた推測を確かめるかのように、片言の英語やドイツ語を交えて話しかける。そうするうちに、皆はすっかり打ち解け、お互いの身分や状況について胸襟を開いて語る。それによると、隣に座っている男女はマネキン業に従事しているそうであり、女性は経営者であり、男はデザイン担当者である。最新のモードを知るためにパリに向かう途中だという。真向かいの男は、弁護士であるといい、これからパリの会議に参加する予定だという。「私」は、列車に乗った当初、この男の秘密めいた態度と疑り深い様子に不快感を覚えていたが、いざ打ち解けて話してみると、とても親近感を覚えるようになっていた。こうして、いつのまにか五人は短時間のうちに何年もの間知己であったかのように親密になった（"... in the space of fifteen minutes' time, we seemed to have entered into the lives of all these people and they in ours."[22]）

このように親しい間柄になったため、ポーランド人の青年は他の三人（マネキン業の男女と弁護士と称する男）のために、何か親切なことをしてあげたくなった。そこで、次のような妙案を思いついた。

当時、ドイツ人が外国に持ち出せる貨幣は一〇マルクまでと定められていた。ポーランドの青年は、二十三マルクまで持ち出せるという旨の許可証をあらかじめ携えていた。許可証を持っていないアメリカ人の「私」（ポール）は、一〇マルクまでしか持ち出すことができなかった。「私」と青年は、食堂車において、携えていたマルク（「私」は一〇マルク、青年は二十三マルク）をすべて使い果たしてしまっていたので、現在はともに〇マルクである。青年は以下のようなことを提案した。彼が女性から二十三マルク、「私」が弁護士と称する男から一〇マルクをあずかり、国境を越えた時点でそれらを返してあげれば、ドイツ人が国外に持ち出せるマルクの額が増えるという案である。確認のためこの案を図示すれば、以下の通りである。

マネキン業の女性↓二十三マルク↓ポーランド人の青年（〇＋二十三マルク）

弁護士と称する男性↓一〇マルク↓「私」（〇＋一〇マルク）

マネキン業の女性と弁護士と称する男は、この提案にすぐに同意した。そしてこれをきっかけに、ますます五人の仲は打ち解け、親しみと絆が増していった。

これが、第二章のあらすじである。

ところが、第三章では状況が一変する。

列車が、ドイツとベルギーの国境の町アーヘンに到着すると、「私」たちは停車時間のあいだ気分転換のためにホームに出た。そして、ふたたび車内に戻ろうとしたとき、事件は起こった。「私」たちのコンパートメントのブラインドはすべて下ろされ、「私」たちは車内に戻ることを制止された。何が起きたのか。聞くところによると、同じコンパートメントにいた弁護士と名乗る男が、かねてからユダヤ人であるこの男を疑っていたナチの警察に逮捕されたとのことだ。彼は、アーヘンからパリ行きの切符を購入しようとしたところ、旅の目的、予定をこと細かく訊問された。とくに、パリに一週間滞在するのに一〇マルクでどうやっていくのかと聞かれたとき、彼はひどく動揺してしまい、うっかり、ポケットにさらに二〇マルク持っていることを忘れていた、としゃべってしまう。それで、二〇マルク以上持っていたことを偽っていたゆえに彼は疑われ、バッグの中まで調べられてしまう。すると、バッグの中からは大量のマルク札が発見されたのである。「私」がコンパートメントの前まで行くと、そこに逮捕されたユダヤ人の男が座っていた。男は、恐怖に満ちたまなざしで、何かを訴えかけるように「私」の方を見た。警察はその後、容赦なく男を連行していった（このくだりは、作品の文体論的特徴と読者におよぼす文学的効果を明示するため、原文で引用しよう）。

They had him. They surrounded him. He stood among them, protesting volubly, talking with his hands now, insisting all could be explained. And they said nothing. They had him. They just stood and watched him, each with the faint suggestion of that intolerable slow smile upon his face. They raised their eyes, unspeaking, looked at us as we rolled past with the obscene communication of their glance and of their smile.

And he — he too paused once from his voluble and feverish discourse as we passed him. He lifted his eyes to us, his pasty face, and he was silent for a moment. And we looked at him for the last time, and he at us — this time, more direct and steadfastly. And in that glance there was all the silence of man's mortal anguish. And we were all somehow naked and ashamed, and somehow guilty.[23]

この非情なまでの文章は、ユダヤ人の悲劇とナチの非人間性を、読者に克明に印象づける。また、非人称的な、個人性のとぼしい描写が、個人の実存と存在意義も無視し消去するような、ナチの恐るべき冷酷さと非情を象徴的に示していると言えよう。「私」は、男から一〇マルクを預かったままであった。しかしながら、それは永久に返すことができなくなり、「私」の手元に残された……。

以上が、この短編小説のあらすじである。

この短編を雑誌に掲載した直後、ナチス批判をしたという理由で、トマス・ウルフのすべての書物がドイツで発禁処分になったという。そのことは、すでに、先に引用したノーウェルあての手紙の中でウルフが予感していたことである。ウルフは、作家としての犠牲を払っても、「読者に告ぐること」(目下のところ、読者に言いたいこと)があり、己の作家的良心に逆らうことができなかったのである。

＊

トマス・ウルフは、ユダヤ人の逮捕という衝撃的な事件をきっかけに、ナチス批判、そして、より普遍的には、社会悪全般に対する告発、批判の傾向をつよめてゆく。

ヨーロッパへの旅から帰国したあと、彼は、ノートや手紙のなかで、反―ナチス、ひいては、反―ファシズムの立場を明らかにしているが、[24] それは作品の構想・執筆に大きく影響を与えることになる。彼が短編「汝らに告ぐることあり」を執筆したのち、新たな長編小説の構想もしだいに明らかになっていった。それは、のちに『故郷に帰れず』に発展してゆく小説の構想(主として彼のノートブックに記されている）の随所に、この短編と同じタイトルが記されていることからもわかる[25]。また、『故郷に帰れず』は、全篇が一九三〇年代の暗いイメージを象徴的に描き出しており、社会の悪、不正、非道について批判する書である。そのなかでは、とくに、ヒトラーの記述とユダヤ人迫害の記述が中心的テーマを示していると言ってよい。この長編の方向性は、短編「汝らに告ぐることあり」と軌を一にするものである。つまり、ドイツでのユダヤ人逮捕という事件が、ウルフの社会意識を目覚めさせたばかりか、作品の統合原理、作家としての方法意識においても、大変革を引き起こしたと推測することができるのである。

エピローグ　最後の一〇マルク

さて、最後になるが、あるエピソードを述べて、この小論を終えることにしよう。

ウルフが、「汝らに告ぐることあり」で記していた、ユダヤ人の男から預かった一〇マルクであるが、これは実話である。返せずに手元に残された一〇マルクの描写には、深い意味が込められている。ウルフは残された一〇マルクについて、短編小説「汝らに告ぐることあり」のなかでは、以下のように描写している（以下の本文対照の議論を明確にするため、原文で引用しておこう。）

All of a sudden I felt sick, empty, nauseated. That money, those accursed ten marks, were beginning to burn a hole in my pocket. I put my hand into my best pocket and the coins felt greasy, as if they were covered with sweat.[26]

I put the money back and in a moment said: "Ich fühle gerade als ob ich Blutgeld in meiner Tasche hätte".[27]

また、長編小説『故郷に帰れず』のなかの第六部「汝らに告ぐることあり」の中では、次のように描写（再度描いて）いる。

All of a sudden George felt sick, empty, nauseated. Turning half away, he thrust his hands into his pocket — and drew them out as though his fingers had been burned. The man's money — he still had it! Deliberately, now, he put his hand into his pocket again and felt the five two-mark pieces. The coins seemed greasy, as if they were covered with sweat.[28]

George put the money away. Then he said: "I feel exactly as if I had blood-money in my pocket."[29]

「一〇マルクが焼けてポケットに穴があく」。「ポケットから一〇マルクを取り出したとき、指が焼ける（やけどする）ようであった」。どちらの表現も激しい描写である。痛みと苦しみが伝わってくるようだ。

また、「汝らに告ぐることあり」では、ただ一〇マルクの硬貨と記されているが、『故郷に帰れず』では、五枚の二マルク硬貨と、より具体的に書かれていることも言い添えておこう。

いったい、なぜこれほどまでに、残された一〇マルクが痛みと苦しみをともなうのであろうか。

第一に、上述したような、ナチの非人道的行為によるユダヤ人の悲劇を、残された一〇マルクが何度でも想い起こさせるからであろう。しかも、「私」が預かった硬貨は、『故郷に帰れず』で記されているように、おそらく五枚の二マルク硬貨であり、それは、ドイツで一九三六年にすでに流通していた、いわば「ナチスのコイン」である。[30] 表面には、ヒトラーが英雄視したヒンデンブルクの肖像が刻まれ、裏面には、鷲とハーケンクロイツが刻まれている「二ライヒスマルク銀貨」（この図柄は一九三六年―一九三九年の間流通）である可能性が高い。もしそうであれば、こうした図柄のコインは、「私」にいっそうナチスの非道と暴力を意識させたことであろう[31]（図2）

第二に（第一と関連するが）、汗にまみれたかのようにべとついたコインが、ユダヤ人の流した血（‘sweat’ には、「血を汗のように流す」という意味合いがある）を連想させ、ユダヤ人の「死の苦しみ」を連想させるからであろう。

第三に、‘blood-money’［犯人通報報奨金］（‘Blutgeld’［死罪犯人の引き渡し賞金］）という言葉から推察されるように、この一〇マルクは、ユダヤ人が逮捕されるのをただ見ているだけで何もできなかった自らの恥ずかしさと罪悪感を想い起こさせるものであるからであろう。このことは、先に引用した、ユダヤ人が連行されてゆく場面に記されていることであり、また、テレンス・デュースナップが、すでに指摘している点である。[32]

図2

そして、最後に、この一〇マルクは、これを持っていた一人の人間がこの世に存在していたことの証であり、同時に、そのかけがえのない存在が今は失われて（奪われて）しまったことを、痛切に想い起こさせるものであるからであろう。ナチに逮捕されたこのユダヤ人は、おそらく収容所に送られ、すべてをナチに没収されるであろう（また、作品中で、「死の苦しみ」とか「死罪犯人引き渡し賞金」といった表現によって、このユダヤ人の死が暗示されている）。この一〇マルクは、ユダヤ人がこの世に最後に残したもの、このユダヤ人の生きていた証、つまり、象徴的な意味における「最後の一〇マルク」であったのだ。

＊

ウルフは、ユダヤ人の男性から預かった一〇マルクを、ドイツを去ってからも手放せずにいたという。パリでは、ポケットに入れたまま、短編「汝らに告ぐることあり」の草稿を執筆していた。また、アメリカに帰ってからも、この一〇マルクのことは彼の頭をはなれなかった。「汝らに告ぐることあり」を推敲し、完成させているときも、仕事机の上につねにこの一〇マルクを置いて、それをながめていたという。ウルフの二人の伝記作者が、このエピソードについて記している。エリザベス・ノーウェルは、「ウルフは、この硬貨をながめては、哀れみのために口をすぼめ、心動かされて言葉を発することができず、何度も繰り返し首をふっていた」と記している[33]。また、デヴィッド・ハーバート・ドナルドは、「ウルフは、それらの硬貨を時々ながめては、口をすぼめ、悲しげに首をふっていた」と記している[34]。

残された一〇マルクを見て、絶句し哀れみと悲しみのため首をふるウルフは、どのようなことを思っていたのだろうか。我々はそれを、前述したように、作品中の人物の心理をとおして、ただ推測するしかない。しかし、それこそが、「汝らに告ぐることあり」のなかで、ウルフが読者に告げたかったことではないか。そう考えると、この短編のもう一つの原題が、「私はまだそれらを持っている」（'I Have Them Yet'）であったことの、深い理由がわかってくるような気がする。

注

（1）David Herbert Donald, *Look Homeward: A Life of Thomas Wolfe*（Harvard Univ. Press. 1987）, p. 356.
（2）Fritz Heinrich Ryssel, *Thomas Wolfe*（Frederick Ungar Publishing Co., 1972）, p. 84.
（3）Leo Gurko, *Thomas Wolfe: Beyond the Romantic Ego*（Thomas Y. Crowell Company, 1975）, pp. 6-7, p. 25, pp. 96-97, p. 118. Pascal Reeves, *Thomas Wolfe's Albatross : Race and Nationality in America*（University of Georgia

Press, 1968}, pp. 39-85.

（4）Thomas Wolfe, *Of Time and the River*（Scribners, 1935［Scribner Classics edition, 1999］）, p.424.

（5）John J. Appel, "Jews in American Caricature 1820-1914" Jeffrey S. Gurock ed. *American Jewish History: Volume 6*［Routledge, 1998］）, p. 76.

（6）*Of Time and the River*, p. 453.

（7）Thomas Wolfe, *The Web and the Rock*（Penguin Books）, p. 412.

（8）Ibid., p. 611.

（9）Richard S. Kennedy and Pascal Reeves ed., *The Notebooks of Thomas Wolfe Vol. II*（The University of North Carolina Press, 1970）, p. 835.

（10）H・マウ、H・クラウスニック『ナチスの時代』（内山敏訳、岩波新書、一九六一年）。

（11）カール・ハインリッヒ・ハンスマイヤー、ロルフ・ツェーザー「戦争経済とインフレーション」（ドイツ・ブンデスバンク編、呉文二、由良玄太郎監訳、日本銀行金融史研究会訳『ドイツの経済と通貨―一八七六―一九七五年』上巻［東洋経済新報社、一九八四年］所収）、四七七頁。

（12）塚本健『ナチス経済―成立の歴史と論理』（東京大学出版会、一九六四年）、二五一頁。

（13）カール・ハインリッヒ・ハンスマイヤー、ロルフ・ツェーザー「戦争経済とインフレーション」、四六二頁。

（14）H・マウ、H・クラウスニック『ナチスの時代』（岩波新書）、七一頁。

（15）リチャード・ベッセル編『ナチ統治下の民衆』（柴田敬二訳、万水書房、一九九〇年）、一二二頁。

（16）大野英二『ナチズムと「ユダヤ人問題」』（リブロポート、一九八八年）、七九頁。

（17）デヴィッド・クレイ・ラージ『ベルリン・オリンピック１９３６―ナチの競技』（高儀進訳、白水社、二〇〇八年）、三三一頁。

（18）David Herbert Donald, *Look Homeward*, p. 386.

（19）ダフ・ハート・デイヴィス『ヒトラーへの聖火―ベルリン・オリンピック』（岸本完司訳、東京書籍、一九八八年）、一五四頁。
（20）Elizabeth Nowell ed., *The Letters of Thomas Wolfe*（Scribners, 1956）, p. 541.
（21）C. Hugh Holman ed., *The Short Novels of Thomas Wolfe*（Scribners. 1961）, p. 260.
（22）Ibid., p. 263.
（23）Ibid., p. 274.
（24）*The Notebooks of Thomas Wolfe Vol. II*. pp. 915-916. *The Letters of Thomas Wolfe*, pp. 735-736（To the Editor of *The Nation*,　March 20（?）. 1938）.
（25）*The Notebooks of Thomas Wolfe Vol. II*. p. 880. p. 884. p. 935.
（26）*The Short Novels of Thomas Wolfe*. p. 272.
（27）Ibid., p. 275.
（28）Thomas Wolfe, *You Can't Go Home Again*（Perennial Classics, 1998）, pp. 656-657.
（29）Ibid., p. 661.
（30）一九三四年発行の「二ライヒスマルク銀貨」には、既に隅の方に小さくハーケンクロイツが刻まれている。一九三六年発行の「二ライヒスマルク銀貨」では、より中央部分に近い所に大きくハーケンクロイツが刻まれている。
（31）Colnect（http://colnect. com/ja）に紹介されている「二ライヒスマルク」（一九三六年発行）の写真映像を図2に使用した。
（32）Terence Dewsnap, *Thomas Wolfe's You Can't Go Home Again and The Web and the Rock*（Monarch Press. 1965）, pp. 45-46.
（33）Elizabeth Nowell, *Thomas Wolfe : A Biography*（Doubleday and Company, 1960）, p. 337.
（34）David Herbert Donald, *Look Homeward*, p. 390.

【付記】 本稿は、中央大学人文科学研究所・研究会（「ディアスポラ・ユダヤ研究」二〇一二年一一月二四日）における口頭発表に基づくものである。

第九章 「大地の蜘蛛の巣」についての一考察

一 ある「既視感」

トマス・ウルフの中編小説「大地の蜘蛛の巣」（'The Web of Earth'）は、その構成の見事さゆえに、高く評価されてきたことで知られる。(1) 私も、この作品の語りの視点の統一性、自由自在な物語時間の処理、探偵小説さながらの謎解きの興味ゆえに、このような評価については賛同する。しかし、この作品がわれわれ読者を魅了する理由はそれだけではないように思われる。

「イナゴのやってきた年に(2)・・・・」という書き出しを初めて読んで以来、私はある「既視感」をいだいてきた。この作品全体の語りの「雰囲気」、より正確に言うなら、自然的・神話的・人間的な時空が一体化し、交差し、走馬燈のようにめまぐるしく変化するような文学体験を、自分もくりかえし味わってきたのではないか、という「既視感」にとらえられてきた。とくに、ガルシア＝マルケスの『百年の孤独』、『族長の秋』、カルペンティエールの『失われた足跡』などのラテンアメリカ文学、フォークナーの『アブサロム、アブサロム！』、あるいは大江健三郎の『同時代ゲーム』、中上健次の『千年の愉楽』などを読んだ経験を思い出した。それこそ、書き出しの瞬間から、夢と現実、神話と歴史が自在に重ね合わされる想像空間にひき入れられ、時を忘れて一気に最後まで読みとおしてしまう、奇跡ともいえる文学的運動性と牽引力、まさに「愉楽」とも言うべき読書経験・・・。

このような読書経験はいかなるものなのか。あるいは、いかにして可能になっているのであろうか・・・。こうした問いを、「大地の蜘蛛の巣」という作品をくりかえし読むたびに投げかけ、何年も時を経るうちに、しだいに、おぼろげながら、問いに対するある一つの答えが浮かび上がってくるのを感じざるを得なかった。

その「一つの答え」とは何か。

それは、「魔術的リアリズム」（'magical realism'）の手法である。そう、私がいだきつづけてきた「既視感」とは、「魔術的リアリズム」という用語で表現するしかないものである。

トマス・ウルフと「魔術的リアリズム」。このテーマ（関係性）については、これまで全くといっていいほど研究がおこなわれてこなかった。「魔術的リアリズム」に関する最も詳細で体系的な二つの研究書といえる、L・P・ザモラ、W・B・ファリス編『魔術的リアリズム―理論、歴史、共同体』（*Magical Realism: Theory, History, Community*）[3]、M・A・バウアーズ『魔術的リアリズム』（*Magic(al) Realism*）[4]、においてさえ、トマス・ウルフは全く言及されていない。トマス・ウルフと「魔術的リアリズム」の関係については、唯一、日本を代表するフォークナー研究者の田中久男が、フォークナーとユージン・オニールとの比較研究の中で暗に、間接的に言及しているのみである。[5]

そこで、この小論では、トマス・ウルフにおける「魔術的リアリズム」の特性を、それが最も顕著に表れているとおもわれる「大地の蜘蛛の巣」というテクストにしぼって考察したいと思う。幸い、「魔術的リアリズム」、より厳密に言うなら、二〇世紀前半のドイツの美術用語である魔術的リアリズムではなく、二〇世紀後半、ラテンアメリカを中心に世界的な広がりをみせた文学的常数としての「魔術的リアリズム」に関しては、いくつかのすぐれた研究がある。前掲の、ザモラ／ファリス、バウアーズの二著のほかに、主な研究としては、寺尾隆吉『魔術的リアリズム―二〇世紀のラテンアメリカ小説』[6]、依藤道夫の「『魔術的リアリズム』についての研究」[7]にはじまる一連の研究は、その代表的なものである。以下の小論は、これらの研究（特に依藤の一連の論文）に多くを負っている。また、これらの研究なくして、以下の論考は不可能であるといってもよい。次節では、これらの研究に依拠しつつ、「魔術的リアリズム」の特性についてまず概略を示したいと思う。

二　「魔術的リアリズム」の特性

「魔術的リアリズム」という用語は、時代別、地域別に多種多様であり、一言で定義できるようなものではない。ザモラ、ファリスもバウアーズも、異口同音にそのことについて触れている。それゆえ、以下に記す「魔術的リアリズム」の特性は、決して網羅的で詳細なものではなく、ごく概略的で最大公約数的なものである。まずは、先行研究のなかから、より具体的で明確な定義に触れた箇所を参照してみたいと思う。

依藤道夫は、「『魔術的リアリズム』についての研究」のなかで、次のように述べている。

土着性が色濃く、現代生活と迷信や神秘の世界が入り混じり、しばしば現在と過去が混在、あるいは融合している。・・・「魔術的リアリズム」のよくするほらや大言壮語振り・・・。超自然現象の活用の手法などは、強引で思い切りのよいものである。[8]

奇想天外なことが次々と起こるが、余りに堂々としかも早いテンポで物語が進行してゆく中で、終には読者は、何が語られようとももはや驚かない、という風である。[9]

非日常性や幻想性が現実生活と一体化しているという側面があるのである。[10]

先行研究を十分踏まえたうえで論を展開している依藤の定義は的確である。寺尾隆吉は、ガルシア＝マルケスの「魔術的リアリズム」の世界について、以下のように述べている。

この世界を支配するのは、「普通」とされる世界を支える論理、理性、科学的思考ではなく、文明社会が近代化とともに非科学的として退けた迷信、占い、直観、妄想、自由連想、狂気、超能力などである。[11]

ザモラとファリスは前掲書の序文の中で、「魔術的リアリズム」の特徴として、境界を超えること、融合、などを挙げている。たとえば現実世界と想像世界の境、生と死の境が消え、曖昧になるという特性を挙げている。それと関連して、非合理主義的な視点、世界観を挙げている。またバウアーズは、「魔術的リアリズム」の語りは、非現実的で、あり得ない不思議な出来事を、当たり前のことのように、日常的な事柄のように語る点で、本来矛盾し背反する要素を同列に並べ、融合するという特性を持っているという。そうした語りによって、読者は非現実的な想像的世界を、リアリスティックなものとして受け入れるような構造が示されているという。魔法や迷信を現実に起きた出来事と同じレベルで語る手法によって、科学的で合理的な世界観では相反する要素を溶融し、相互浸透させるというわけだ。まさしく、「魔術的リアリズム」という矛盾語法の内実を明確にした定義である。

ふたたび、依藤道夫の見解を取り上げよう。彼がマルケスの『百年の孤独』を例にとった「魔術的リアリズム」論は、ザモラ、ファリスの書を理論的支柱の一つとしているが、それは最も明快で具体的でわかりやすいものである。

時間の流れ方も直線的でなく、澱み、曲折し、また循環しがちである。(12)

作品の筋（プロット）は余り重視されない。・・・物語のテンポは速く、諸エピソードがどんどん繰り出され、展開されてゆく。・・・さまざまな事柄が、あるいは人間が雑多にぶち込まれているという印象が強く、一つの混沌としたるつぼ状態というイメージが見て取れる。・・・本作には、混沌ゆえの激しさや情念を孕んだエネルギッシュな小宇宙が見受けられるように思える。(13)

世の中の数多の事象、現象が、個性の強い人々の人生や行動とともに、一見雑駁な現れ方で描写される。それも現実と幻想をない交ぜにして、・・・現実の誇張による幻想化という手法でもって描き出される。・・・一見雑然としているが、・・・作中部分部分の折に触れての分かりにくさにもかかわらず、読了後に振り返ってみると、ウィリアム・フォークナーの場合のように、全体像が鮮明に浮き上がってくるのである。(14)

如何にも人間らしい諸エピソードから信じがたい超自然現象までを一時に包含し、物語は、その間のギャップを、或いはバリアーを・・・唐突に、しかし当然のように、苦もなく乗り越えてスピーディに進行してゆく。(15)

依藤の定義は、私が前節において述べた「既視感」を余すところなく語ってくれている。また、田中久男がフォークナーとの関連性においてウルフの「魔術的リアリズム」に暗に言及しているのは慧眼である。

以上のように、「魔術的リアリズム」という用語の定義は、一言で簡単に言い表すのは困難であるが、以下の議論を明確にするために、それを可能な限り箇条書き風に記すなら次のようになる。

非科学的・非合理的世界観と語り。超常・超自然的事象の継起。予言、迷信、超能力にたいする信頼。あり得ないほどの誇張と大言壮語振り。日常と非日常、現実と非現実、現在と過去、などあらゆる「境界」の消失、曖昧化、もしくは両者の融合。過去と現在が交錯し、循環し、素早いテンポでめまぐるしく進行する物語。雑然とした断片的なエピソードが混在するが、作品を通して全体像を形成するような物語構造。


これらは、必ずしも別々の特性ではなく、重なり合う部分もあることは言うまでもない。あくまでも、議論をより明確にするために、便宜的に列挙したにすぎない。

それでは、さっそくそれぞれの特性について、「大地の蜘蛛の巣」というテクストにそくして、以下検討することにしよう。

三　「大地の蜘蛛の巣」の「魔術的リアリズム」

「大地の蜘蛛の巣」の語り手は、イライザ・ガントである。彼女は超人的な記憶力の持ち主で、過去に起こったあらゆる出来事を細部に至るまで想起できる。ちょうど、中上健次の『千年の愉楽』の語り手である「オリュウノオバ」さながら。彼女は、神秘的な超常現象を人間たちのごく日常的な出来事と同列に並べて、なんら疑念を抱くことなく、当たり前のように語る。あり得ないような出来事を、確信を持って、細密にリアリスティックに、それも読者が解釈したり判断したりする暇もないほど次々に繰り出すので、読者もそれらを本当に起こったこととして受け入れざるをえないような感覚を抱く。語られた出来事は、明確なプロットを持たず、明確な因果性を持たないが、彼女の自由連想によってつらなり、強烈なエネルギーの発散ともいえる異常なまでの饒舌さによって進行してゆくため、読者は知らず知らずのうちに、この「魔術的リアリズムの世界」のなかに引き込まれ、非現実的な世界をリアルなものとしてとらえる。日常と非日常、現実と非現実の「境界」をやすやすと飛び越える。依藤の言葉を用いるなら、「人間らしいエピソードから超自然現象までを一時に包含し、物語はその間のバリアーを苦もなく乗り越えて進行してゆく」[16]。

たとえば、彼女の家系であるペントランド家の一族のものが、自分の死ぬ時間を正確に予言して、それが現実におこるというくだり。また、彼女の夫の前妻のリディアが幽霊になって現れることになんら疑いを持たないという態度。幽霊も登場人物の一人として生者に影響を与え、動かしてゆくという物語を、当たり前のこととして語る姿勢。また、人には聞こえない「声」を聞き取り、それを、現実の出来事を予示する「しるし」としてとらえ、何一つその非科学性や非論理性を疑わない信念。物語の結末で、その「声」は、イライザの出産（双子の誕生）に関するお告げであったことが彼女によって語られるのだが、これは神話的な物語を想起させる。

彼女が、あたかも「蜘蛛の巣」のように繰り出し張りめぐらす物語は、人間的な歴史的な出来事を語ると同時に、時として、グロテスクなまでの異様さ、あるいはカーニヴァル的な誇張、豊饒さをしめす。

ドック・ヘンズリーという男（彼は多数の人間を射殺した）が催した食事会で、彼が殺した人間の頭蓋骨を砂糖壺にしてふるまう場面などはその一例である。そして、法の裁きを免れはするものの、結局は裁判所の真後ろで爆死する場面は酸鼻の極みである。現実に起きた出来事というよりも、法の裁きを免れたが裁判所のところで天罰が下るという象徴的なエピソードといってよい。しかし、イライザがあまりにも細部にわたってこうした場面を描き出しているので、読者はこうしたあり得ないような出来事を信じざるを得ないのである。

「魔術的リアリズム」の最たるものとして、誰もが気づくことは、この作品における度を越した誇張表現、大言壮語ぶりである。ある人物たちが飲んだ酒で「戦艦が浮かぶ」[17]（八九頁）といった誇張表現、イライザの夫ガントが一回暖炉に火をつけるのに石油缶をぶちまけるというあり得ない行動、そうしたものも、イライザが日常的事象と同列に淡々と語ってゆき、その非科学性を何ら疑っていないので、読者も受け入れざるを得ない。それどころか、こうした誇張表現ゆえに、かえって人物たちの特性がよりリアルに伝わってくる。誇張表現、大言壮語が極限に達するのが、ガントのカーニヴァル的ともいえる食事（もしくは食料調達）の場面である。その一部を、箇条書きに記せば以下のようになる。

二七個のスイカ、何百のカンタロープ（メロンの一種）。野菜や果物など荷車一台分。四三七壺の食料品。

まったくあり得ないと言える量である。しかも、こうした多量の食料を貯蔵庫の天井近くまで積み上げ、それらをガント一人で食べつくしたという。われわれ読者は、すでにこの時までにガントの半人半獣ともいえる超人的なパワーとスケールを知っているため、イライザが現実に起こったこととして語るこの出来事もその一環として受け入れてしまう。非科学的な想像世界のリアリズムに慣れてしまっているので、イライザの語りの推進力・牽引力に動かされ引っ張られてゆくという感じだろうか。こうした、「魔術的リアリズム」は、すでにマルケスの『百年の孤独』ではおなじみのものである。私が冒頭で述べた「既視感」も、こうしたカーニヴァル空間と無縁ではない。

そして物語言説の時間。これこそ、「大地の蜘蛛の巣」において顕著な「魔術的リアリズム」の手法である。書き出しからすでに明白であるが、物語言説の時間は、線状のクロノロジカルな時間ではなく、自然のリズムに即して示される。明確な年代を示すのではなく、「イナゴのやってきた年[18]」（七六頁）、「あの春、雨が降って川が増水した[19]」（七九頁）、「鹿がやってきて、わたしを見つめ、私が叫び声をあげたあの冬[20]」（八〇頁）、「それはイナゴのやってきた年で、とても遠い昔のことのように思えるよ[21]」（一四八頁）、といった風に、自然の、あるいは自然と交感する時間のただなかにある。明確な時間が示されないゆえに、物語は歴史性を脱して神話性を帯びる。土着的なフォークロアやメルヘンや神話の語りを想起させる。このような語りの神話性は、ラテンアメリカ文学ではおなじみのものであり、とくにマルケスの『百年の孤独』や『族長の秋』の書き出し部分を思い起こさせる。

「大地の蜘蛛の巣」の時間の「魔術的リアリズム」はそればかりではない。作品全体が、限りなく円運動をくりかえしつつ展開してゆく。イライザの回想という形で物語は進行してゆくが、それは直線的、年代的に進行してはいない。彼女の自由連想にもとづいて、ありとあらゆる過去の時間にさかのぼり、その過去の時間が断片的なモザイクのように遍在している。それぞれの過去の時間はふたたび現在へ向けて進行して、乱数表のように物語のパッチワークを形成する。言うなればたくさんの物語が円運動をくりかえしつつ現在へと近づいてゆくといってもいいだろう。しかも、こうした物語の場面転換がスピーディにめまぐるしく行われるため、読者は奇想天外で非現実的な話に疑念を抱く暇すら与えられず、語りのパワフルな牽引力によって一気に物語を読み通す（これは依藤も指摘している点である）。そしてフォークナーやマルケスの作品がそうであるように、読み進むにつれて、人物や事件の全体像が次第に形成されてゆく仕掛けになっている。

部分を見れば、一見混沌としている物語であるが、作品全体を通して見てみると、基本的な構造が見て取れる。冒頭のある神秘的な「声」を聞いたエピソード（とりあえず過去Aとしておこう）から物語は遡行し、イライザの幼年期のことが語られ、彼女が物語をかたる現在の時間へ戻っては再び物語は遡行して、さらにイライザのその後の人生の出来事（主として夫ガントとの物語）が少しずつ語られるという構造だ。そして、物語の終わり近くに、ふたたび冒頭のエピソード（過去A）のことが語られ、さらにその直後のイライザの双子の出産のエピソードが物語られる。つまり、物語は小さな円運動を描きつつ、それが連なって、さらに大きな円運動を形作るという仕掛けだ。季節の循環に即した神話的語り（文体）の反復性と、こうした物語構造全体の円環性、反復性は実に調和し、美的な構成をなしている。まさしく語りの「魔術」といってよく、これこそ、「大地の蜘蛛の巣」の「魔術的リアリズム」であると言えよう。

＊

以上、ごく簡単にではあるが、トマス・ウルフの「大地の蜘蛛の巣」の「魔術的リアリズム」について考察してきた。文学的常数としての「魔術的リアリズム」が批評用語として定着した現在、ラテンアメリカ文学のみならず、国や地域を超えて様々な作家の「魔術的リアリズム」についての議論が盛んにおこなわれている。ザモラ、ファリスの前掲書の中では、スーザン・J・ネイピアが現代日本文学における「魔術的リアリズム」について論じるまでに至っている（とくに、大江健三郎の『同時代ゲーム』論が出色）[22]。アメリカ文学では、今ではフォークナーやトニ・モリスンの「魔術的リアリズム」を論じるのは当たり前のこととなっているほどだ。近年の作家では、スティーヴ・エリクソンの『ルビコン・ビーチ』、チャールズ・フレイジャーの『コールドマウンテン』など、誰しも「魔術的リアリズム」の手法を見出すであろう。しかるに、それが最も明確に表れているトマス・ウルフについて、詳細に「魔術的リアリズム」を扱った論考が皆無に等しいのは残念なことである。それゆえ、この小論が、そのような批評的欠落部分をいささかなりとも埋める一助となることを、切に願う次第である。また、「大地の蜘蛛の巣」がなぜ傑作であるか、その理由の一端を明らかにすることができたならば、望外の喜びである。

注

（1）なかでも、C・ヒュー・ホールマンはその代表的な論者である。
（2）C. Hugh Holman ed., *The Short Novels of Thomas Wolfe*（New York: Scribner's Sons, 1961）,p.76.
（3）Lois Parkinson Zamora and Wendy B. Faris ed. , *Magical Realism: Theory, History, Community*（Durham & London: Duke Univ. Press, 1995）.
（4）Maggie Ann Bowers, *Magic*（*al*）*Realism*（London and New York: Routledge, 2004）.
（5）KAKEN 研究課題「現代アメリカ文学におけるフォークナーの遺産の体系的研究」（https://kaken.nii.ac.jp/ja/grant/KAKENHI-PROJECT-09610483/）
（6）寺尾隆吉『魔術的リアリズム―二〇世紀のラテンアメリカ小説』（水声社、二〇一二年）。
（7）依藤道夫「『魔術的リアリズム』についての研究」（『都留文科大学　研究紀要』第五七集、二〇〇二年）。
（8）前掲書、五八―五九頁。
（9）前掲書、五九頁。
（10）前掲書、五九頁。
（11）寺尾隆吉『魔術的リアリズム』、一〇八頁。
（12）依藤道夫「ガブリエル・ガルシア・マルケスの研究―『百年の孤独』と魔術的リアリズム―」（『都留文科大学　研究紀要』第五八集、二〇〇三年）、六五頁。
（13）前掲書、六五頁。
（14）前掲書、六七頁。
（15）前掲書、六七頁。
（16）前掲書、六七頁。

(17) C. Hugh Holman ed., *The Short Novels of Thomas Wolfe*, p.89.
(18) Ibid., p.76.
(19) Ibid., p.79.
(20) Ibid., p.80.
(21) Ibid., p.148.
(22) Susan J. Napier, "The Magic of Identity: Magic Realism in Modern Japanese Fiction" (Zamora and Faris ed., *Magical Realism*, pp.451--475).

第十章　削除された原稿
――トマス・ウルフの *O Lost* について

はじめに

トマス・ウルフの生誕百年を記念して、二〇〇〇年、彼の処女作 *Look Homeward, Angel*（以下、*LHA* と略記）の編集前のオリジナル原稿である *O Lost* が出版された（Thomas Wolfe. *O Lost: A Story of the Buried Life*, The original version of *Look Homeward, Angel*, Text established by Arlyn and Matthew J. Bruccoli, University of South Carolina Press, 2000）。これは、タイプ原稿を手書き原稿と照合しつつ、タイプ原稿に多数見出される字句のミスを修正した、より正確な（作者の意図をより忠実に反映した）オリジナル原稿の決定版である。しかも、それまで主として研究者のあいだで知られていたオリジナル原稿を、一般読者向けに、よりわかりやすい形で提示している点で、トマス・ウルフ批評史上画期的な試みである。

本章は、*O Lost* と *LHA*（スクリブナー社の一九二九年の初版）を比較対照しながら、*O Lost* から削除された部分に光を当て、その具体的な様相を個別的・詳細に検討することによって、*LHA* の編集、成立過程について考察しようとするものである。それは、ウルフ作品の編集のいわゆる「ハサミと糊」、つまり「カットと貼り（つなぎ）合わせ」から成る編集過程の最大の特徴を明確にしようとするものである。また、*O Lost* の出版以降、*O Lost* と *LHA* を比較対照した論考が日本では（田村理香氏の論考「自伝的作家の失われた自伝」〔『英語青年』、研究社、二〇〇一年五月号〕を例外として）ほとんど見出されないという現状からみて、今あらためて編集の基本的な枠組みを再確認し、整理し、ここに紹介することは、十分に意義あることだと思われる。

第一節　全体の構図

具体的な「削除」の詳細について述べる前に、まずは、全体的な「削除」の様相、概観について祖述しておこう。

第一に、主人公ユージーン・ガントの父方のガント家と、母方のペントランド家の記述が大幅に削除されていることである。特に、ユージーンの祖父ギルバート・ガントに関する詳細は削除され、その物語はごく簡単に要約されている。また父オリヴァーの少年時代、および彼の兄弟についての記述もほとんど削除されている。一方、母ジューリア（*LHA* ではイライザという名前に変更されている）の家系であるペントランド家の歴史、母方の親戚であるペントランド家の様々な人物にかんする記述も多く削除されているのである。

このような編集によって、どのような変化が生じたのであろうか。それは、本来、「大河小説」、「叙事詩的サーガ」、「家の誕生と変容と没落の物語」を主眼としていた作品が、ユージーンを中心、焦点とした「教養小説」、「芸術家小説」という作品へと、ジャンル的変容を遂げているということである。編集過程で「家の物語」が「私」中心の物語へと変化してしまったことについては、すでに幾人かの評者が言及、あるいは暗示しているので、これ以上は詳しく述べない（そのなかでも、編者マシュー・ブルッコリが *O Lost* に付した「序文」、およびテリー・ロバーツの "*O Lost*: A family history" [*The Mississippi Quarterly*, 2001/2002, Vol.55, Iss.1] は出色の論考である）。

第二に、ガント家とペントランド家以外の人物の多様性にかんして。*O Lost* においては夥しい数の多彩な人物が登場するが、それらの人物の多く、あるいは彼らの物語のかなりの部分が *LHA* では削除されている。最も魅力的なキャラクターの多くが、編集者たちが考える物語の主筋から逸脱しているという観点から、削除されているかまたはごく簡単に言及されている。

第三に、*LHA* では、主として二〇世紀の最初の二十年間の歴史的・社会的背景が描かれているが、*O Lost* では、一九世紀（特に南北戦争）についても詳しく言及されているということだ。人物の家系図的な広がりばかりでなく、小説世界の歴史的・社会的広がりも、編集作業によって狭められてしまったのである。アメリカの歴史、社会の壮大なパノラマが、ユージーンの自叙伝的な私的な世界へと変容しているのだ（「家族の、共同体のパノラマ」という言葉は、すでにマシュー・ブルッコリが「序文」のなかで用いている）。

第四に、空間的な変容である。*LHA* は、第三部の州立大学での物語を除けば、ほとんどが「アルタモント」という「故郷」の記述に終始している。また、ユージーンを含めたガント家のメンバーたちの、アルタモント以外でのさまざまな物語は、*LHA* ではすべて削除されるか、もしくは大幅に削除される。それによって、物語の空間的な拡がり、多様性もかなり失われてしまうのである。

第五に、政治性。*LHA* は、全体をつうじて政治的な言及はとぼしい。しかしながら、*O Lost* を通読すると、随所に政治的な言説が見出される。

第六として、風俗、文化についての言及。*O Lost* では、作品の時代的背景となる風俗、文化（特に映画などの表象文化）についての詳しい言及があるが、そのかなりの部分が *LHA* では削除されている。

第七番目にあげられるのは、百科全書的特性である。*LHA* において夥しい書物のカタログ的記述、そしてジョイスの『ユリシーズ』をおもわせる多数のアリュージョン（allusion 引喩）があることは、よく知られているが、*O Lost* において、それらはさらに多数にのぼっている。*O Lost* においては、百科全書的特性はさらに顕著である。

第八に、小説技法の変容。*LHA* は、冒頭の、ユージーンが生まれる前の記述を除けば、「ユージーン」という「視点人物」からとらえた世界を中心に描き出している。一方、*O Lost* では、ユージーンという視点人物からとらえた世界に局限されず、彼の経験できない多数の物語が、自由自在に介入する語り手によって紹介され、より多元的な世界像が形成される。しかも、冒頭のガント家とペントランド家の大河小説的な記述がかなり続くので、ユージーンが誕生したのちに、作品が視点人物のとらえた世界に限定されていなくても、読者は何ら違和感を覚えないのである。また、*LHA* は技法的には視点人物を設けているが、実際読んだ印象が多数の人物のざわめきのように思われるのは、もともと *O Lost* が視点人物の一元的世界に限定されるものではなく、編集後も（自由自在に介入する語り手〔本書の第三章の冒頭で言及した「天使的な視点」〕がいまだ存在しているため）多元的世界像のなごりをとどめているからであろう。

第九に、性的表現・描写、極端にグロテスクな記述、人種的差別表現の大幅な削除である。*LHA* には、ユージーンの性的な体験、オリヴァーをはじめとする人物らのグロテスクな身体表現、ユダヤ人や黒人にたいする差別的な表現が散見される。しかしながら、*O Lost* においてそれらは、即物性、露骨さの点で、*LHA* とは比較にならない。*O Lost* においては、*LHA* において記されていない性行為の（あるいはそれを象徴的に暗示する）描写が随所に記されており、また、「死体」の標本の詳細を極めた描写もある。また、差別的表現も多くが削除されている。これらは、おそらく、編集者たちが出版にあたって、より読者が（あるいは社会が）受け入れやすい作品を心がけて削除したのであろう。特に、当時は、性描写を中心に据えたロレンスやミラーの作品が発禁、あるいは削除の憂き目を見た時代であったので、出版にあたって慎重を期したのであろう。

以上、主として九つの特徴（それらは全く別々のものではなく、しばしば関係しあっている）について、「削除」の概略について祖述してきた。それら全体を見て言えることは、編集によって、作品は求心的で統一性を有したものになった一方で、その多様性、パノラマ性、豊饒性の一端が失われてしまい、また、作者が本来意図したものとは大分異なった作品が成立したということである。

次節では、このような「削除」のより具体的な様相を示すために、*O Lost* の「削除」箇所を、一覧表示風に、箇条書き風にしるしてみたい。これは地道で骨の折れる作業であるが、*O Lost* が、どのように *LHA* のテキストに変容していったか、その具体的なイメージを浮かび上がらせるためには必須の作業である。

第2節 「削除」の具体的様相

以下の記述では、主だった削除箇所――字句の削除という微細なものではなく、文章レベルの削除という目立ったもの――について、頁の順番どおりにしるしてゆきたい。また、削除箇所の頁数が一ページ以上と多い場合は、原則としてコメントを加えるつもりである。削除箇所の頁数が一頁に満たない箇所でも（数行でも）、第一節で述べた「全体の構図」とかかわる場合、作品を読むうえで大きな違いをもたらす「削除」である場合、もしくは単に削除箇所のコンテクストや説明をわかりやすくするという目的で、紙数の許すかぎり必要に応じて適宜コメントを加えることにしたい（なお、頁数と行数［l.］は、Thomas Wolfe. *O Lost* [Text established by Arlyn and Matthew J. Bruccoli] に依拠している。また、*O Lost* をよむ読者の便宜をはかるため、頁数と行数は漢数字ではなく、算用数字で記すことにする。）。

＊

(1) p.5, l.22, One morning----P.8, l.15, barns

この部分の冒頭は、オリヴァー・ガントが兄ギルバートとともに、南軍の兵士がゲティスバーグに向けて進軍して行くのを見守るシーンから始まる。その後、物語内容の時間は逆行して、オリヴァーの父（ユージーンの祖父）ギルバート（オリヴァーの兄と同名）がイギリスからアメリカにやって来て、放浪の末、オランダ系の女性と結婚し家族を築き、死ぬまでの人生の物語が展開する。

この箇所は削除されており、*LHA* では祖父ギルバートの物語の短い要約が記されているだけである。それによって読者の印象はだいぶ異なってくる。*O Lost* では、小説の歴史的背景である南北戦争が強く意識されるが、*LHA* では、歴史性は薄らぎ、個人の物語が強調されている。また、*O Lost* では、祖父の代の物語が詳しく描かれることによって、作品が何世代にもわたる壮大な「大河小説」、「叙事詩的サーガ」であるという方向性が明確にされるのである。そして、祖父ギルバートの放蕩ぶり、演劇的ふるまいのエピソードが詳しく書かれているので、祖父から父へと受け継がれる資質、系譜が明らかになり、「家の年代記」であるという作品の特性が強調されるのだ。その後 *O Lost* で詳述される母方のペントランド家の物語と組み合わさり、主人公ユージーンの血統、出自がより浮き彫りになる構造になっていると言えよう。そうすることで、物語の「大河小説的」、「サーガ的」特徴がさらに明らかになるのである。

(2) p.8, l.20, The Englishman----p.35, l.7, bone

この箇所は、最も大幅に削除された部分である。この部分の物語内容に関して、*LHA* ではごく簡単な要約が記されているだけである。オリヴァーがアルタモントの町に来るまでの物語は、*LHA* では早回しのフィルムのように一気に語られているが、*O Lost* では、細目にわたって生き生きと具体的に語られている。

ギルバートが死んだ後のガント家の日々の生活（特に食事や労働の場面）が、*O Lost* では詳しく描かれる。とりわけ印象的なのはゲティスバーグの戦いに向かうリー将軍に、オリヴァーが水を差し上げる場面が、この箇所の中心部分をなしているが、ここではアメリカ史の大転換期の「歴史の足音」が聞こえてくるようだ。戦闘のシーンは描かれてはいないが、七月上旬に行われた激しい戦闘の大音響を、ガント家の人々が緊迫した様子で聞いている描写は、読者に戦争のすさまじさを実感させる。

オリヴァー・ガント（作品中では「ガント」という名で呼ばれている）の半生も、より詳しく描かれている。*LHA* では、彼がアルタモントにやって来るまでの物語は、ほんの少し言及されるだけであるが、*O Lost* では、故郷（ペンシルベニア州）を飛び出して自由になりたい少年の欲求、兄ギルバートとの二人暮らし、石工としての修業、そして最初の妻シンシアとの結婚生活が実に入念に描き出されている。しかも（*LHA* では削除されているが）、*O Lost* では、オリヴァーの二度目の結婚が記されている。シンシアの死の直後、彼はふしだらな女性マギーと結婚するが、その不貞にさんざん苦しめられ、短い間に結婚は破局に終わるというエピソードが書かれている。オリヴァーとジューリア（イライザ）の結婚は、もともとは三度目の結婚であったのだが、マギーとの結婚のエピソードの削除によって、*LHA* では二度目の結婚ということに修正されているのだ。確かに、ユージーンを中心とする「教養小説」、「芸術家小説」としての編集方針からすると、父親の物語の一エピソードの省略は妥当かもしれない。しかし、作者ウルフは、「一家の物語」として二代目オリヴァーの半生の細かい部分も描く必要があると感じていたのであろう。

長々と記してきたが、要するに、編集における上記のような最大級の削除により、作品の歴史性、時代性は薄らぎ、大河小説性も弱まってしまうということである。

さらに一つ、「政治性」について付け加えておこう。*LHA* では、政治的記述はほとんどしるされてはいないが、この削除箇所では、南北戦争後の政治的状況が具体的に記されている。「再建期」におけるグラント政権の政治的腐敗、「カーペットバッガー」（南北戦争後南部にやってきた「渡り政治屋」）によって支配された南部政治、ニューヨーク市政を牛耳る「ボス」政治、物議をかもしたヘイズとティルデンの大統領選挙のことが言及されている。これまで、*LHA* の「政治性」はあまり研究対象にされてこなかったが、それはウルフが政治的なことを書かなかったからではなく、パーキンズを主とした編集者たちが、原稿から「政治性」を削除したからなのである。

(3) p.42, l.6, The Major----p.42, l.22, verse
ジューリアの父であるペントランド少佐（The Major）の吝嗇ぶりと家族の貧窮（同時に彼の詩文好み）が記される。

(4) p.42, l.26, At twenty-one----p.44, l.40, thought
ジューリアの兄（長兄）であるヘンリー・ペントランドの風貌と性格について詳しく書かれている。*LHA* ではペントランド家の言及は少ないが、*O Lost* では、ペントランド家の物語も詳しくしるされている。

(5) p.47, l.28, The lean----p.48, l.32, insane

オリヴァーがカリフォルニア、ルイジアナ、フロリダへ小旅行した記述がある。この箇所の後半では、一九世紀末のクリーブランド大統領の時代、米西戦争のことが言及され、さらに、ジューリアの母の死、彼女の兄弟たちのその後の人生（ウィルとジムは材木商として成功する）が記される。

(6) p.51, l.5, For----p.51, l.7, intent

(7) p.52, l.21, He----p.52, l.27, drunkenness

この箇所には、過去に結婚した「三人の女性」のことが言及されているが、前述した個所（2）で二度目の妻マギーのことは削除したので、整合性を有するよう、この数行も削除せざるを得ないのである。

(8) p.62, l.5, What----p.62, l.19, lassitude

(9) p.64, l.33, With----p.65, l.32, speech

赤児であるユージーンの見た世界が記述されている。幼児が言葉を獲得する以前の、分節化されていない混沌とした世界に様々なイメージの断片が去来する。

(10) p.78, l.18, In 1904----p.78, l.23, Cincinnati

(11) p.79, l.18, All----p.79, l.32,tasted

(12) p.80, l.31, Excitement----p.80, l.8, him

(13) p.87, l.35, All----p.88, l.29, men

ここでは、オリヴァーのキャラクターがさらに詳しく描かれている。また、この箇所には、彼が三人の女性と結婚したことが暗に示されているので、*LHA*（結婚は二回）の記述と矛盾しないよう削除されたのであろう。
(14) p.93, l.12, He----p.93, l.24, jest
(15) p.98, l.2, You----p.93, l.25, a-vid-it-ee
(16) p.102, l.38, Once----p.103, l.12, earth
(17) p.103, l.30, Like----p.103, l.35, tread
(18) p.104, l.12, Eugene----p.104, l.15, stable
(19) p.104, l.19, And----p.104, l.33, fixed
(20) p.106, l.39, Meanwhile----p.107, l.2, Dixieland
(21) p.108, l.12, All----p.108, l.26, Jews
(22) p.108, l.32, The Jews----p.108, l.37, colonize
(18)、(19)は、性的な描写があり、削除されている。
(21)、(22)は、とくにユダヤ人や黒人に対する差別表現が目立つ箇所。
(23) p.109, l.34, All----p.110, l.6, curse
(24) p.112, l.19 To the side----p.112, l.24, Niggertown
(25) p.114, l.25, When----p.114, l.29, duckpond
(26) p.115, l.20, Another----p.115, l.30, chivalry
ユージーンが読んだ中世の年代記作者フロワサール（一三三五―一四〇〇年のあいだの英と仏を

主とした年代記を書いた）についての言及がある。
（27）p.117, l.40, You----p.119, l.11, Dick
　ここは、ユージーンが幻想の中で、乙女を救う英雄に己を重ね合わせている場面。*LHA* にもこの種のエピソードは見出され、ユージーンのロマン主義的傾向を示しているが、*O Lost* ではさらに多く見出される。
（28）p.121, l.34, Or----p.121, l.39, eyes
（29）p.123, l.32, Or----p.124, l.21, India
　この箇所は、ユージーンが図書館で乱読した様々なジャンルにわたる本のリストが百科全書的に列挙されている。*O Lost* では、この箇所が削除されていないので、その直後の（*LHA* で削除されていない）、オリヴァーの言葉 "He's read everything in the library by now" の意味内容がより明確になる。
（30）p.129, l.6, And----p.129, l.12, conviction
（31）p.129, l.20, Eugene----p.129, l.37, alone
（32）p.130, l.18, grew----p.130, l.27, he
（33）p.137, l.9, We----p.137, l.12, Gant
（34）p.144, l.13, In summer----p.145, l.6, lands
　ユージーンが父と映画館に行き、はじめて映画『トロイの陥落』（"the Fall of Troy"）を観たことが記されている。彼の映画体験は、「カーニバルの魅惑に麻痺したように、映画の奇跡を初めて目の当たりにした」と表現されている。

なお、『トロイの陥落』を監督した、ジョヴァンニ・パストローネ（Giovanni Pastrone,1883 ― 1959）について、『世界映画大事典』（岩本憲児・高村倉太郎編、日本図書センター、二〇〇八年）は以下のように説明している。「イタリアのサイレント黄金時代を代表する監督。（中略）ピエロ・フォスコの変名で『トロイ陥落』La caduta di Troia（10）をはじめとする史劇を演出。なかでも、移動撮影を先駆的に使用した『カビリア』Cabiria は、イタリア史劇の金字塔として諸外国に多大な影響を与える・・・。」また、イタリア映画は一九一〇年代前後、世界で大成功をおさめ、アメリカでもブームであった。この事情・経緯については、ジョルジュ・サドゥール『世界映画全史』第五巻（丸尾定ほか訳、国書刊行会、一九九五年）の第四章「イタリアの黄金シリーズ」と第八章「イタリア映画の大詰め」に詳しく書かれている。

(35) p.145, l.35, Eugene----p.146, l.20, women

ユージーンの都市に対するロマン的憧憬が記されている。これはウルフのほとんどの作品を通じてみられる傾向である。また、文学に書かれた都市についての百科全書的な記述が続く。

(36) p.149, l.14, Two----p.149, l.29, daring

(37) p.150, l.16, From----p.157, l.30, food

ここは、*O Lost* のなかでも、かなり削除されている部分である。それは、ペントランド家の人々についての詳細な記述である。*LHA* では、「ユージーン・ガントを中心とする小説」という編集方針上、ペントランド家の物語は「脱線」にあたるので削除されたのだ。しかし、ウルフは、もともとはペントランド家の物語も描こうとしていたのであり、その意図からすれば、ここにペントランド家の人々の「その後」の人生、軌跡が描かれていても不思議ではなく、物語の進行のうえで論理的整合性を有している。

特に、ジューリア（*LHA* ではイライザ）の兄ウィルの一家の物語が詳述されている。なかでも、ウィルの妻ペットの、意地の悪い、偽善者ぶった性格が風刺的に、カリカチュア的に誇張されており、作中でも暗示されているように、ディケンズ的世界を思い起こさせる。小間使いの子供たちを庇護しているように見せかけて、陰ではひどく虐待し、あげくはその子供のうちの一人に毒を盛られ危うく死にかけるというエピソードが記され、悲喜劇的世界が描かれている（*O Lost* の「悲喜劇性」全般については、すでにスコット・ディルが "W. O. Gant and the Restraint of Laughter"〔*The Thomas Wolfe Review*,2006, Vol.30〕において論じている）。

トマス・ウルフは、自己中心的で主観的な傾向がきわめて強い作家と思われがちであるが、この削除された部分を見ると、対象を突き放した、アイロニーに満ちた世界を描くのが実に巧みであることが分かる。

(38) p.158, l.19, For----p.158, l.25, brain
(39) p.172, l.31, Upon----p.172, l.34, night
(40) p.173, l.3, The children----p.173, l.22, faces
(41) p.173, l.36, Son----p.174, l.1, rancor

ここまでが、*LHA* の第一部（PartI）を形成する部分のオリジナル原稿（*O Lost*）にかんして見た、削除箇所である。次に、*LHA* の第二部（Part II）を形成する部分のオリジナル原稿について、削除箇所を検討してゆこう。

(42) p.182,l.40, In-----p.183, l.3, square

(43) p.183, l.6, He-----p.192, l.26, cigarettes

ここは、一見すると大幅に削除しているように思われる。しかしながら、この部分のほとんどは、*LHA* の第一部の第七章に用いられて（移行して）いる。それは、オリヴァーがカリフォルニアへの大旅行に出かけ、数週間後にアルタモントに帰ってくる場面である。それゆえ、実質的には、この箇所はほとんど削除されていないということになる。この箇所のうち実質的に削除されている箇所といえば、p. 187, l.13, This-----p.188, l.10, estate（アルタモントの町、建物の詳しい描写）とp.192, l.13, This-----p.192, l.26, cigarettes の二箇所であり、これらは *LHA* の第一部、第七章には用いられていない。

(44) p.202, l.14, The earth-----p.202, l.31, whistle

アルタモントの様々な人々の家屋や振る舞いが描写されている。

(45) p.203, l.35, He-----p.208, l.36, coffee

この部分の多くは、アルタモントの住人の一人、ウェブスター・ソンドレイ（*LHA* ではウェブスター・タイロー）の描写にあてられている。アルタモントに住む人々の多様性を示すうえで、たしかにこの描写は必要であろうが、小説中さほど重要な役割を有していない人物であるため、長すぎる記述は削除されたのであろう。

また、この箇所の終わりには、アルタモントの町全体を俯瞰した壮大な絵図がくりひろげられている。アルタモントの地形学的特徴、その周囲の豊かな自然・・・・。これら壮大なパノラマの中に、住人たちの人間ドラマがくりひろげられる様子が印象づけられるのだ。ウルフの意図した、スケールの大きな大河小説にはじつにふさわしい自然描写である。

(46) p.210, l.19, No one----p.213, l.11, water

アルタモントの住人（フィリップ・ローズベリー、ヴァイオレット夫人ら数人の人間群像）が描きだされている。

(47) p.218, l.28, Because----p.218, l.41, therefore

(48) p.219, l.10, O inevitable----p.219, l.20, Texas

ここには、'Chance'（偶然、めぐりあわせ）によって、人間は破滅することも救済されることもあり、人間の運命はいかようにも左右されるという哲学的テーゼが記されている。

(49) p.222, l.18, But----p.222, l.23, idle

(50) p.223, l.6, Jim Pentland----p.223, l.13, business

ジューリア（イライザ）の兄弟であるウィルとジムが商売に成功し金持ちになっているということが書いてあるが、ペントランド家の物語ゆえに削除されている。

(51) p.223, l.29, As----p.224, l.4, American

(52) p.224, l.19, In later----p.224, l.26, mediocrity
(53) p.224, l.28, Simon----p.225, l.30, staff
(51)----(53)はいずれも大富豪についてのエピソード。とくに(53)は、ユージーンが直接会ったサイモンという大富豪の物語の前半部である。サイモンの物語の後半（五十歳以降）は削除されず、*LHA*に記されている。
(54) p.233, l.38, Orange----p.234, l.14, tears
(55) p.236, l.41, That day----p.237, l.6, poetry
この箇所は、レナード夫妻の経営する塾に通うことになったユージーンに、新たな世界がひらける（特に、レナード夫人という「精神的母」に出会い、文学の世界にめざめ、引き込まれてゆく）ことを予示するような部分である。
(56) p.240, l.16, John----p.243, l.37, history
これはレナード夫妻の小伝であるが、彼らの過去の履歴は、*LHA*ではほとんど削除されている。
(57) p.248, l.39, Anabasis----p.249, l.3, —（この箇所は— ［ダッシュ］で終わっている）
(58) p.251, l.29, Finally----p.251, l.21, wig
レナード校長のカツラの話。生徒たちがレナード氏のカツラをはずすことなど、いたずらを思い描いているユーモラスなエピソード。
(59) p.257, l.11, Will----p.257, l.14, strange
ウィル・ペントランドがＹＭＣＡなどに毎年寄付するほどお金持ちになっていることが書かれて

いる。ペントランド家のエピソードゆえ削除。

(60) p.260, l.6, Julius----p.260, l.32, somewhere

レナード夫妻の塾に通う、少年ディックとウィルについてのエピソードなどが書かれている。

(61) p.260, l.40, The family----p.261, l.6, girls

(62) p.261, l.20, Badgered----p.261, l.23, envious

(61)、(62)は、ユダヤ人の少年マイカラブの家族のエピソード、および少年たちの彼に対する差別、いじめの詳細が書かれている箇所である。

(63) p.262, l.14, He----p.262, l.26, getting in

(64) p.263, l.16, Julia----p.267, l.29, lands

ここには、ユージーンと母ジューリア（*LHA* ではイライザ）のワシントンＤＣへの旅行の記録がしるされている。

二人は、ちょうど合衆国第二十八代大統領ウッドロー・ウィルソン（在任：一九一三―二一）の就任式（第一期）が行われるときにワシントンにやってきたのであり、就任式（現在は一月だが当時は三月）を実際見ている。現在、就任式は広場「モール」に向かって議事堂（キャピトル）で行われるが、当時は議事堂の正面玄関のほうで行われた様子が、***O Lost*** には克明に記録されている。しかも、就任式にやってくる前大統領タフトと新大統領ウィルソンが車に同乗している光景、タフトの顔の色まであまりにも詳細に描かれているので、臨場感がある。

ユージーンとジューリアは、その後、ワシントン・モニュメント（その内部の様子も含めて）、コーコラン美術館、議事堂、ジョージ・ワシントンの邸宅マウント・バーノンを見学している。特に、ユージーンは、議事堂を前にして「古代ローマ」のような栄光を感じ、体のすみずみまでアメリカという国家の偉大さを感じ取り、アメリカの政治的伝統を思いおこしている。ここは、*O Lost* の中でも最も政治色の強いシーンである。繰り返すが、ウルフは政治的な事は書いているが、パーキンズらによってほとんど政治性は排除されたのである。逆説的な言い方をするなら、パーキンズらの「編集の政治学」は政治を排除することであった。

(65) p.280, l.6, For----p.280, l.26, beg
　ユージーンの姉メイベル（*LHA* ではヘレン）の親友パール・ハインズの人物像。パールは自由と冒険を好み、メイベルも一時期その影響をつよく受ける。二人は、短期間ではあるが、デュオとして歌手活動を行いアメリカ各地をめぐる。

(66) p.286, l.5, Demon----p.286, l.13, pleasure
　ユージーンの兄フレッド（*LHA* ではルーク）の車の運転技術の巧みさ。

(67) p.286, l.34, They----p.287, l.14, shall not
　「南部」を擬人化した美しく官能的な散文詩。

(68) p.299, l.13, Or----p.301, l.23, you
　ユージーンは、父と週に何回も映画を見に行ったが、行くたびに、映画に登場したヒーローに自分を重ね、自分をヒーローとする物語を夢想した。この削除された箇所も、そうした夢想の一つ。

(69) p.317, l.27, The clank----p.317, l.28, stool

(70) p.321, l.17, The opinion----p.322, l.31, yet
新聞配達の少年たち（ユージーンの仲間）が、週ごとに（性的対象として）訪れるある黒人女性にかんする言及。

(71) p.328, l.2, caught----p.328, l.2, thighs
性行為を描いた部分（一行）が削除されている。

(72) p.328, l.21, Julia----p.329, l.3, there
建設業者のドークという人物が、アルタモントの町を再開発しようともくろみ、ホテル建設などを行っている。目ざといジューリアは、そうした開発途上の町の土地をいくつか購入し大儲けしようとしている。

(73) p.329, l.39, Her----p.330, l.37, exterminated
LHA では、主としてマーガレット・レナードは理想化されているが、ここでは、彼女のピューリタニズム的抑圧や地方主義的偏狭さが批判されている。

(74) p.337, l.20, The English----p.339, l.22, orders
ユージーンは、イギリス文学における「食」に関する記述を好んで読んだ。ここには、イギリス人は「食」にかんする最も優れた記述、言説をおこなっている国民だという賛辞が記されている。

(75) p.341, l.22, They----p.345, l.10, rancor
フロリダに旅行したジューリアは、そこで兄のウィルと出会い、親密に語り合う。彼女は、ウィルの妻ペットと仲が悪く、ペットは二人の兄弟の仲睦まじい語らいから締め出されたような形になっている。こうしたペントランド家の事情はすべて削除されている。

(76) p.347, l.14, In a world----p.348, l.19, was
フロリダに旅行している母が不在の間、ユージーンは、母が経営する「ディクシーランド」でロイ・ブロックという人物と同室になる。この部分では、ブロックの人物像がしるされる。

(77) p.351, l.24, Miss----p.353, l.5, eyes
クリスマス休暇に、姉エフィー（*LHA* ではデイジー）の住むサウスカロライナに旅行するユージーン。

(78) p.355, l.31, Let's----p.362, l.5, poor

(79) p.362, l.13, Jack----p.363, l.29, that

(78)、(79) は、レナードの塾に通う少年たちが、アルタモントの町を歩き回りながら会話している部分。ここは、ジョイスの『ユリシーズ』に大いに影響された部分であり、古今の詩句が allusion（引喩）としていたるところにちりばめられている箇所である。幸い、この少年たちの町歩きの場面で、*LHA* では削除されている *O Lost* の部分について、allusion の出典について調べた労作（Arlyn Bruccoli, "An Argument for an Annotated Edition of Thomas Wolfe's *O Lost*" [*Thomas Wolfe Review*, 2004, Vol.28]）があるので、詳しくはそれを参照のこと。

(80) p.374, l.9, There----p.374, l.27, Happy
この部分の直前に、ダン教授の「英米二大国民の統一」という論が展開されており、この箇所はそれに関連した記述。

(81) p.384, l.5, They----p.384, l.24, Keats
第一次世界大戦が勃発し、アメリカにも好戦的気分がみなぎるなか、戦争に対する熱狂と興奮をうたった散文詩的文章。

(82) p.384, l.30, O God----p.386, l.5, diverge
海を越えて、ヨーロッパで起きている戦争との関連で、ユージーンは夢想の中でロンドンに思いをめぐらせている。

(83) p.386, l.24, It's----p.387, l.34, knife
愛国心に満ち溢れたユージーンが、出征し、英雄的行為のさなか戦死する兵士としての自分を夢想する場面。

(84) p.388, l.2, a little----p.388, l.39, her
ユージーンの兄ベンがプリム（*LHA* ではパート）という名の女性と話しているシーン。プリムはベンの恋人である。

(85) p.393, l.37, Eugene----p.394, l.26, Beyond
ボウデンという人物の葬式の場面。そこでユージーンは、「死」について思いをめぐらせる。

(86) p.399, l.14, Because----p.399, l.14, off

(87) p.399, l.26, I----p.399, l.27, true

(88) p.399, l. 29, You----p.399, l.33, obediently

(89) p.400, l.34, They----p.401, l.10, did

マックス・アイザックとユージーンが、一五歳で飲酒禁止にもかかわらず、一八歳と偽って酒を飲んでいるシーン。*LHA* が出版された一九二九年は、「禁酒法」が制定されていた（一九二〇年施行、一九三三年廃止）ので、編集者は、このシーンは法的にも道徳的にもふさわしくないと判断したのかもしれない。

(90) p.419, l.5, Jesus----p.419, l.5, poured

(91) p.419, l.11, Standing----p.420, l.4, Packard

アルタモントで大洪水が起こったが、*O Lost* では、そのすさまじい様子が具体的に詳しく書かれている。また、被害を受けたペントランド家の人々も、この場面に登場している。

以上(42)---(91)が、*LHA* の第二部を形成する部分のオリジナル原稿（*O Lost*）にかんして見た、削除箇所である。続いては、*LHA* の第三部（Part III）を形成する部分のオリジナル原稿について、削除箇所を検討してゆきたい。

(92) p.426, l.21, As----p.426, l.41, way

ユージーンは、州立大学にむけて出発する日が近づくにつれて、興奮が高まるばかりである。またこの時期、ユージーンの身体は成長し、すっかり大人びて見えるようになった。

(93) p.429, l.26, The university----p.429, l.40, dissolved

ここは短いが重要な部分である。ノースカロライナ州立大学の歴史がコンパクトに記されている。要約すると以下のようになる。「この大学は、アメリカでもっとも古い州立大学である。アメリカ独立革命の数年後に創立され、南北戦争のときには学生全員が出征した。南北戦争の荒廃から復興した後、今では千人弱の学生を擁し、創立以来もっとも栄えた状態にある。しかも、古き南部の独特の雰囲気をただよわせている。」

（94）p.430, l.25, The university----p.430, l.33, studied

大学の学部構成（法律、医学、美術等・・・）、学生の構成（南部人の比率など）についての説明がある。また、この大学には優れた学者、教師がいるのに、学生が勉強しないのは残念だと辛辣なことも書いてある。

（95）p.431, l.7, Eheu----p.432, l.21, again

新入生が先生や先輩らに、様々なスローガンを吹き込まれ、大学に入った目的等様々な質問をされる、オリエンテーションのような期間についてのエピソードが書いてある。新入生は、「南部人としての名誉」を守るよう説諭され、厳しい規律を課されている。そして、講義においては、分厚い本を配布され、「現代デモクラシーの諸問題」、「未来の試練」、「リーダーシップ教育」などを教え込まれる。

しかし、それを聞いているユージーンが眠気を覚えているという描写により、こうしたスローガンやメッセージの形式ばったステレオタイプ化されたありさまに、批判が向けられている。この箇所に限らず、*O Lost* の削除された箇所にはとくに、語り手が対象から距離をおき、冷やかに眺める風刺的描写が多い。こうした、*O Lost* の風刺性については、ジョン・L・アイドルが詳しく分析している（"Muting the Satirist: The Satire of Thomas Wolfe's *O Lost*" [*South Carolina Review*, 36:2, 2004]）。この論文の中で、アイドルもすでに、「編集によって最も削除されがちな文章こそ際立って風刺的だ」と指摘している。

(96) p.434, l.16, The chemistry----p.435, l.13, adequate
ここには、ユージーンが、化学が不得意であり数学にも興味がわかないという記述がある。高名な化学の教授が、実験をするとき、バーナーに火をつけることもできないという（イロハも知らない）描写は笑いを誘い、風刺的である。

(97) p.434, l.32, He----p.434, l.41, bellies

(98) p.439, l.31, For----p.440, l.3, more

(99) p.442, l.33, The latticed----p.442, l.34, whores
おそらく、「売春婦」（whore）という言葉を含むみだらな詩と見なされたゆえに削除されたのであろう。

(100) p.442, l.37, He----p.443, l.3, Gants
ユージーンが初めて娼婦のいる場所へ向かう時の罪悪感が描かれている。

(101) p.445, l.22, She----p.445, l.24, vest

(102) p.445, l.25, The woman----p.445, l.39, wipings
ここはかなり具体的に性行為が描写されているため削除されている。

(103) p.446, l.1, Stolid----p.446, l.1, said

(99)から(103)まで、削除された部分を読むと――一九二九年に出版された*LHA*には、性描写はあまり見出されないが――オリジナル原稿ではかなり具体的に、性描写がしるされていることがわかる。

(104) p.449, l.39, They----p.450, l.27, time
娼婦に性病をうつされ、医師グリン（*LHA*ではマクガイアー）のところに治療にやってきたユージーンにたいし、グリンは、古今、神話的な歴史的な人物をはじめすべての人間は、肉欲にまみれてきたのだと語り、ユージーンを慰め元気づける。

(105) p.450, l.33, See----p.451, l.15, brother

(106) p.454, l.18, Five----p. 456, l.15, bitter
大学の食堂での食生活について詳述。さらには、「食」にたいする讃歌もしるされる。

(107) p.457, l.4, Upon----p.457, l.33, varnish
農学部、工学部の建物がある、大学の西側の様子が描かれている。また、うねるような土地の中にある大学の地形学的特徴がしるされる。

(108) p.459, l.5, He----p.459, l.34, dead
ユージーンが、第一次世界大戦のさなか、戦争について（親フランス的な、反ドイツ的な）詩を創作したことが記されている。

(109) p.471, l.38, Hugh Barton----p.472, l.22, house
ユージーンの姉メイベル（ヘレン）の夫ヒュー・バートンの仕事および性格についての記述。

(110) p.503, l.2, Eugene----p.505, l.26, him

ユージーンは、サウスカロライナに住む姉エフィー（デイジー）のもとを訪ねる。エフィーは幼少時からピアノが巧みであった。彼女はユージーンの前で、パデレフスキの「メヌエット」を弾く。これは、ユージーンがゆりかごで寝ていたとき、生まれてはじめて聞いた音楽であった。彼は、この曲を聞いて、姉と仲のよかった昔を追想し、幼い心にたちもどり、感動の涙を流す。プルーストを思わせる美しい場面である。デイジー（*O Lost* ではエフィー）は、*LHA* では目立たない存在であるが、*O Lost* ではかなり重要な役割を与えられている。

なお、ポーランドのピアニスト、作曲家、政治家（一九一九年には独立したポーランド共和国の首相まで務めた）パデレフスキ（一八六〇―一九四一）は、アメリカ各地で演奏し、アメリカで没した。同国人ショパンの全集を編纂したことでも知られる。この場面で演奏される「メヌエット」は、『六つの演奏会用ユーモレスク　Op.14』（一八八七）に収められた名高いピアノ曲「古風なメヌエット　ト長調」であり、軽快なリズムを特徴とする四分ほどの小品である。この曲について、『ピアノ作曲家　作品事典』（中村菊子・大竹紀子著、ヤマハミュージックメディア、二〇〇三年）は、以下のように解説している。「優雅な旋律で始まり、続くセクションでは左手のオクターブ、右手の即興的なパッセージなど、華麗な技巧がみられる。」

(111) p.509, l.31, A handsome----p.511, l.32, idea

戦時下での軍事教練、学長の愛国的演説、学生たちの好戦的な思想が記される。これによって、さらに小説の歴史的背景が浮かび上がる。

(112) p.513, l. 31, He----p.514, l.2, liar

エルク・ダンカンという人物のポートレート。

（113）p.514, l.31, But----p.517, l.9, he

ハロルドという名のユージーンのルームメイトのポートレート。これは、かなり詳しい人物伝という趣があり、ハロルドの家族のポートレートも記されている。

（114）p.519, l.33, The life----p.523, l.8, applause

ノースカロライナ州立大学の学生の特質は、「都会的な文化とはほとんど接触がなく、簡素である」とまとめてある。また、スポーツが強いばかりか、演説でも賞をとるような大学であると述べている。ユージーンの具体的な演説の例も、長々と引用されている。

（115）p.531, l.38, He----p.532, l.21, away

酒に酔いつぶれたユージーンが、ベッドに横たわり、己の泥酔ぶりを、罪悪感をいだきつつ思い起こしているシーン。

（116）p.547, l.6, That night----p.563, l.15, sleep

これは、*O Lost* のなかでも、かなり大幅に削除されている所である。また、削除された部分は、*LHA* の p.516--p.519 で簡単に要約されているだけである。ユージーンがヴァージニア州の南東の港町ノーフォーク、あるいはその周辺地域に放浪の旅に出かけ、そこで日雇い労働者（主に、軍の飛行場の建設）として働くエピソードである。この地では、多国籍、様々な階級の人々が群れ集う。このエピソードは、一つの短編小説として独立させてもいいくらいの長さであり、灼熱の気候、街の活気あふれる様子、多種多様な人間模様が実にリアルに描かれる。なかでも、労働者仲間のシンカー・ジョーダンの性格描写が傑出している。自堕落で、金銭にルースなところが度を超えており、喜劇的である。この人物はトマス・ウルフが造型した人物の中で最も個性的な人物のうちの一人であろう。

(117) p.568, l.27, Eugene----p.570, l.39, wept

引き続き、ユージーンのノーフォーク近辺における労働のエピソードが描かれる。また、この箇所の後半には、彼とイタリア女性との濃密で激しいラブシーンが描かれているが、この性描写はすべて削除されている。

(118) p.615, l.27, Two----p.615, l.27, passed

O Lost は、(117) のあと、字句の削除を除けば、p.615 までほとんど削除されていない。この削除されていない部分には、作品の最大の山場である「ベンの死」の場面が描かれているので、編集者たちはほとんどそのままに残したのであろう。

(119) p.619, l.22,He----p.619, l.29, wench

(120) p.622,.l.18, The vast----p.622, l.19, pageantry

(121) p.623, l.11, As----p.626, l.6, Eugene

この削除された部分を読んで、読者の多くは驚きを禁じえないだろう。解剖学教室に入ったユージーンが、ホルマリン漬けの「死体」をながめているうちに、自分がかつて性交渉をもった女性の死体を見出すというエピソードが描かれている。*LHA* では、このグロテスクなシーンはすべて削除されている。

（122）p.628, l.39, As----p.638, l.5, all

ユージーンの大学での輝かしい学業、課外活動について詳しく書かれている。

まずは、彼がヴァージル・ウェルドン教授の「論理学」の講座で提出したレポートが受賞したというニュースが記されている。

第二に、彼は大学においてすでに有名人であり、他の学生によってプライベートな行動までチェックされるほどの存在になっている。

三つ目は、ユージーンの文学の師であるランドルフ・ウェアー教授の人物像が描かれ、ウェルドン教授と双璧をなす人物とされている。彼は、「イギリス人よりもイギリス文学を知っている」と賛辞を送られている。

最後に、ユージーンの演劇活動について。ユージーンが民衆劇 "The Return of Jed Servier" を書いているという記述は、ウルフが実際書いた「民衆劇」"The Return of Buck Gavin" をふまえている。そしてここでは、ユージーンより才能の乏しい、「不器用で荒っぽい、子供じみた、真に迫っていない」劇を書いているハントという学生が、メディアに取り上げられ評価されていることが徹底的に批判されている。これは、批判というよりも、劇作家として挫折したウルフ本人の憤懣やるかたない怨嗟の気持ちの表れなのであろう。

（123）p.656, l.38, He----p.657, l.35, seavalves

これは、ユージーンが想像の中で、巨人的な、神のような俯瞰する目を有し、地球全体を眺め渡すというヴィジョンである。これから、世界に向けて旅立ってゆく（また、世界全体をこの目で見てやろうという壮大な野望をいだく）ユージーンを予感させる象徴的な一節である。

（124）p.658, l.14, Then----p.659, l.21, August

ここでは、ユージーンの巨人的なヴィジョンは、アメリカの北部の都市（特にボストンとニューヨーク）を幻視する。それは、これからハーヴァード大学のあるボストンへ、そして彼が大学教師として暮らすニューヨークに向けて旅立ってゆくことを予示するシーンである。

（125）p.659, l.37, Yes----p.660, l.37, dreamed

ここでは、ヨーロッパの都市（とりわけパリ）がヴィジョンの中にあらわれている。ユージーンがアメリカからヨーロッパに向けて旅立ってゆくことを予示するシーンである。

（123）、（124）、（125）を読むと、トマス・ウルフが、*O Lost*（そして *LHA*）の最終章を、これからの旅（*Of Time and the River* の世界）を予告する章として考えていたことが、より明確になるのである。

第3節　終わりに——全体の構図の補足

さて、具体的な削除の様相について、以上くわしく検討してきたが、それをもとに、あらためて全体の概略について、二、三気づいたことを補足して本章の締めくくりとしたい。

第一に、*LHA* は、歴史的背景とは切り離された私的な小説のようなイメージが強いが、*O Lost* には、歴史的背景の言説が豊富である。南北戦争、再建期、世紀末の情勢、ウィルソン大統領の就任式、第一次世界大戦など、随所に描きこまれている。*LHA* では、第一次世界大戦以外、歴史的背景がほとんど削除されている。

第二に、「家の変容の物語」ということに関して言うなら、ガント家の系譜は削除された部分が少ないが、ペントランドの系譜はほとんど削除されてしまっていることである。しかし、ウルフはもともと、ペントランド家の人々についてもかなり詳しく記述しており、*O Lost* を読む者は、ウィルやペットなどの個性的で印象深い人物を、あたかも直接会ったかのように生き生きと思い描くことができる。ガント系列の人物は（ベンを例外として）素直で熱情的で野放図なタイプが多いが、ペントランド系列の人物は偏奇で冷やかで計算高いタイプが多く、それらがコントラストをなして、小説に立体感と、深みと、多様性を与えている。

第三に、削除によって、統一感が生まれ、しかも、冗長なまでに多方向へと拡散しかねない作品に歯止めをかけていることも事実である。重要でない人物について不必要なまでに延々と語り、ユージーンのロマン的幻想について果てしなく記述し、旅の記録を長々と書き連ね、大学生活の細目について際限なく事実を次々と付け加えてゆくことによって、小説はしばしば美的統一感を欠き、完成度が低くなるのだ。しかし、削除により、ノーフォークの旅におけるシンカー・ジョーダン、ウィルの妻ペットのような強烈に個性的なキャラクターが排除され、あるいは矮小化され、小説としての面白みが減少してしまう。また、大学生活のリアリティーが減少し、アルタモントの描写に比べて、プルピット・ヒル（＝チャペル・ヒル）の描写が精彩を欠いたものとなることも事実である。同時に、大学生活の描写から、様々なジャンル形式（演説、戯曲、哲学的対話）などを削除してしまうと、豊饒な、ポリフォニックな文学空間が失われてしまう。それに加えて、冗長になりがちな作品を、時として荒々しく削除したことにより、作品の論理的整合性、一貫性がいちじるしく失われてしまうケースがある。ペントランド家の人物が作品の随所で唐突に姿を現すのも不自然であり、ノーフォークのエピソードでなぜユージーンがひどく肉体的に疲弊しているのか、実感しにくくなるのである。とはいえ、こうした欠点を考えに入れても、作品があまりにも冗長で、退屈で、未完成になることを極力回避しようとしたパーキンズらの努力は一定の評価を受けるに値するであろう。

第四に、巨視的な、パノラマ的な自然描写の多くが削除されてしまっていることである。アルタモントの近景と遠景がともに描かれてこそ、文学空間の立体性と絵画性が増し、人間の有限なドラマと、自然の無限なドラマがコントラストをなして、宇宙論的な壮大な空間が現出する。また、アルタモントの洪水の場面のように、実際の自然の猛威が克明に描かれてこそ、それがいかにすさまじいかリアリティーを伴って実感され、自然の力の前では無力な人間存在のはかなさと悲しみ、災害とたたかい人命を救助しようとする人々の勇気、災害に屈せずなんとか耐えぬき、生き抜いていこうとする人間の意志の強さ、等を感じとることが可能になり、文学的世界の迫真性と思想性が感じとられるのである。

＊

以上、補足的な点をいくつか付け加えたが、今回のオリジナル原稿（*O Lost*）研究は、「削除された部分」というほんの基礎的な部分についてチェックしただけであり、細かい字句の削除、修正等についてふれることは、紙数の関係上できなかった。また、それらを小論で網羅的に検討することは、筆者の能力に余ることである。ただ、冒頭で述べたように、こうした基礎的な研究は、日本においてほとんどなされていないので、本論考における地道な確認作業も、意義を有するものであると筆者は確信している。さらに、細かい部分については、稿を改めて論じたいと思っている。

＊本稿で使用したテキストは以下の通りである。
・Wolfe, Thomas. *O Lost: A Story of the Buried Life*, The original version of *Look Homeward, Angel*, Text established by Arlyn and Matthew J. Bruccoli,（University of South Carolina Press, 2000）.
・Wolfe, Thomas. *Look Homeward, Angel*（Charles Scribner's Sons, 1929）.

あとがき

トマス・ウルフは、「アメリカ」というテーマを生涯にわたって追求しつづけた作家である。ウルフの研究者の多くが、ウルフと「アメリカ」の関係性について言及しており、筆者も、本書の随所でウルフと「アメリカ」の関係について論じてきた。

しかしながら、なぜウルフがかくも「アメリカ」というテーマ（あるいは用語）にこだわりつづけたのか。あるいは、なぜ「アメリカ」という「参照枠」に執拗なまでにとらわれつづけたのか。こうした、根源的な、認識論的な問いについては、本書において十分に答えてはいないと思われる。

それゆえ、この「あとがき」では、そうした問題について、断片的にではあるが、筆者の考え（とはいっても、筆者独自の見解ではなく、先行研究をヒントにした仮説）をいくつか記し、本書の締めくくりとしたいと思う。

第一に、アメリカ合衆国という国のネイション形成の特異性というコンテクストにおいて。「市民革命が、イギリスからの独立と共和政国家の建設を俎上にのせたとき、・・・・領土は確定しておらず、共通の神話もなく、共有すべき歴史もなく、人々にアイデンティティと帰属を保障する共通の文化もなかった。『アメリカとは何か、アメリカ人とはどのような人間か』の問いに答えることは、誰にもできなかったのである。したがって、ネイションの形成は、『アメリカとは何か』をたえず自問し、その解答を集合的に模索しながら進めざるをえなかった。」（小林清一『アメリカン・ナショナリズムの系譜』） こうした「宿命」を背負ったアメリカ作家たちは、つねに自らのナショナル・アイデンティティを問い続け、模索してきたが、トマス・ウルフは、それをひたすら己の人生の軌跡（伝記的な事実）の中に探り当てようとした自伝的作家であり、彼にとって個人の魂の軌跡を探ることは、「アメリカ人」としての（「アメリカの大地」に生きる）自己のアイデンティティを模索するという意味合いを帯びていたのである。彼がその作品において、「アメリカ」の「共通の神話」の原型に立ち戻ろうとしているのも、自分の経験を「アメリカ」人の経験として集合化、普遍化、神話化しようとしているのも、アメリカという国家のネイション形成の特異性に発しているように思われる。

第二に、アメリカのイデオロギー、「政治的無意識」というコンテクストにおいて。サクヴァン・バーコヴィッチはその主著『合意の儀式』（*The Rites of Assent*）のなかで、「アメリカ」という言葉自体が、「コンセンサスの儀式」としての機能を歴史的に果たしてきたことを解明した。とりわけ、アメリカにおいて、「対立」、「分裂」の（「危機」の）時代には、「アメリカ」という言葉を唱えることで、対立や分裂を乗り越え危機を脱しようとする現象がみられると述べている。たとえば、世界大恐慌の時代の「ニューディール」政策には、そうした危機の時代を「本来の、真のアメリカ」という神話に立ちかえることで乗り切ろうとするイデオロギー的な側面がみられると述べている。こうした、「コンセンサスの儀式」としての「アメリカ」という観点から、ウルフの「アメリカ」のテーマを考えるとどうなるか。

ウルフが主に創作活動をしたのは、世界大恐慌を中心とする危機の時代である。特に、『時と河について』は、大恐慌の真只中の悲惨なアメリカにおいて―「持つ者と持たざる者」の分裂が顕在化し、資本家と労働者の対立が激しくなり、アメリカの知識人・作家たちの間でも政治的な対立が先鋭化した危機の時代において―書かれた作品である。ドス・パソスの言葉をもちいるなら、「ふたつの国民」からなるアメリカ、という対立・分裂の時代の産物である。トマス・ウルフも、こうした対立・分裂という危機の時代にあって、「コンセンサスの儀式」を、作品においてとりおこなっているのではないか。つまり、危機の時代における、引き裂かれた現実のアメリカを、「ヴァージンランドとしてのアメリカ」、「アメリカの夢」という表象によって理念的に統合し、心理的に対立・分裂を乗り越えようとしているのではないか。とりわけ、『時と河について』の中では、こうした統一的（「一」なる）「アメリカ」表象が呪文のように唱えられ、護符のように示されている。また、『汝ふたたび故郷に帰れず』の最終場面においては、アメリカの現実におけるいっさいの矛盾や対立を、未来に「約束されている」、真の本来的・理想的「アメリカ」という「希望」によって乗り越えようとする、「コンセンサスの儀式」がはっきりと見て取れる。

第三に、より具体的な側面として、二〇世紀初めの、特に一九二〇年代前後のアメリカの、政治的・文化的・思想的コンテクストがあげられよう。アメリカのナショナル・アイデンティティの形成（もしくは「ネイション」から「ステイト」への変化）のプロセスは、ウィルバー・ゼリンスキーの言うように一八世紀のアメリカ革命前の数十年（一七五〇―一七七五）に端を発しており（*Nation into State*）、その後、一八一二年戦争（米英戦争）、南北戦争という歴史の転換点にとりわけ推進されるが、二〇世紀の初めにあらためて「アメリカ性」、「アメリカ化」ということが再認識、再定義されたことは、多くの研究者が指摘する通りである。古矢旬は、「二〇世紀アメリカニズムの誕生」の一側面として、「世界におけるアメリカの位置・役割の再定義」を挙げているが、アメリカはこの時代、対外的にアメリカのナショナル・アイデンティティを改めて意識し、「アメリカ化」を推進しようとしたのである（『アメリカニズム』）。わかりやすい例を二つほどとりあげてみよう。それまで、外国人の投票権は認められていたが、一九二六年には「外国人投票権」という制度が消失する（中野耕太郎『二〇世紀アメリカ国民秩序の形成』）。これによって、政治的に「アメリカ化」が推進されるのである。また、サラ・M・コースの『ナショナリズムと文学』によると、一九世紀末にイギリス文学からアメリカ文学が独立し、それが第一次世界大戦のアメリカの軍事的勝利を経てゆるぎないものとなるのだが、文学（教育）の領域においても、この時期ナショナル・アイデンティティが推進されているのである。

こうした「アメリカ化」の再定義を、最も顕著に示しているのが、「アメリカ民俗学」の発展である。あらゆる国で、民俗学の発展とナショナリズムは切り離せない関係にあるが、アメリカにおいてもそれは当てはまる。一八八八年にアメリカ民俗学会が設立され、「アメリカの学者や知識人たちの間で『フォークロア』の学問的研究が始まった・・・・。（中略） 近代資本主義の繁栄を謳歌しながらも、反面では『過去』や『伝統』の不在や喪失は不安や混乱として人々に自覚され、

『フォークロア』はそれを補い回復すべきものとして、ノスタルジックな視線において創造されていく。」(小長谷英代『〈フォーク〉からの転回』)とりわけ、本書の第二章において既に明らかにしたように、こうしたフォークロア研究は二〇世紀の初めに顕著になり、文学と「民衆的形式」の関係の学問的研究が盛んになる。民俗学におけるナショナル・アイデンティティの推進の例として、バーバラ・カーシェンブラット-ギンブレットは「民俗学の危機」という論考の中で、ベネディクト・アンダーソンに関連して次のように述べている(小長谷英代・平山美雪編訳『アメリカ民俗学』所収)。「ベネディクト・アンダーソンはヴァナキュラーを可視化することによって、印刷は『名前も知らない』、あるいは『目に見えない』読者共同体—仮想共同体の創出を促進したと述べる。(中略)口承を活字化する、つまりヴァナキュラーなものを可視化する方法によって、民俗学者は、ヴァナキュラーの言語を、国民だけでなく国家の装置に変えていくプロセスに関与していた。」

こうした二〇世紀初めの、特に一九二〇年前後の「アメリカ化」の再定義のコンテクストにおいて、ウルフを読みなおしてみるとどうであろうか。ウルフの「アメリカ」というテーマ、文学の創造と「アメリカ」のかかわりというテーマは、このような時代的な傾向の反映と見ることはできないであろうか。筆者が第二章で述べた「アメリカ性」の議論も、こうした観点からあらためて捉え直すことも可能である。つまり、確かにアメリカには神話的な原型が歴史の中で形作られてきて、それをフォークロアの語り手と同じくウルフが再話しているということも事実であるが、一方、二〇世紀初めのアメリカのナショナル・アイデンティティ形成のプロセスの中で、ウルフがそうした

「神話」に影響を受け、イデオロギー的に絡めとられているという冷めた読み方もできるわけである。実際、その観点からみると、アメリカにおいて二〇世紀初めに盛んになった「民衆劇」の「教育」のもと、ウルフが作家として自己形成していった（「アメリカ」土着のものを創造行為の中心に据えるようになった）ということに、当時の「アメリカ化」の文化的推進力が大きく影響しているという説が成り立つと思う。

以上、トマス・ウルフの「アメリカ性」にかんして――彼がなぜ「アメリカ」というテーマに生涯こだわりつづけたのかということについて――縷々述べてきた。これらの論は、前述した通り、「あとがき」の冒頭にしるした「問い」にたいする、筆者の見解（仮説）を、断片的に述べたにすぎないものである。「トマス・ウルフとアメリカ」というテーマにたいする、一つの視座を提示したものにすぎない。それゆえ、読者諸賢にも、この「問い」にたいし、さまざまな視点からの考察を促しつつ、御指摘と御批判をあおぎたい次第である。

二〇一八年　盛夏　　　　岡本　正明

初出一覧

第一章　「ヘミングウェイとウルフ―エクリチュールの両極―」（*The Hemingway Review of Japan* No.7）, The Hemingway Society of Japan, 2006

第二章　「トマス・ウルフの作品と『民衆的形式』」（『日本アメリカ文学会東京支部会報』第五二号）、日本アメリカ文学会、一九九一年

第三章　「トマス・ウルフ試論―自伝的な、あまりにも自伝的な―」（『メトロポリタン』二八号）、東京都立大学英文学会、一九八四年

第四章　「劇作家くずれの小説家―トマス・ウルフと『劇』―」（『人文研紀要』第一九号）、中央大学人文科学研究所、一九九四年

第五章　「再生と反復について―『ある小説の物語』と『時間と河』―」（古平隆・常本浩編著『人間と世界―トマス・ウルフ論集二〇〇〇』、金星堂、二〇〇〇年、所収）

第六章　「ウルフと『夜』」（『人文研紀要』第二七号）、中央大学人文科学研究所、一九九七年

第七章　「自伝的な、あまりにも自伝的な（最終章）―トマス・ウルフの遺作を中心に―」（『人文研紀要』第七〇号）、中央大学人文科学研究所、二〇一〇年

第八章　「最後の一〇マルク―トマス・ウルフ『汝らに告ぐることあり』」（『人文研紀要』第七六号）、中央大学人文科学研究所、二〇一三年

第九章　未発表原稿

第十章　「削除された原稿―トマス・ウルフの ***O Lost*** について」（『人文研紀要』第七八号）、中央大学人文科学研究所、二〇一四年

トマス・ウルフ主要参考文献

1　著作（作品および書簡）

The Autobiography of an American Novelist. Edited by Leslie A. Field. Cambridge: Harvard Univ. Press, 1983.

Beyond Love and Loyalty: The Letters of Thomas Wolfe and Elizabeth Nowell Edited by Richard S. Kennedy. Chapel Hill: Univ. of North Carolina Press, 1983.

The Complete Short Stories of Thomas Wolfe. Edited by Francis Skipp. New York: Charles Scribner's Sons, 1987.

The Crisis in Industry, 1919. Reprint. Winston-Salem: Palaemon Press, 1978.

The Face of a Nation: Poetical Passages from the Writings of Thomas Wolfe. Edited by John H. Wheelock. New York: Charles Scribner's Sons, 1939.

From Death to Morning. New York: Charles Scribner's Sons, 1935.

The Hills Beyond. New York: Harper&Brothers, 1941.

The Letters of Thomas Wolfe. Edited by Elizabeth Nowell. New York: Charles Scribner's Sons, 1956

The Letters of Thomas Wolfe to His Mother. Edited. By C. Hugh Holman/ Sue Fields Ross. Chapel Hill: University of North Carolina Press, 1968.

Look Homeward, Angel: A Story of the Buried Life. New York:Charles Scribner's Sons, 1929.

The Magical Campus: University of North Carolina Writings 1917-1920. Edited by Matthew J. Bruccoli and Aldo P. Magi. Columbia: University of North Carolina, 2008.

Mannerhouse. New York: Harper&Brothers, 1948.

The Mountains. Edited by Pat M Rayan. Chapel Hill: Univ. of North Carolina Press, 1970.

My Other Loneliness: Letters of Thomas Wolfe and Aline Bernstein. Edited by Suzanne Stutman. Chapell Hill: Univ. of North Carolina Press, 1983.

The Notebooks of Thomas Wolfe. Edited by Richard Kennedy and Paschal Reeves. Chapel Hill: Univ. of North Carolina Press, 1970.

Of Time and the River: A Legend of Man's Hunger in His Youth. New York:Scribner's Sons, 1935.

O Lost: A Story of the Buried Life (The original version of *Look Homeward, Angel*). Text established by Arlyn and Matthew J. Bruccoli. Columbia:Univ. of South Carolina Press, 2000.

The Portable Thomas Wolfe. Edited by Maxwell Geismer. New York: Viking Press, 1946.

The Return of Buck Gavin: The Tragedy of a Mountain Outlaw. In Frederick H. Koch ed. *Carolina Folk-Plays: Second Series*. New York: Henry Holt, 1924.

The Short Novels of Thomas Wolfe. Edited by C. Hugh Holman. New York: Charles Scribner's Sons, 1961.

The Sons of Maxwell Perkins: Letters of F. Scott Fitzgerald, Ernest Hemingway, Thomas Wolfe, and Their Editor. Edited by Matthew J. Bruccoli with Judith S. Baughman. Columbia: Univ. of South Carolina Press, 2004.

A Stone, A Leaf, A Door: Poems by Thomas Wolfe. Selected by John S. Barnes. New York: Charles Scribner's Sons, 1945.

The Story of a Novel. New York: Charles Scribner's Sons, 1936.

The Third Night: A Play of the Carolina Mountains In *Carolina Play-Book 12* (Sept. 1938).

Thomas Wolfe's Civil War. Edited by David Madden. Tuscaloosa: The University of Alabama Press, 2004.

To Loot My Life Clean: The Thomas Wolfe—Maxwell Perkins Correspondence. Edited by Matthew Bruccoli and Park Bucker. Columbia: University of South Carolina Press, 2000.

You Can't Go Home Again. New York and London: Harper&Brothers, 1940.

The Web and the Rock. New York and London: Harper&Brothers, 1939.

Welcome to Our City: A Play in Ten Scenes. Edited by Richard Kennedy. Baton Rouge: Louisiana State University Press, 1985.

A Western Journal. Pittsburgh: Univ. of Pittsburgh Press, 1951.

Windows of the Heart: The Correspondence of Thomas Wolfe and Margaret Roberts. Edited by Ted Mitchell. Columbia: Univ. of South Carolina Press.

2　伝記（および伝記に関するもの）

Adams, Agatha Boyd. *Thomas Wolfe: Carolina Student*. Chapel Hill: The University of North Carolina Library, 1950.

Boffa, Laura. *Writing Home: The Story of Thomas Wolfe*. Natl Book Network, 2016.

Donald, David Herbert. *Look Homeward: A Life of Thomas Wolfe*. Boston: Little, Brown&Co., 1987.

Griffin, John Chandler. *Memories of Thomas Wolfe: A Pictorial Companion to* Look Homeward, Angel. Columbia: Summerhouse Press, 1996.

Magi, Aldo P./ Walser, Richard ed. *Thomas Wolfe Interviewed, 1929—1938*. Baton Rouge: Louisiana State Univ. Press, 1985.

Mitchell, Ted. *Thomas Wolfe: A Writer's Life*. Asheville: Thomas Wolfe Memorial State Historic Site, 1997.

Michell, Ted ed. *Thomas Wolfe: An Illustrated Biography*. Pegasus Books, 2007.

Nowell, Elizabeth. *Thomas Wolfe: A Biography*. New York: Doubleday, 1960.

Pollock, Thomas C., / Cargill, Oscar ed. *Thomas Wolfe at Washington Square*. New York: New York Univ. Press,1954.

Raynolds, Robert. *Thomas Wolfe: Memoir of a Friendship*. Austin: University of Texas Press, 1965.

Teicher, Morton I. ed. *Looking Homeward: A Thomas Wolfe Photo Album*. Columbia: Univ. of Missouri

Press, 1993.
Turnbull, Andrew. *Thomas Wolfe: A Biography*. New York: Charles Scribner's Sons, 1967.
Walser, Richard. *Thomas Wolfe Undergraduate*. Durham:Duke Univ. Press, 1977.
Wheaton, Mabel Wolfe(with Legette Blythe). *Thomas Wolfe and His Family*. Garden City: Doubleday, 1961.

デヴィッド・ハーバート・ドナルドの伝記は、トマス・ウルフの伝記の決定版である。

3 研究書

Biswas, Sivasish. *Rhetoric of Ambivalence in the Fiction of Thomas Clayton Wolfe*. Scholars' Press, 2013.
Bloom, Harold ed. *Thomas Wolfe*. New York: Chelsea, 1987(Modern Critical Views).
Evans, Elizabeth. *Thomas Wolfe*. New York: Frederick Ungar, 1984.
Dewsnap, Terence. *Look Homeward, Angel; and Of Time and the River: A Critical Commentary and Notes*. New York: Monarch Notes and Study Guides, 1965.
Dewsnap, Terence. *The Web and the Rock; and You Can't Go Home Again*. New York: Monarch Notes and Study Guides, 1965.
Eckard, Paula Gallant. *Thomas Wolfe and Lost Children in Southern Literature*. Knoxville: Univ. of Tennessee Press, 2016.

Ensign, Robert Taylor. *Lean Down Your Ear upon the Earth, and Listen: Thomas Wolfe's Greener Modernism*. Columbia: Univ.of South Carolina Press, 2003.

Field, Leslie A. ed. *Thomas Wolfe: Three Decades of Criticism*. New York: New York Univ. Press, 1968.

Field, Leslie. *Thomas Wolfe and His Editors: Establishing a True Text for the Posthumous Publications*. Norman: Univ. of Oklahoma Press, 1987.

Gould, Elaine Westall. *Look Behind You, Thomas Wolfe: Ghosts of a Common Tribal Heritage*. Hicksville: Exposition Press, 1976.

Gurko, Leo. *Thomas Wolfe: Beyond the Romantic Ego*. New York: Crowell, 1975.

Harper, Margaret Mills. *The Aristocracy of Art in Joyce and Wolfe*. Baton Rouge: Louisiana State Univ. Press, 1990.

Holliday, Shawn. *Thomas Wolfe and the Politics of Modernism*. New York: Peter Lang, 2001.

Holman, C. Hugh. *Thomas Wolfe*. Minneapolis:Univ. of Minnesota Press, 1960 (University of Minnesota Pamphlets on American Writers, No.6).

Holman, C. Hugh ed. *The World of Thomas Wolfe*. New York: Charles Scribner's Sons, 1962.

Holman, C. Hugh. *The Loneliness at the Core*. Baton Rouge: Louisiana State Univ. Press, 1975.

Idol, John L.,Jr. *A Thomas Wolfe Companion*. Westport: Greenwood Press, 1987.

Idol, John L.,Jr. *Thomas Wolfe* (Literary Masters vol.13). Farmington Hills: The Gale Group, 2001.

Johnson, Pamela Hansford. *Thomas Wolfe: A Critical Study*. London: Heinemann, 1947.

Johnston, Carol Ingalls. *Of Time and the Artist: Thomas Wolfe, His Novels and the Critics*. Columbia: Camden House, 1996.

Kodaira, Takashi/ Tsunemoto, Hiroshi ed. *One Man and the World: Selected Essays from The Thomas Wolfe Newsletter/Review. 1977—2000*. Jorlan Publishing, 2005.

Kennedy, Richard S. *The Window of Memory: The Literary Career of Thomas Wolfe*. Chapel Hill: Univ. of North Carolina Press, 1962.

Kennedy, Richard S. ed. *Thomas Wolfe: A Harvard Perspective*. Athens: Croissant, 1983.

McElderry, Bruce R.,Jr. *Thomas Wolfe*. New York: Twayne Publishers, 1964.

Mauldin, Joanne Marshall. *Thomas Wolfe: When Do the Atrocities Begin?* Knoxville: The University of Tennessee Press, 2007.

Muller, Herbert J. *Thomas Wolfe*. Norfolk: New Directions Books, 1947

Phillipson, John S. ed. *Critical Essays on Thomas Wolfe*. Boston: G.K.Hall, 1985.

Reeves, Paschal. *Thomas Wolfe's Albatross: Race and Nationality in America*. Athens: Univ. of Georgia Press, 1968.

Reeves, Paschal ed. *Studies in* Look Homeward, Angel. Columbus: Merrill, 1970.

Reeves, Paschal ed. *Thomas Wolfe and the Glass of Time*. Athens: Univ. of Georgia Press, 1971.

Reeves, Paschal ed. *Thomas Wolfe: The Critical Reception*. New York: D.Lewis, 1974.

Rubin, Louis D.,Jr. *Thomas Wolfe: The Weather of His Youth*. Baton Rouge: Louisiana State Univ. Press,

1955.
Rubin, Louis D.,Jr. ed. *Thomas Wolfe: A Collection of Critical Essays*. Englewood Cliffs: Prentice-Hall, 1973.
Ryssel, Fritz Heinrich(Helen Serba, trans.), *Thomas Wolfe*. New York: Frederick Ungar, 1972.
Scotchie, Joseph. *Thomas Wolfe Revisited*. Alexander: Land of the Sky Books, 2001.
Snyder, William U. *Thomas Wolfe: Ulysses and Narcissus*. Athens: Univ. of Ohio Press, 1971.
Steele, Richard. *Thomas Wolfe: A Study in Psychoanalytic Literary Criticism*. Philadelphia: Dorrance, 1977.
Walser, Richard ed. *The Enigma of Thomas Wolfe: Biographical and Critical Selections*. Cambridge: Harvard Univ. Press, 1953.
Walser, Richard. *Thomas Wolfe: An Introduction and Interpretation*. New York:Barnes and Noble,1961.
Watkins, Floyd C.,Jr. *Thomas Wolfe's Characters: Portraits from Life*. Norman:Univ. of Oklahoma Press, 1957.
大沢衛編『トマス・ウルフ』（20世紀英米文学案内６）研究社、一九六六年
常本　浩『ある小説家の物語─トマス・ウルフ　人と作品』金星堂、一九八八年
西村頼男『トマス・ウルフの修業時代』英宝社、一九九六年
古平　隆『汝故郷に帰るなかれ─トマス・ウルフの世界』　南雲堂、二〇〇〇年
古平　隆・常本浩編『人間と世界─トマス・ウルフ論集二〇〇〇』金星堂、二〇〇〇年

ここに記したトマス・ウルフに関する研究書のほかにも、ウルフについての研究書、雑誌論文等は多数あるが、それについては、Elmer D. Johnson, *Thomas Wolfe: A Checklist* (The Kent State Univ. Press, 1970)、及びJohn E. Bassett, *Thomas Wolfe: An Annotated Critical Bibliography* (Lanham: The Scarecrow Press, 1996) を参照のこと。また、John Lane Idol. Jr, *A Thomas Wolfe Companion* と古平隆『汝故郷に帰るなかれ』の巻末に記された詳細な書誌が、正確で網羅的であり、古平隆・常本浩編『人間と世界―トマス・ウルフ論集二〇〇〇』の巻末の書誌は、必読書だけを絞り込んでありトマス・ウルフの入門者には最適である。

その他、トマス・ウルフの作品の邦訳として、以下のようなものがあげられる。

『天使よ故郷を見よ』(大沢衛訳〔三笠書房一九五四年、新潮文庫一九五五年、講談社文芸文庫二〇一七年〕)
『大地をおおう蜘蛛の巣』(細入藤太郎訳、英宝社、一九五七年)
『汝再び故郷に帰れず』(鈴木幸夫他訳〔抄訳〕、荒地出版社、一九五九年)
「ロスト・ボーイ」(酒本雅之訳〔高野フミほか訳『ヘンリー・ジェイムズ、ジャック・ロンドン、トマス・ウルフ』荒地出版社、一九六八年、所収〕)
「ブルックリンを知っているのは幽霊だけ」(橋本福夫訳〔『ニューヨーカー短編集Ⅰ』、早川書房、一九六九年、所収〕)
「公園にて」(酒本雅之訳〔刈田元司編『現代アメリカ作家集』上、荒地出版社、一九七一年、所収」）

『死よ、誇り高き兄弟』（酒本雅之訳、荒地出版社、一九七一年（「死よ、誇り高き兄弟」および

「大地の織布」を収めている」）

　また、トマス・ウルフと編集者パーキンズの友情（絆）をえがいた映画『ベストセラー：編集者パーキンズに捧ぐ』［原題 *Genius*］（マイケル・グランデージ監督）が、二〇一六年に日本で公開された。二〇一七年には、そのＤＶＤとブルーレイが **KADOKAWA** から発売された。

ラファエロ（Raffaello, Santi） 71
ラブレー（Rabelais, François） 5
ラムジ将軍（Ramsay, General William） 83, 85
ラムジ、ユージーン（Ramsay, Eugene） 83, 85
リアリー、ルイス（Leary, Lewis） 34
リーヴズ、パスカル（Reeves, Paschal） 29, 47, 167
リー将軍（Lee, E. Robert） 214
リビア・ヒル（Libya Hill） 147, 155, 161
リルケ（Rilke, Rainer Maria） 125
リンカーン（Lincoln, Abraham） 141
ルーァク、コンスタンス（Rourke, Constance） 32-34, 39, 48
ルイジアナ（Louisiana） 216
ルイス、R・W・B（Lewis, R. W. B.） 147-148
ルイゾーン、アリス（Lewisohn, Alice） 101
ルカーチ、G（Lukács, Georg） 159
ルター、マーティン（Luther, Martin） 89
ルービン、ルイス・D（Rubin Jr., Louis D） 32, 35, 43, 77, 107
レイズベック、ケネス（Raisbeck, Kenneth） 99
レナード、ジョン（Leonard, John） 62-63、223、227
レナード、マーガレット（Leonard, Margaret） 62-63、226
レモン、コートニー （Lemon, Courtenay） 100
ロトマン（Lotman, Yuri） 60
ロバーツ、テリー（Roberts, Terry） 209
ロメロ、ペドロ（Romero, Pedro） 21-22
ロレンス、D・H（Lawrence, D.H.） 211
ロワイヨ、ダニエル（Royot, Daniel） 43
ロンドン（London） 228

ワ行

ワシントンD.C.（Washington D.C.） 224
ワシントン、ジョージ（Washington, George） 225
ワーズワース（Wordsworth, William） 96
ワトキンズ、フロイド・C（Watkins, Floyed C.） 37

マ行

マイヤーホフ、H（Meyerhoff, H.） 61
『現代文学と時間』（*Time in Literature*） 61
マウ、H／クラウスニック、H（Mau, H./ Krausnick, H.） 171
『ナチスの時代』（*Deutsche Geschichte der jüngsten Vergangenheit*） 171-172
マウント・バーノン（Mount Vernon） 225
マクドナルド、アン（MacDonald, Anne） 100
マドリッド（Madrid） 20-21
マラルメ（Mallarmé, Stéphane） 125
『イジチュール』（*Igitur ou la folie d'Elbehnon*） 125
マルケス、ガルシア（Márquez, García） 193, 196-197, 202-203
『族長の秋』（*El otoño del patriarca*） 193, 202
『百年の孤独』（*Cien años de soledad*） 193, 197, 202
マルセイユ（Marseille） 120
マン、トーマス（Mann, Thomas） 108
マンフォード、ルイス（Mumford, Lewis） 31
ミュンヘン（München） 151
ミラー、ヘンリー 211
ミルトン（Milton, John） 17, 70, 73
『リシダス』（*Lycidas*） 70
ムッソリーニ（Mussolini, Benito） 156, 172
メルヴィル（Melville, Herman） 140-141, 153
メルロ＝ポンティ（Merleau-Ponty, Maurice） 158
モラン、エドガール（Morin, Edgar） 128
モリスン、トニ（Morrison, Toni） 204

ヤ行

ユング（Jung, Carl Gustav） 120, 137-139
『変容の象徴』（*Symbole der Wandlung*） 137
依藤道夫 195-198, 200
「『魔術的リアリズム』についての研究」 195-196
ヨーロッパ（Europe） 13, 16, 54, 62, 101, 123, 139-140, 150, 171, 184, 228, 237

ラ行

ライアン、パット・M（Ryan, Pat M.） 77-78
ライセル、フリッツ・ハインリッヒ（Ryssel, Fritz Heinrich） 167
ラインラント（Rheinland） 171
ラージ、デヴィッド・クレイ（Large, David Clay） 173
『ベルリン・オリンピック1936』（*Nazi Games: The Olympics of 1936*） 173
ラテンアメリカ（Latin America） 193, 195, 202, 204

ヘイズ(Hayes, Rutherford) 215
ベガン、アルベール(Béguin, Albert) 128, 132
『ロマン的魂と夢』(*L'âme romantique et le rêve*) 128
ベッセル、リチャード(Bessel Richard) 173
『ナチ統治下の民衆』(*Life in the Third Reich*) 173
ベネット、S・V(Benet, S.V.) 153
ヘミングウェイ、アーネスト(Hemingway, Ernest) 3-8, 16, 19-27, 125, 156, 164
『アフリカの緑の丘』(*Green Hills of Africa*) 5
『午後の死』(*Death in the Afternoon*) 7, 21
『日はまた昇る』(*The Sun Also Rises*) 8, 13-14, 20-21, 23
『武器よさらば』(*A Farewell to Arms*) 20, 26
『老人と海』(*The Old Man and the Sea*) 20
ヘリック、F・H(Herrick F. H.) 31
ヘリック、ロバート(Herrick, Robert) 96
ベルギー(Belgium) 176, 180, 182
ベルリン(Berlin) 49, 163, 171, 173, 176, 178-180
ペンシルベニア(Pennsylvania) 55, 214
ペントランド、ウィル(Pentland, Will) 216, 220, 222-223, 226, 238
ペントランド、ジム(Pentland, Jim) 216, 222
ペントランド少佐(Major Pentland) 215
ペントランド、バスカム(Pentland, Bascom) 15, 41-42, 46, 95
ペントランド、バッカス(Pentland, Bacchus) 54
ペントランド、ペット(ウィルの妻)(Pentland, Pett) 220, 226, 238
ペントランド、ヘンリー(Pentland, Henry) 215
ホイットマン、ウォルト(Whitman, Walt) 116, 125, 140-141, 143
「先頃ライラックの花が前庭に咲いたとき」(“When Lilacs Last in the Dooryard Bloom'd”) 125, 141
「眠る人々」(“The Sleepers”) 141
「ぼく自身の歌」(“Song of Myself”) 116, 125
ポオ(Poe, Edgar Allan) 125, 140-141
ポカホンタス(Pocahontas) 128
ボストン(Boston) 41-42, 113, 129, 237
ホーソン(Hawthorne, Nathaniel) 140-141
ホフマン、ダニエル・G(Hoffman, Daniel G.) 32, 34
ホラティウス(Q. Horatius Flaccus) 89
ポーランド(Poland) 180-181, 233
ボルティモア(Baltimore) 55, 63
ボルヘス(Borges, Jorge Luis) 120-121
ホールマン、ヒュー(Holman, C. Hugh) 154
ボーンズ、ブロム(Bones Brom) 37

バーンズ、ロバート（Burns, Robert）　96
バーンスタイン、アリーン（Bernstein, Aline）　101, 126
パンプローナ（Pamplona）　20, 23
ヒトラー（Hitler, Adolf）　156, 162-163, 172-175, 177-178, 185, 187
ヒル、ハムリン（Hill, Hamlin）　32
ヒンデンブルク（Hindenburg, Paul von）　187
ファーガソン（Fergusson, Francis）　92
『演劇の理念』（*The Idea of a Theatre*）　92
フィッツジェラルド（Fitzgerald, F. Scott）　22
フィールド、レズリー（Field, Leslie）　33-34
フィンク、オイゲン（Fink, Eugen）　53
フォークナー、ウィリアム（Faulkner, William）　6, 108, 164, 193-194, 198, 203-204
『アブサロム、アブサロム！』（*Absalom,Absalom!*）　193
フォックス（Edwards, Foxhall Morton）　158-159
フォード、ジェイムズ・L（Ford, James L.）　31
プドフキン（Pudovkin, Vsevolod ）　162
ブラウン、キャロライン・S（Brown, Carolyn S.）　32, 40-43
ブラウン、サー・トーマス（Browne, Sir Thomas）　17
プラトン（Plato）　82, 89
ブランショ（Blanchot, Maurice）　125
フランコ（Franco Bahamonde, Francisco）　172
フランス（France）　18, 121-122, 171, 176, 232
フリングズ、ケティ（Frings, Katherine Hartley）　103
プルースト、マルセル（Proust, Marcel）　108-109, 233
ブルックス、ヴァン・ワイク（Brooks Van Wyck）　31
ブルックリン（Brooklyn）　126, 155
ブルッコリ、マシュー（Bruccoli, Matthew J.）　209
プルピット・ヒル（Pulpit Hill）　238
ブレア、ウォルター（Blair, Walter）　32, 43, 47
ブレイク（Blake, William）　132
フレイジャー、チャールズ（Frazier, Charles）　204
『コールドマウンテン』（*Cold Mountain*）　204
ブロードウェイ（Broadway）　102-103
フロベニウス（Frobenius, Leo Viktor）　137
フローベール（Flaubert, Gustave）　4-5, 8
フロリダ（Florida）　216, 226-227
フロワサール（Froissart, Jean）　217
ベイカー（Baker, George）　78-79, 87, 98, 100

ドン・キホーテ(Don Quixote)　35
ドン・ファン(Don Juan)　35
トンプソン、スティス(Thompson, Stith)　31

ナ行

中上健次　193, 199
　『千年の愉楽』　193, 199
中村菊子・大竹紀子　233
　『ピアノ作曲家　作品事典』　233
ニーチェ（Nietzsche, Friedrich Wilhelm)　11, 126
ニューヨーク(New York)　3, 42, 111, 138-139, 147-149, 215, 237
　『ニュー・リパブリック』(*The New Republic*)　170, 177
ネイピア、スーザン・J(Napier, Susan J.)　204
ノヴァーリス(Novalis)　125, 128, 132
　「夜の讃歌」(“Hymnen an die Nacht”)　128
ノーウェル・エリザベス(Nowell, Elizabeth)　37, 176, 184, 189
ノースカロライナ(North Carolina)　79, 86, 229, 234
ノーフォーク(Norfolk)　66, 234-235, 238-239

ハ行

ハイデガー(Heidegger, Martin)　153
バウアーズ、M・A(Bowers, M.A.)　194-195, 197
　『魔術的リアリズム』(*Magic(al) Realism*)　194
パーキンズ、マックスウェル(Perkins Maxwell)　3-4, 6, 15, 29, 126, 215, 225, 239
バシュラール、ガストン(Bachelard, Gaston)　60, 131
　『空間の詩学』(*La poétique de l’espace*)　61
　『大地と休息の夢想』(*La terre et les rêveries du repos*)　131
パストローネ、ジョヴァンニ(フォスコ、ピエロ)(Pastrone, Giovanni)　219
ハック・フィン(Huckleberry Finn)　37
ハッチャー(Hatcher, J.G.)　99
パデレフスキ(Paderewski, Ignacy Jan)　233
バートン、ロバート(Burton, Robert)　17
　『憂鬱の解剖』(*The Anatomy of Melancholy*)　17
バフチン(Bakhtin, Mikhail)　30
ハムレット(Hamlet)　62, 86, 88, 92, 98
パリ(Paris)　13, 20-21, 24, 138, 176-178, 181-182, 188
パリゼ、F・G(Pariset, F.G.)　9-11
　『古典主義美術』(*L’Art classique*)　10
バーンズ、ジェイク(Barnes Jake)　21-22

セーヌ川（la Seine）　24
ソネック、オスカー・G・T（Sonneck, Oscar G.T.）　31

タ行

田中久男　194, 198
タピエ、ヴィクトール（Tapié, Victor）　9
　『バロックと古典主義』（*Baroque et classicisme*）　9
タフト（Taft, William Howard）　224
ダブリン（Dublin）　49
田村理香　208
　「自伝的作家の失われた自伝」　208
ダレル、ロレンス（Durrell, Lawrence）　17, 19
　『アレクサンドリア四重奏』（*The Alexandria Quartet*）　17
タンディー、J・R（Tandy, J.R.）　31
ターンブル、アンドリュー（Turnbull, Andrew）　37
ダン、ジョン（Donne, John）　96
ツォニス、A／ルフェーヴル、L（Tzonis, A./ Lefaivre, L）　12
　『古典主義建築—オーダーの詩学』（*Classical Architecture: The Poetics of Order*）　12
ハート・デイヴィス、ダフ（Hart-Davis, Duff）　174
　『ヒトラーへの聖火』（*Hitler's Games*）　174
ディケンズ、チャールズ（Dickens, Charles）　220
ディジョン（Dijon）　18, 23, 121-123
ディル、スコット（Dill, Scott）　220
ティルデン（Tilden, Samuel J.）　215
デカルト（Descartes René）　20
テキサス（Texas）　78, 123
デュースナップ、テレンス（Dewsnap, Terence）　187
寺尾隆吉　195-196
　『魔術的リアリズム—20世紀のラテンアメリカ小説』　195
「伝道の書」（「コヘレトの言葉」）（"Ecclesiastes"）　13, 68
ドイツ（Germany）　156, 162, 169, 171-173, 176-177, 179, 182, 184-185, 187-188, 195, 232
トウェイン、マーク（Twain, Mark）　43, 140-141
ド・クウィンシー（De Quincey, Thomas）　17
ドストエフスキー（Dostoevsky, Fyodor）　5
ドス・パソス（Dos Passos, John）　156
ドナルド、デヴィッド・ハーバート（Donald, David Herbert）　37, 167, 174, 189
トリリング、ライオネル（Trilling, Lionel）　62
ドールス、エウヘーニオ（Ors, Eugenio d'）　9, 11
　『バロック論』（*Lo Barroco/ Du Baroque*）　11
トレント、W・P（Trent, W.P.）　31

Style） 11
サウスカロライナ（South Carolina） 227
『サウス・カロライナ・レヴュー』（*South Carolina Review*） 26
『サタデー・イブニング・ポスト』（*Saturday Evening Post*） 37
サドゥール、ジョルジュ（Sadoul, Georges） 219
ザモラ、L・P／ファリス、W・B（Zamora, L.P./ Faris, W.B.） 194-195, 197, 204
『魔術的リアリズム―理論、歴史、共同体』（*Magical Realism: Theory, History, Community*） 194
シェイクスピア、ウィリアム（Shakespeare, William） 50-51, 68, 89, 96, 98, 125
『ヴェニスの商人』（*The Merchant of Venice*） 96
『十二夜』（*Twelfth Night*） 96
『ジュリアス・シーザー』（*Julius Caesar*） 96
『シンベリン』（*Cymbeline*） 96
『ハムレット』（*Hamlet*） 92, 96, 98
『ヘンリー四世』（*Henry IV*） 51
『リア王』（*King Lear*） 96
『ロミオとジュリエット』（*Romeo and Juliet*） 82
ジェイムズ、ヘンリー（James, Henry） 125
『ねじの回転』（*The Turn of the Screw*） 125
ジェイムズ、ローラ（James, Laura） 65-66, 91, 94
シェーンベルナー、フランツ（Schoenberner, Franz） 153
シベリア（Siberia） 5
ジャック・エスター（Jack, Esther） 95, 101-103, 139, 146, 149-150, 154-155, 162, 169
シュペングラー（Spengler, Oswald） 16
ジョイス、ジェイムズ（Joyce, James） 6, 49, 125, 140, 210, 227
『ユリシーズ』（*Ulysses*） 49, 210, 227
ショウペンハウエル（Schopenhauer, Arthur） 68
ジョーダン、シンカー（Jordan, Sinker） 235, 238
ショパン（Chopin, Frédéric） 233
ジョーンズ、エイブ（Jones, Abe） 168
ジョンソン、ベン（Jonson, Ben） 50, 96
スタイナー、ジョージ（Steiner, George） 6-7, 17, 19, 23
『言葉と沈黙』（*Language and Silence*） 6
スターウィック（Starwick, Francis） 13, 99
スターンズ、ハロルド（Stearns, Harold） 31
スティーヴンズ、ジェイムズ（Stevens, James） 31
スペイン（Spain） 156, 172
聖書（*The Bible*） 96

214-216, 220, 222, 224, 226
ガント、デイジー（Gant, Daisy）　233
ガント、フレッド（『天使よ』ではルーク）（Gant, Fred）　225
ガント、ヘレン（Gant, Helen）　39, 61, 69
ガント、ベンジャミン（Gant Benjamin）　50, 66-73, 90-95, 98, 111, 141, 228, 235, 238
ガント、メイベル（『天使よ』ではヘレン）（Gant, Mabel）　225, 232
ガント、ルーク（Gant, Luke）　37-38, 42-47, 61, 69, 93-94
ガント、ユージーン（Gant, Eugene）　15-16, 18, 35, 41-42, 44, 50-52, 54, 58-70, 72-73, 90-95, 98-99, 110-111, 113, 115-118, 120-123, 126, 131-133, 136, 138, 148-149, 157, 208-211, 213-214, 216-219, 223-239
キーツ（Keats , John）　96
ギャツビー（Gatsby, Jay）　149
キャンビー、ヘンリー・サイドル（Canby, Henry Seidel）　29
キルケゴール（Kierkegaard, Søren）　53
クセノフォン（Xenophōn）　96
グラス、ギュンター（Grass, Günter）　6
倉田信子　14
　『フランス・バロック小説』　14
グラント、ユリシーズ（Grant, Ulysses）　215
クリーブランド（Cleveland, Grover）216
グリーン、グレアム（Greene, Graham）　19
クルティウス、E・R（Curtius, Ernst Robert）　89
　『ヨーロッパ文学とラテン中世』（*Europäische Literatur und Lateinisches Mittelalter*）89
グルベール、アラン（Gruber, Alan）　9
　『ヨーロッパの装飾芸術』（*L'art décoratif en Europe*）　9
グレイ、トマス（Gray, Thomas）　96
クレタ島（Crete）　123
クローチェ（Croce, Benedetto）　9
ゲーテ（Goethe, Wolfgang von）　149
ゲティスバーグ（Gettysburg）　212, 214
ケネディ、リチャード・S（Kennedy, Richard S.）　29, 77-78, 154
コッチ、フレデリック（Koch, Frederick）　78-79
古平隆　15
コリンズ、トマス・ライル（Collins, Thomas Lyle）　29
コールリッジ（Coleridge, S. T.）　96, 140
コーン、ロバート（Cohn,Robert）　21-22
コンブレー（Combray）　122
コンラッド（Conrad, Joseph）　17

サ行

サイファー、ワイリー（Sypher, Wylie）　11, 16
　『ルネサンス様式の四段階』（*Four Stages of Renaissance*

エイゼンシュタイン（Eisenstein, Sergei Mikhailovich） 162
エイブラムズ、M・H（Abrams, M.H.） 136
『自然と超自然』（*Natural Supernaturalism*） 136
エチオピア（Ethiopia） 156, 172
エマソン（Emerson, Ralph Waldo） 53, 59
エリオット、T・S（Eliot, T. S.） 14, 96
『荒地』（*The Waste Land*） 14
エリクソン、E・H（Erikson, E.H.） 60
エリクソン、スティーヴ（Erickson, Steve） 204
『ルビコン・ビーチ』（*Rubicon Beach*） 204
大江健三郎 193, 204
『同時代ゲーム』 193, 204
オーエンス、ジェシー（Owens, Jesse） 174
大野英二 173
『ナチズムと「ユダヤ人問題」』 173
オースター、ポール（Auster, Paul） 111
オニール、ユージン（O'Neill, Eugene） 79, 194
オルレアン（Orleans） 117

カ行

ガーコ、レオ（Gurko, Leo） 42, 167
カトルス（Catullus, Gaius Valerius） 63, 96
カフカ（Kafka, Franz） 125
ガリヴァー（Gulliver） 35
カリフォルニア（California） 35, 216, 221
カルデロン（Calderón de la Barca, Pedro） 68
カルペンティエール（Carpentier, Alejo） 193
『失われた足跡』（*Los pasos perdidos*） 193
『カロライナ・マガジン』（*Carolina Magazine*） 79
ガント、イライザ（Gant, Eliza） 35, 37, 42, 44, 46, 50, 54, 56-61, 67, 69-72, 90, 92-93, 199-203, 208
ガント、エフィー（Gant Effie）（『天使よ』ではデイジー Daisy） 227, 233
ガント、ウィリアム・オリヴァー（ガント、W・O）（Gant, William Oliver） 15, 35-39, 42, 47, 50, 54-59, 61, 63-64, 66, 69, 71, 73, 90, 92-93, 110-111, 141, 162, 201-203, 208, 211-214, 216, 218, 221
ガント、グローヴァー（Gant, Grover） 90
ガント、ギルバート（オリヴァー・ガントの父）（Gant, Gilbert） 55, 208, 213-214
ガント、ギルバート（オリヴァー・ガントの兄）（Gant, Gilbert） 212, 214
ガント、ジューリア（『天使よ』ではイライザ）（Gant, Julia） 208,

ヴェルサイユ（Versailles）　171
ヴェルフリン、ハインリッヒ（Woefflin, Heinrich）　9, 12
『美術史の基礎概念』（*Kunstgeschichtliche Grundbegriffe*）　9
ヴェンダース、ヴィム（Wenders, Wim）　49
ウォルサー、リチャード（Walser, Richard）　29
ウルフ、ヴァージニア（Woolf, Virginia）　108
ウルフ、トマス（Wolfe, Thomas Clayton）
『ある小説の物語』（*The Story of a Novel*）　108-111
『延納』（*Deferred Payment*）　79
『おおLost』（*O Lost*）　207-215, 218-221, 224-225, 227, 229-230, 233-235, 237-239
『蜘蛛の巣と岩』（*The Web and the Rock*）　95, 98, 101-103, 138-139, 145-148, 154-155, 157, 163, 167-168
「死―誇り高き兄弟」（"Death the Proud Brother"）　126, 130, 132, 141-142
『十月祭』（*The October Fair*）　14
『正直者ボブについて』（*Concerning Honest Bob*）　79
『第三夜』（*The Third Night*）　79
「大地の蜘蛛の巣」（"The Web of Earth"）　44, 193-195, 199, 202-204
『天使よ故郷を見よ』（*Look Homeward, Angel*）　15, 26-27, 34-35, 37-38, 44, 46, 49-50, 53-54, 62, 64, 70, 72, 88, 90-93, 95-96, 98, 103, 123, 138, 141, 148, 157, 161, 163, 173, 207-215, 217-221, 223-229, 232-235, 237
『時と河について』（*Of Time and the River*）　8, 13-20, 23, 27, 29, 34-35, 39, 41-47, 53-54, 73, 95, 98, 101, 108-113, 123, 126-128, 130-133, 136-139, 141-142, 148, 157, 163, 167, 173
『汝ふたたび故郷に帰れず』（*You Can't Go Home Again*）　95, 145, 153, 156, 158, 163-164, 167, 169-170, 174, 184-187
「汝らに告ぐることあり」（"I Have a Thing to Tell You"）　169, 177, 184-185, 187-189
『バック・ギャヴィンの帰郷』（"The Return of Buck Gavin"）　78-79, 236
『遥かなる山々』（*The Hills Beyond*）　33
『マナーハウス』（*Mannerhouse*）　83, 86, 88
『山なみ』（*The Mountains*）　79-82, 88
『われらが都市へようこそ』（*Welcome to Our City*）　86, 88, 100-101

索　引（人名・地名・書名）

ア行

アイドル、ジョン・L（Idol, John L.） 26, 230-231
「アーネスト・ヘミングウェイとトマス・ウルフ」（"Ernest Hemingway and Thomas Wolfe"） 26
アイルランド（Ireland） 46
アウグスティヌス（Aurelius Augustinus） 89
アシュレー、ブレット（Ashley, Brett ） 13, 21-22
アーヴィング、ワシントン（Irving, Washington） 34
アッシュヴィル（Asheville） 5, 39, 123
アッペル、ジョン（Appel, John J.） 168
アーヘン（Aachen） 176, 180, 182
アメリカ（America） 13, 29-32, 37, 39-40, 43, 46-48, 58-59, 62, 86-87, 100, 116, 122, 125-126, 128-130, 133, 140, 148, 155-157, 160, 164, 168, 174, 180, 188, 209, 213-214, 219, 225, 228, 230, 233, 237
アリストテレス（Aristotle） 53
アルタモント（Altamont） 18, 35, 38, 49-52, 54-57, 59-62, 64-67, 70, 72, 86, 88-90, 95, 122-123, 161, 209, 213-214, 221, 226-227, 229, 238-239
アールネ、アンティ（Aarne, Antii） 31
アルブレクト、W・P（Albrecht, W.P.） 107
アンダーソン、シャーウッド（Anderson, Sherwood） 125, 140-141
イギリス（England） 171, 213, 226, 236
イタリア（Italy） 172, 219
今村楯夫 7, 23
『ヘミングウェイの言葉』 7
岩本憲児・高村倉太郎 219
『世界映画大事典』 219
ヴァージニア（Virginia） 127-128, 234
ウィルソン、ウッドロー（Wilson, Woodrow） 224, 237
ウィルソン、エドマンド（Wilson, Edmund） 156
ウェバー・ジョージ（Webber George） 95, 101-103, 139, 146-160, 162-163, 168-169, 175
ウェーバー、ブロム（Weber, Brom） 43
ヴェルギリウス（Vergilius, Publius） 63, 96

【著者紹介】

岡本正明（おかもと　まさあき）

中央大学教授。1960年東京都に生まれる。1983年東京大学文学部英文科卒業。東京都立大学助手等を経て、1999年より現職。主な著書に、『アメリカ史の散歩道』（中央大学出版部）、『小説より面白いアメリカ史』（中央大学出版部）、『20世紀文学と時間―プルーストからガルシア＝マルケスまで』（近代文藝社）、『横断する知性―アメリカ最大の思想家・歴史家　ヘンリー・アダムズ』（近代文藝社）、『英米文学つれづれ草―もしくは、「あらかると」』（朝日出版社）、訳書に、エドマンド・ウィルソン『フィンランド駅へ』（みすず書房）などがある。

アルタモント、天使の詩
―トマス・ウルフを知るための10章

2019年1月20日　印　刷　　2019年1月30日　発　行

著　　者© 岡本　正明

発 行 者　佐々木　元

制作・発行所　株式会社 英　宝　社

〒101-0032 東京都千代田区岩本町2-7-7
☎［03］（5833）5870　Fax［03］（5833）5872

ISBN 978-4-269-73021-2 C3098
［印刷・製本：モリモト印刷株式会社］